智囊

智囊

【美绘国学书系·醉墨红尘】

智囊

〔明〕冯梦龙 编著
苏南 译注

中国长安出版传媒有限公司

图书在版编目（CIP）数据

智囊 /（明）冯梦龙编著，苏南译注. — 北京：中国长安出版传媒有限公司，2020.12（2021.2重印）

ISBN 978-7-5107-1052-0

Ⅰ. ①智… Ⅱ. ①冯… ②苏… Ⅲ. ①笔记小说－中国－明代 Ⅳ. ①I242.1

中国版本图书馆CIP数据核字（2020）第249273号

责任编辑：刘英雪

智　囊

（明）冯梦龙　编著　苏南　译注

出版：中国长安出版传媒有限公司

社址：北京市东城区北池子大街14号（100006）

网址：http：//www. ccapress. com

邮箱：capress@ 163. com

发行：中国长安出版传媒有限公司　全国新华书店经销

电话：（010） 66529988-1319

印刷：德富泰（唐山）印务有限公司

开本：710mm × 1000mm　16开

印张：18

字数：262千字

版本：2020年12月第1版　　2021年2月第2次印刷

书号：ISBN 978-7-5107-1052-0

定价：76.00元

前言

何为智慧？这个问题的答案自然不可以一言而概之，因为智慧是复合的，既需要有过人的观察力，也需要深远的见识；既需要当断即断的决心，也要有破釜沉舟的魄力；既需要沉着应对，也需要厚积薄发……凡此种种，不一而足。要成为一个拥有智慧的人，就要综合掌握这些能力。本书将智慧进行度量，在对各种因素进行阐释的同时，又为各位读者整理了许多相关的事例，使读者更加透彻地理解书中所提到的理论，同时也看到古人在智慧运用方面的高明之处。

本书分为上智部、明智部、察智部、胆智部、术智部、捷智部、语智部、兵智部、闺智部九个部分。每个部分又分为若干卷，每卷都有不同要义，要义之后就是选取的相应事例。全书共二十六卷，针对我们为人处世的各方面都做出了细致的分析。

如上智部包括四卷，分为《见大》《远犹》《通简》《迎刃》，每卷都提出了不同的问题，针对为政提出了具体而全面的要求。古代中国是一个历史悠久的封建制国家，在漫长的封建统治中，儒家学说一直是各朝各代的主流思想，儒家提倡“以天下为己任”，提倡“入世”，所以著作中大部分都涉及了为政之道，而统治阶层大多为儒家门生，在执政实践中又得出了更多的为政之道，这使得中国的政治学说愈加系统化和条理化。本《智囊》就在此基础上总结出了为政要点，为政者要懂得取舍，也要懂得深谋远虑；为政者要当机立断，也要学会出其不意；为政者要懂得见微知著，也要学会透过现象看本质。文中不仅仅总结出了为政之道的要点，也为我们举出了古代先贤的事迹，使我们读起来有理有据，趣味横生。

如术智部，包括《委蛇》《谬数》《权奇》三卷。本部分提出的要点更加具体，也更加实用。以威慑人、能识善断、灵活多变、出奇制胜为主要内容，读者们在生活中也经常会用到这些方法处理日常事务。

又如语智部，分为《辩才》《善言》两卷。顾名思义，此部分中总结的是关于辩论的要点。辩才，是我国古代考量人才的重要方式。口舌之利，有时候比真刀真枪的力量还要大。历史上，凭借三寸不烂之舌立下功劳、扬名四宇的人才比比皆是：晏子、蔺相如、苏秦、张仪等都在史书上留下了浓墨重彩的一笔。而在现代，口才更是成功的必需条件。而此智囊中，立体化地考虑辩论一事，总结了辩论的种种因素，希望读者们可以从中获益。

兵智部，分为《不战》《制胜》《诡道》《武案》四卷。军事，除了必要的军事素质和硬件设施，最重要的就是诡道二字，自古以来，战场就是运用智慧的最好平台，留下的军事案例无不包含着极大的智慧，关于军事的著作也数不胜数。本智囊中总结了战场取胜的要点，并且附上了著名的军事案例，希望能将古代优秀领袖将领那种“弹指间，樯橹灰飞烟灭”的智慧和风采传递给读者。

再如闺智部，分为《贤哲》《雄略》二卷。“谁说女子不如男？”花木兰有此千古一问。古来为女子鸣不平者并不算少，但是不可否认的是，古代女子的地位确实十分低下，除了少数几个出类拔萃的，大多化为史书中的无名氏。在那个时代，女子做出选择要比男子难上千万倍，所以，取得的成就中也有更多的汗水和泪水，也更加有借鉴的价值。本智囊就撷取了古代优秀女子的事迹，加以分类，希望如书中所说：“嗟彼迷阳，假途闺教”，用这些女中豪杰的事迹，点醒世上庸碌众生。

近些年来，“国学风”热度甚高，《孙子兵法》《论语》《道德经》《三十六计》等各家各派的中国古代经典著作纷纷被重新解读，且收获了许多读者。而“孔子学院”在海外的盛行则从另一方面说明了“国学风”的热度。究其原因，除了我国综合国力大升，文化自信度上扬，最重要的是中国传统文化本身蕴含的智慧。我国曾是世界上最为强大繁华的国家，经济、政治、文化、军事都曾处于巅峰时代，而且我国的发展一脉相承，幸运地没有出现文化断脉的现象，古代那些优秀的政治、经济、文化、军事记录保留得较为完整，为我们今天留下了一笔宝贵的财富。

到了二十一世纪，尽管社会较之以前有了跨越性的发展，可是祖先的智慧对我们仍有重要的指导作用。《智囊》一书，就此应运而生，它担负着传播中国古代优秀思想文化的重任，从各个方面为读者总结了传统文化中的智慧，使读者能够全面透彻地来理解古代的思想精华。

碍于篇幅，我们对原著进行了删繁取精，不当之处敬请读者指正。

目 录

上智部

见大卷一 …… 1
远犹卷二 …… 10
通简卷三 …… 19
迎刃卷四 …… 29

明智部

知微卷五 …… 35
亿中卷六 …… 43
剖疑卷七 …… 55
经务卷八 …… 71

察智部

得情卷九 …… 95
诘奸卷十 …… 106

胆智部

威克卷十一 …… 118
识断卷十二 …… 125

术智部

委蛇卷十三 …… 134
谬数卷十四 …… 143
权奇卷十五 …… 148

捷智部

灵变卷十六 …… 161
应卒卷十七 …… 169
敏悟卷十八 …… 177

语智部

辩才卷十九 …… 191
善言卷二十 …… 210

兵智部

不战卷二十一 …… 217
制胜卷二十二 …… 227
诡道卷二十三 …… 239
武案卷二十四 …… 248

闺智部

贤哲卷二十五 …… 262
雄略卷二十六 …… 269

上智部

见大卷一

本卷所记的故事主要说明为政之道略小重大。真正的智慧没有固定的法则可以遵循，而要根据不同的现实情况，真正的大智慧其实是“无心”而至的，并非只要周全考虑就能达到。别人看到小的方面，我能看到大的方面。齐国的华士确实高洁，鲁国的少正卯也确实聪明、学问渊博，但他们的行为对治理国家不利，所以太公望和孔子毫不犹豫地将他们处死了。像诸葛亮不轻易赦免宽宥人以求仁德的虚名；刘秀不惩罚格杀他的舍中儿的军务令祭遵，都是从国家大处着想。

一操一纵①，度越意表②；寻常③所惊，豪杰所了④。集《见大⑤》。

注释

①一操一纵：概指处理事情的不同方略。操，把持；纵，释舍。②度越意表：超出意料之外。③寻常：指才能、见识平常的人。④了：明白。⑤见大：由小而见大。

译文

上等智慧的人对事情的处置方略，往往出人意料；平常人感到惊讶的，豪杰之士却很明了。因此集《见大》卷。

姜太公诛杀华士　孔子处死少正卯

太公望[①]封于齐。齐有华士者，义不臣天子，不友诸侯，人称其贤。太公使人召之三，不至，命诛之。周公曰："此齐之高士，奈何诛之？"太公曰："夫不臣天子，不友诸侯，望犹得臣而友之乎？望不得臣而友之，是弃民[②]也；召之三不至，是逆民也。而旌之以为教首，使一国效之，望谁与为君乎？"

【梦龙评】齐所以无惰民，所以终不为弱国。韩非《五蠹》之论本此。

少正卯与孔子同时。孔子之门人三盈三虚[③]。孔子为大司寇，戮之于两观之下[④]。子贡进曰："夫少正卯，鲁之闻人。夫子诛之，得无失乎？"孔子曰："人有恶者五，而盗窃不与焉：一曰心达而险[⑤]，二曰行僻而坚，三曰言伪而辩，四曰记丑而博[⑥]，五曰顺非而泽[⑦]。此五者，有一于此，则不免于君子之诛，而少正卯兼之。此小人之桀雄也，不可以不诛也。"

【梦龙评】小人无过人之才，则不足以乱国。然使小人有才而肯受君子之驾驭，则又未尝无济于国，而君子亦必不概摈之矣。少正卯能煽惑孔门之弟子，直欲掩孔子而上之，可与同朝共事乎？孔子狠下手，不但为一时辩言乱政故，盖为后世以学术

杀人者立防。华士虚名而无用，少正卯似有大用而实不可用。王人佥士，凡明主能诛之；闻人高士，非大圣人不知其当诛也。唐萧瑶好奉佛，太宗令出家。玄宗开元六年，河南参军郑铣、阳丞郭仙舟投匦献诗。敕曰："观其文理，乃崇道教，于时用不切事情，宜各从所好。"罢官度为道士。此等作用，亦与圣人暗合。如使佞佛者尽令出家，谄道者即为道士，则士大夫攻乎异端者息矣。

注释

①太公望：吕尚，名望，助周武王灭商，被封于齐，为齐国始祖，故称姜太公。②弃民：不可教训应该抛弃的人。③三盈三虚：指孔子的门徒多次被少正卯的讲学吸引走了。④两观之下：指宫门之前。⑤心达而险：内心通达明白却邪恶不正。⑥记丑而博：记诵一些丑恶的东西而且十分博杂。⑦顺非而泽：赞同错误的言行还进行润色。

译文

姜太公被周朝天子封在齐国做国君。齐国有一个人名叫华士。他立志不向周天子称臣，不和各诸侯国君主交往，人们都称赞他是位有道德的人。姜太公多次派人召请他，他一直不来，于是太公就下令把他杀掉。周公姬旦问姜太公说："华士这个人是齐国一位志行高尚的贤人，你为什么要杀掉他呢？"姜太公回答说："这种不向天子称臣、不和诸侯君主交往的人，我难道还指望他来向我称臣并和我交往吗？我不能让他来称臣、与我来往，那么这种人就是必须要抛弃掉的人。我多次召请他，他不来，那么这种人一定是个叛逆者。如果树立这样的人作为品德高尚的榜样，我还能指望和谁来一起拥戴天子呢？"

【梦龙评】这就是齐国没有懒惰的人、始终不沦为弱国的原因。韩非《五蠹》的学说就是以此为理论根据的。

少正卯是和孔子同时代的人。孔子多次学生满堂，但又多次被少正卯的讲学而吸引走光了。后来孔子担任了鲁国管理司法和治安的大司寇的官职，他就把少正卯抓起来，推到宫门前杀掉了。他的学生端木赐上前问道："少正卯是鲁国很有名望的人，您把他杀掉，恐怕不够妥当吧？"孔子说："人有五种不可饶恕的罪恶，而抢劫和盗窃还不算在其中：一种是很聪明，却又为人凶险；第二种是行为怪僻反常，却又顽冥不化；第三种是说话伪诈不实，却又巧言善辩；第四种是记写许多阴暗怪诞的事情，却能旁征博引；第五种是支持别人做坏事，并替他解释、辩白。人如果犯有这五种罪恶的其中一种，就一定要被国君杀掉。而少正卯兼有这所有的五种罪恶，是坏人中最凶恶者，绝不能不杀他！”

【梦龙评】小人没有过人的才能，就不足以乱国。假使有才能的小人肯受命于君子的指挥，也未尝对国家没有好处，而君子也必不会一概摒弃他们。少正卯能煽动迷惑孔子的弟子，想要压过孔子而居其上，那么能和他同朝共事吗？孔子狠心下手，不仅是为了阻止当时以口才敏捷而扰乱政局的状况，也是对以后有人打着学术的幌子而从事破坏道德的行为加以防范。华而不实的人其实没有用，少正卯好像很有大用，而实际上不可用。空有口才却心术不正的小人，凡是贤明的君主都能杀他；名人或道德高尚的隐士，只有大圣人才知道他该不该杀。唐朝萧瑶喜好拜佛，太宗命令他出家。玄宗开元六年，河南参军郑铣、阳丞郭仙舟献诗陈情，玄宗下诏：“观察诗中的义理，乃是在推崇道教，不符合现实社会的需求，当依其个人的喜好，免去官职做道士。”这种做法和圣人不谋而合。假使嗜好佛、道的人都命令他们出家或做道士，那么士大夫研读散布异端玄学的风气就可以消除了。

诸葛亮吝于宽赦

有言诸葛丞相惜赦者，亮答曰：“治世以大德，不以小惠，故匡衡[①]、吴汉[②]不愿为赦。先帝[③]亦言：吾周旋陈元方、郑康成间，每见启告，治乱之道悉矣，曾不及赦也。若刘景升[④]父子岁岁赦宥，何益于治乎？”及费祎[⑤]为政，始事姑息，蜀遂以削。

【梦龙评】子产[⑥]谓子太叔[⑦]曰：“唯有德者，能以宽服民；其次莫如猛。夫火烈，民望而畏之，故鲜死焉。水懦弱，民狎而玩之，则多死焉。故宽难。”太叔为政，不忍猛而宽。于是郑国多盗，太叔悔之。仲尼曰：“政宽则民慢，慢则纠之以猛；猛则民残，残则施之以宽。宽以济猛，猛以济宽，政是以和。”商君[⑧]刑及弃灰，过于猛者也。梁武[⑨]见死刑辄涕泣而纵之，过于宽者也。《论语》[⑩]赦小过，《春秋》讥肆大眚，合之，得政之和矣。

注 释

①匡衡：字稚圭，西汉元帝时任丞相，封东安侯。②吴汉：字子颜，东汉初南阳宛县人，后归刘秀，官至大司马，封广平侯。③先帝：就是刘备，三国时蜀汉的开国皇帝。④刘景升：指刘表，字景升，东汉末山阳高平人。⑤费祎（yī）：字文伟，三国时江夏弜县（今河南罗山西）人。历任蜀汉的黄门侍郎、中护军、尚书令、大将军等职，之后被曹魏降将郭循所杀害。⑥子产：名侨，字子产，春秋时郑贵族子国之子，郑简公时任相，实行改革，有利于农业生产。⑦子太叔：游氏，名吉，春秋郑定公时，代子产执政。⑧商君：商鞅，秦孝公时任左庶长，实行变法，由此奠定了秦国富强的基础，封于商。因用法太严，得罪了秦贵族，被贵族杀害，车裂而死。⑨梁武：梁武帝萧衍，字叔达，南兰陵人，南朝梁的建立者。⑩《论语》：儒家经典之一，今本系东汉郑玄所辑，共二十篇，是孔子弟子及其再传弟子关于孔子言行的记录。

译 文

有人批评丞相诸葛亮是个不肯宽赦他人过错的人。诸葛亮回答说："治理国家应实施大的德行，不应靠施以小恩小惠来笼络人心。所以西汉元帝时的匡衡和东汉光武帝时的吴汉在治理国家时都不认为赦罪是件好事。先帝曾说过：'我曾与陈纪（字元方）、郑玄（字康成）交往，从与他们的交谈中，可以明了天下兴衰治乱的道理，但他们从没有说过大赦罪犯也是治国之道。'像刘景升父子年年都大赦罪犯，但对治理国家又有什么好处呢？"费祎主政时，采用姑息宽赦的策略，蜀汉的国势也因此逐渐削弱不振。

【梦龙评】春秋时郑国的子产执政，他对子太叔讲："只有具有大德行的人，才采用宽容的方法来治理人民；次一等的治理方法就是严厉和猛烈。火猛烈，人们见了就害怕，水看似平静而又柔弱，人们轻视它，喜欢接近它，因而往往有人因戏水而被淹死，所以用宽容的方法治理国家更加困难。"后来太叔执政时，不忍采用严厉猛烈的方法，而采用宽容的方法治国，于是郑国的强盗土匪十分猖獗，太叔很后悔。孔子说："政策过于宽容，百姓就容易轻慢无礼，这时就要用严厉猛烈的方法来纠正；政策过于严厉，百姓就有可能受到伤害，这时就要实施宽容的政策。用宽容来调和严厉猛烈，用严厉猛烈来调和宽容，只有这样才能做到人事通达、政风和谐。”商鞅治理国家刑罚都施加于乱倒垃圾的人，这种治理方法太过于严厉猛烈；梁武帝看见死刑犯就痛哭不已，并流着眼泪将罪犯释放了，这样做又过于宽容。《论语》有“宽赦小过错”则讥讽对犯罪的人实行宽赦，如果能将这二者调和得宜，就可求得政通人和。

祭遵军法处置童仆

刘秀[1]为大司马[2]时，舍中儿[3]犯法，军市令[4]祭遵[5]格杀之。秀怒，命取遵。主簿[6]陈副谏曰：“明公常欲众军整齐，遵奉法不避，是教令所行，奈何罪之？”秀悦，乃以为刺奸将军，谓诸将曰：“当避祭遵。吾舍中儿犯法，尚杀之，必不私诸将也。”

【梦龙评】罚必则令行，令行则主尊，世祖所以能定四方之难[7]也。

注释

①刘秀：汉宗室，新朝末年起兵反王莽，为更始帝刘玄封大司马。后称帝，建东汉王朝，谥光武，庙号世祖。②大司马：汉朝时掌管全国军政的官。③舍中儿：府中的家奴。④军市令：掌管军中市场贸易的官员。⑤祭遵：刘秀部将，从征河北时为军市令。后以功封侯，为东汉开国勋臣。⑥主簿：汉以后中央及地方郡县官府所设官名，负责文书簿籍，掌管印鉴，为掾史之首。⑦定四方之难：刘秀以河北为基地，破降绿林、赤眉等农民军后，又消灭了隗嚣、公孙述、卢芳等割据势力。

译文

汉光武帝刘秀担任大司马的时候，有一次官府中的童仆犯法，担任军市令的祭遵下令杀了他。刘秀十分生气，命令部下收押祭遵。当时，主簿陈副劝他道：“大人一向希望军中士兵行动统一整齐，纪律严明，如今祭遵依法办事，正是推行军令的表现啊！”刘秀听完很高兴，不仅赦免了祭遵，而且命他担任刺奸将军，又对所有的将士们说：“你们要多避让祭遵噢！我府中的童仆触犯法律，还被他杀害，祭遵也一定不会包庇你们的！”

【梦龙评】赏罚分明，军令才能推行；军令畅行无阻，主上自会受尊重。所以刘秀能平定四方的战乱。

宋太祖巧选侍卫

“三徐”名著江左，皆以博洽闻中朝，而骑省铉[①]尤最。会江左使铉来修贡，例差官押伴。朝臣皆以词令不及为惮，宰相亦艰其选，请于艺祖[②]。艺祖曰：“姑退，朕自择之。”有顷[③]，左珰传宣殿前司[④]，具殿侍中不识字者十人以名入。宸[⑤]笔点其一，曰：“此人可！”在廷皆惊，中书[⑥]不敢复请，趣[⑦]使行。殿侍者莫知所以，弗获已，竟往。渡江，始铉词锋如云，旁观骇愕，其人不能答，徒唯唯。铉不测，强聒[⑧]而与之言。居数日，既无酬复，铉亦倦且默矣。

【梦龙评】岳珂[⑨]云：“当陶、窦诸名儒端委在朝，若令角辩骋词，庸讵[⑩]不若铉？艺祖正以大国之体不当如此耳。其亦不战屈人兵之上策欤？”

孔子之使马圉，以愚应愚也。艺祖之遣殿侍者，以愚困智也。以智强愚，愚者不解；以智角智，智者不服。

白沙陈公甫[⑪]，访定山庄孔易[⑫]。庄携舟送之，中有一士人，素滑稽，肆谈亵昵[⑬]，甚无忌惮。定山怒不能忍，白沙则当其谈时，若不闻其声，及其既去，若不识其人。定山大服。此即艺祖屈徐铉之术。

注释

①骑省铉：就是徐铉，字鼎臣，五代宋初扬州广陵人，文字家，当初仕南唐，后归宋，官至散骑常侍，因为著有《骑省集》一书，故有“骑省铉”之称。②艺祖：有文德之祖。艺，才艺，通“文德”。后用以作为开国帝王的通称。此处指宋太祖赵匡胤。③有顷：不一会儿。④殿前司：本为官署名，此处指殿前诸班值等。⑤宸(chén)：北极星所在为宸，引申成了王位、帝王的代称。此处指宋太祖。⑥中书：中书令，为总管国家政事的中书省的主管官员。⑦趣(cù)：通“促”，催促。⑧强聒(guō)：能言善辩。⑨岳珂(kē)：字肃之，号倦翁，岳飞之孙，南宋文学家、史学家，官户部侍郎、淮东总领制置使。⑩庸讵(jù)：反诘之词。⑪白沙陈公甫：就是

陈献章，公甫为其字，新会白沙里人，世称白沙先生。明学者，著有《白沙集》。⑫定山庄孔易：就是庄昶，字孔易，明南直隶浦江（今属浙江省）人，成化进士，改翰林庶吉士，授检讨，后因违上旨意遭外谪，迁桂阳州判官，南京行人司左司副，艰归，隐定山不起。⑬亵昵（xiè nì）：亲热、亲近而不庄重。

译文

宋朝初年，南唐广陵人徐铉、徐锴和他们的父亲徐延休号称“三徐”，名著江南，三人以知识渊博而闻名于宋朝，其中尤以徐铉的声望最高。一次，恰逢南唐派遣徐铉为使者前来宋朝纳贡，按惯例朝廷要派押伴使陪伴左右。满朝文武大臣都思虑自己的才华不及徐铉而生怕自己被选作押伴使，宰相也觉得选押伴使的事很难办，就向太祖请示。太祖说：“你暂且退下，朕亲自来选押伴使。”不一会儿，太监传旨给殿前司，要他报上十名不识字的殿前侍者的名单，太祖看后，御笔点中其中一个，说：“此人即可。”满朝文武大臣都大吃一惊，中书省官员也不敢再

打扰皇帝，只好催促被点之人立刻动身。这名被御笔点中的殿侍者不知何故派他做使臣，又得不到任何解释，只好渡江前往。徐铉和殿前侍卫登船渡江后，起初徐铉慷慨激昂，侃侃而谈，旁观的人为他的能言善辩、才华横溢而惊讶。而那个侍卫更是无言以答，只能不住地点头应着，徐铉没有察觉，依然喋喋不休地与那个侍卫大声议论着。一连几天，因得不到相应的回答，徐铉感到疲倦也就沉默不语了。

【梦龙评】岳珂说："当时陶谷、窦仪等有名的学者都在朝服官，如果派他们去答辩，难道会不如徐铉吗？实际上太祖认为大国的体统不该如此。这也是一种不战而屈人之兵的上等策略吧！"

前篇孔子派马夫的事，是以愚者应付愚者；太祖选择押伴使，是以愚者去困扰智者。用才智去勉强愚者，愚者不会了解。用才智去比斗智者，智者必不服气。

白沙陈公甫拜访定山庄孔易，离开定山时，庄孔易备舟船为其送行。船上有一个读书人，向来爱开玩笑，就在船上毫无顾忌地谈论一些不登大雅之堂的话题，定山气得不得了；白沙却把他当成不认识的人一样，不闻不问。定山因而非常佩服白沙的修养。这就是宋太祖屈服徐铉的技巧。

远犹卷二

本卷收集了古人深谋远虑的故事。商王小乙让其子武丁与百姓同劳作，以知农之劳苦，为将来登王位、治理国家做准备，可谓谋之深远。宋太祖赵匡胤登基后不惩拒不开门的陈桥门守卫而杀开门接纳的封丘门守卫；元朝的何真将出卖主子王成的奴仆处死，都是惩叛励忠，为自己将来着想的远谋。宋太祖杯酒释兵权，消除了藩镇割据的隐患；西晋皇帝不听侍御史郭钦严申华夷之别的建议，才有后来的五胡作乱的局面。

谋之不远，是用大简[①]；人我迭居[②]，吉凶环转；老成借箸[③]，宁深毋浅[④]。集《远犹[⑤]》。

注释

①谋之不远，是用大简：语出《诗经》，但“谋”作“犹（猷）”，义同。简，通“谏”。此句意谓：谋略而无远见，故而我极力来规劝。②人我迭居：富贵贫贱的地位总是互相转换，③老成借箸：老成，此处意指老练成熟的人。借箸，秦末楚汉相争，郦食其劝刘邦立六国后代，共同攻楚。邦方食，张良入见，以为计不可行，说：“臣请借前箸（筷子）为大王筹之。”后来便用“借箸”代指策划形势。借筹意同。④宁深毋浅：推测形势的发展，宁可考虑得深远，不要失之浅近。⑤远犹：语出《左传》成公八年。犹，谋划，通“猷”。

译文

谋略不够深远，就容易流于轻率；人我的地位会更迭，吉凶祸福可能交替循环；因此，老成人一旦筹划谋略，都考虑深远而不只顾眼前。集此为《远犹》卷，即深谋远虑也。

张昭训储之法

商高宗[1]为太子时，其父小乙尝使久居民间，与小民出入同事，以知其情。

【梦龙评】太祖教谕太子，必命备历农家，观其居处、服食、器用，使知农之劳苦。洪武[2]末选秀才，随春坊官分班入直，近前说民间利害等事。成祖[3]巡行北京，使二皇长孙周行村落，历观农桑之事。谕教者宜以为法。

张昭[4]先逮事唐明宗。明宗诸皇子竞侈汰。昭疏训储之法，略云："陛下诸子，宜各置师傅，令折节师事之。一日中但令止记一事，一岁之内，所记渐多，则每月终，令师傅共录奏闻。俟皇子上谒，陛下辄面问，倘十中得五，便可博识安危之故，深究成败之理。"明宗不能用。

【梦龙评】此可为万世训储之法，胜如讲经说书，作秀才学问也。

注释

①商高宗：武丁帝，商代贤王之一。②洪武：即明太祖朱元璋的年号。③成祖：即明成祖朱棣，1403年—1424年在位。④张昭：字潜夫，北宋初范县人，博通学术，供职于后唐晋汉周，宋初拜吏部尚书，封郑国公。

译文

商高宗武丁在做太子时，他的父亲商王小乙曾经让他在民间住过很长时间，让他和老百姓们一同出入干活，使他了解民情。

【梦龙评】明太祖教诲太子，一定要他去经历农家生活，观察百姓的饮食起居，让太子知晓农家的劳苦。洪武末年选秀才，太子随着自己属下的官吏分组到太祖面前，报告民间疾苦。成祖巡视北京，命两个皇室长孙去巡行村落，观察农桑之事。职司民政教化的人应对此多加效防才是。

五代张昭，最初任职于后唐明宗朝。明宗李嗣源的几个儿子比着奢侈腐化。张昭向明宗上书谈训教太子的办法，大略是说："陛下的各位皇子，应该每人都配

置师傅，并要求皇子们降低辈分尊重师长。命令他们每天记载一件事，一年之内所记的事就会逐渐多起来。那么，每月月底诏师傅们把所记的事情汇总奏禀陛下知道。等皇子们进宫谒见时，陛下就可以当面向皇子们提问所奏事情。倘若十件事中他们回答出五件，便能够广泛了解国家安危的缘故，深刻认识功业成效的道理了。”可惜明宗没有采纳他的建议。

【梦龙评】这是万世训练储君的方法，胜过讲经说书等作秀才的学问。

太祖赏赐陈桥守卫　何真烹杀捆主侍从

宋艺祖推戴之初，陈桥守门者拒而不纳，遂如封丘门，抱关吏望风启钥。及即位，斩封丘吏而官陈桥者。

至正[①]间，广东王成、陈仲玉作乱。东莞人何真[②]请于行省[③]，举义兵，擒仲玉以献。成筑砦自守，围之，久不下。真募人能缚成者，予钱十千，于是成奴缚之以出。真笑谓成曰：“公奈何养虎为害？”成惭谢。奴求赏，真如数与之。使人具汤镬[④]，驾诸转轮车上。成惧，谓将烹己。真乃缚奴于上，促烹之；使数人鸣鼓推车号于众曰：“四境有奴缚主者，视此！”人服其赏罚有章，岭表[⑤]悉归心焉。

【梦龙评】高祖戮丁公而封项伯[⑥]，赏罚为不均矣。光武封苍头子密为不义侯[⑦]，尤不可训。当以何真为正。

注释

①至正：元顺帝（惠宗）年号（1341—1368）。②何真：元时官至广东行省右丞。明初为湖广布政使，封东莞伯。③行省：行中书省之简称。元时中央行政机构为中书省，又于各地建行中书省，为地方最高级行政机构，所辖范围与近代之省相近。④汤镬：烧热水用的大锅。⑤岭表：五岭以南之地，即岭南。⑥高祖戮丁公而封项伯：高祖，刘邦。丁公，名固，为项羽将，刘邦兵败，丁公逐之。邦曰：“两贤何必相迫！”丁公引兵而还。及项羽败死，丁公谒见刘邦。刘邦斩丁公，号令军中：“丁公为项王臣不忠，使项王失天下者也。后为人臣者勿效丁公！”项伯：名缠，项羽叔父。刘邦初据关中，项羽欲击之。项伯夜私见刘邦谋士张良，刘邦与其

约为婚姻。于是项伯说项羽勿击刘邦。及鸿门宴，项伯又百计保护刘邦。及刘邦有天下，封项伯为射阳侯。⑦光武封苍头子密为不义侯：东汉初，渔阳太守彭宠被迫反，自立为燕王。家奴子密斩宠及妻首归汉，光武帝封子密为不义侯。苍头，奴之别称。

译文

宋太祖赵匡胤刚被拥戴为皇帝之时，陈桥的守门人拒绝让他进入，只好转而来到封丘门，守关的人看情势如此，老远就敞开城门让他进城。太祖即位以后，处死封丘门的官吏，而赏赐官位给陈桥的守门人，以表扬他对当时王朝的忠心。

元顺帝至正年间，广东有王成、陈仲玉作乱，东莞人何真（字邦佐，任广东行省右丞）向行省（地方行政官署）请命，率领义兵擒拿陈仲玉呈献给上级。而王成却建筑营寨防守，围攻了很久都无法攻破。何真悬赏一万钱捉拿王成，王成的家奴绑着主人来求赏。何真笑着对王成说："你怎么养虎为患啊？"王成很惭愧。他的家奴请求赏钱，何真如数给了他，又派人准备汤镬（古代的酷刑，用来烹人），架在转轮车上。王成很恐惧，以为要烹自己。何真却把那家奴绑起来放在汤镬车上，催部下将他烹了。又叫几个人敲鼓推车，当众宣布："有家奴捆绑出卖主人的，以后都比照这种办法处理。"大家佩服他赏罚分明，岭南一带的人心里都归顺他。

【梦龙评】汉高祖杀死背叛项王的丁公，而封赏拼死保卫自己的项伯，赏罚实在不公平。汉光武封奴仆之子为不义侯，更不足取，应当是何真的做法最标准。

宋太祖杯酒释兵权

初，太祖谓赵普曰："自唐季[①]以来数十年，帝王凡十易姓，兵革不息，其故何也？"普曰："由节镇太重，君弱臣强。今唯稍夺其权，制其钱谷，收其精兵，则天下自安矣。"语未毕，上曰："卿勿言，我已谕矣！"边批：聪明。顷之，上与故人石守信等饮。酒酣，屏左右，谓曰："我非尔曹之力，不得至此。念汝之德，无有穷已。然为天子亦大艰难，殊不若为节度使之乐。吾今终夕未尝安枕而卧也。"守信等曰："何故？"上曰："是不难知：居此位者，谁不欲为之？"守信等皆惶恐顿首，曰："陛下何为出此言？”上曰：“不然。汝曹虽无心，其如麾下之人欲富贵何！一旦以黄袍加汝身，虽欲不为，不可得也。”守信等乃皆顿首泣，曰：“臣等愚不及此，唯陛下哀怜，指示可生之路。”上曰：“人生如白驹过隙，所欲富贵者，不过多得金钱，厚自娱乐，使子孙无贫乏耳。汝曹何不释去兵权，择便好田宅市之，为子孙立永久之业，边批：王翦、萧何所以免祸。多置歌儿舞女，日饮酒相欢，以终其天年？君臣之间，两无猜嫌，不亦善乎！”皆再拜曰：“陛下念臣及此，所谓生死而肉骨也！”明日皆称疾[2]，请解兵权。

【梦龙评】或谓宋之弱，由削节镇之权故。夫节镇之强，非宋强也。强干弱枝，自是立国大体。二百年弊穴，谈笑革之，终宋世无强臣之患，岂非转天移日手段！若非君臣偷安，力主和议，则寇准、李纲、赵鼎[3]诸人用之有余，安在为弱乎？

熙宁中，作坊以门巷委狭，请直而宽广之。神宗[4]以太祖创始，当有远虑，不许。既而众工作苦，持兵夺门，欲出为乱。一老卒闭而拒之，遂不得出，捕之皆获。边批：设险守国道只如此。

神宗一日行后苑，见牧猳猪[5]者，问：“何所用？”牧者曰：“自太祖来，尝令畜。自稚养至大，则杀之，更养稚者。累朝不改，亦不知何用。”神宗命革之。月余，忽获妖人于禁中，索猪血浇之，仓促不得，方悟祖宗远虑。

注释

①唐季：唐朝末年。②称疾：以生病为托词。③李纲、赵鼎：李纲，字伯纪，北宋邵武（今属福建省）人，政和进士，北宋末任太常少卿、宰相等职。赵鼎，字元镇，南宋解州闻喜（今属山西省）人，崇宁进士，官累迁御史中丞，进尚书右仆射兼枢密使等职。④神宗：即北宋神宗赵顼，1068年—1085年在位。⑤猳（jiā）猪：即公猪。

译文

在太祖赵匡胤登基之初，对宰相赵普说：“从唐末以来几十年，帝王就换了十家，战争没有停息过，这是什么原因呢？”赵普回答说：“这是由于藩镇节度使的权力太大了，形成了君弱臣强的局面而造成的。现在只有逐步削减他们的权力，限制他们的钱粮收入，收回他们的精锐兵力，那么国家自然就会安定了。”他的话还没有说完，太祖便打断说："卿不必再讲下去，我已经明白了！"边批：聪明。时过不久，宋太祖和他的老朋友石守信等人一块儿喝酒。正喝到兴头上时，他让身边侍奉的人都退了下去，对老朋友们说："我要不是得到你们的大力支持，不会到今天这个地步。想起你们的大德，实在深厚无穷。可是我虽贵为天子，也有许多难处，一点也不像节度使时那会儿痛快。我现在天天整夜都没有安心躺下睡个好觉啊。"石守信等人问道："那是为什么呢？"太祖说："这不难明白，天子这个位置谁不想要？"石守信听太祖这么一说，都惶恐害怕地跪下叩头说："陛下为何说出这些话？"大祖说："不是我非要这样说。即使你们无此心，如果你们的部将想荣华富贵，你们又能怎么办呢？一旦把黄袍也披在你们身上，即使想不干，恐怕也由不得你们了！"于是石守信等人都叩头大哭起来，纷纷说道："臣等人都愚笨得想不到这些的，只有请陛下可怜可怜，指示我们一条生路。"太祖说："人生像白驹过隙一般短暂，想大富大贵的人，无非是多拥有些金钱，满足自己享乐，并且使子孙后代不受贫困而已。你们为什么不放下兵权，购买良田美宅，替子孙立下永久的产业，边批：王翦、萧何因为这样而免祸。多买些歌伎舞女，天天饮酒作乐，来享受一辈子？君臣之间，谁也不猜忌谁，不也很好吗！"大家都又叩头说道："陛下为臣等考虑得如此周到，真所谓使死者复生、使白骨生肉啊！"第二天，石守信等人都说因身体不好，奏请解除自己的兵权。

【梦龙评】有人说，宋室的衰弱，是由于削夺节度使兵权之故。其实节度使强大，宋室并不能因此强大，主干强而枝弱，才是立国的根本。两百年来所累积的弊病，在谈笑之间就革除了，使宋朝没有强臣之患，这难道不是转天移日的手段吗？如果不是君臣上下苟且偷安，力主和议，而用寇准、李纲、赵鼎等人来对付外侵敌寇，国势哪里会衰弱呢？

北宋神宗熙宁年间，皇家作坊的官吏认为坊门道窄狭弯曲，奏请取互开寄觅一些。神宗认为太祖在建坊时就做如此设计，肯定有深远的考虑，不允许改动。不久，兵器坊的众工匠因为工作太辛苦，就拿起兵器强取作坊大门，想冲出去造反。因为坊门道窄狭又弯曲，一个守门老兵就能把门关上抵御他们，于是他们没能冲出来，造反的工匠全都被捕获了。边批：设险关守国就是这样。

宋神宗一天走到皇宫后苑，看见有个人在放猪，神宗奇怪地问："后苑里养猪干什么用？"放猪的人说："自太祖以来，就一直诏令养猪。从猪娃养大后，就杀掉，再买小猪娃养。历朝都没有改动这个规矩，我也不知道养猪干什么用。”宋神宗就命令除掉这项规定，不再在后苑养猪。过了一个多月，忽然在宫中捉住一个会施妖术的人，要找猪血泼他破他的法术，慌忙之间，一时找不到猪血。神宗这才醒悟到祖宗的深谋远虑。

胡人杂居成患乱

汉魏以来，羌、胡、鲜卑降者，多处之塞内诸郡。其后数因愤恨，杀害长吏，渐为民患。侍御史郭钦请及平吴之威[①]、谋臣猛将之略，渐徙内郡杂胡于边地，峻四夷出入之防[②]，明先王荒服之制[③]。此万世长策也。不听，卒有五胡之乱。

【梦龙评】只有开国余威可乘，失此则无能为矣。宋初不能立威契丹[④]，卒使金、元之祸[⑤]相寻终始。我太祖北逐金、元[⑥]，威行沙漠。文皇定鼎燕都[⑦]，三黎来庭[⑧]，岂非万世久安之计乎！

注释

①及平吴之威：此条所记为晋太康元年（280年）事，是年晋武帝用杜预、王濬等灭割据江东的孙吴政权。及，承接，趁。②峻四夷出入之防：严格控制四方少数民族出入边塞的关防。峻，严厉，此作动词。③明先王荒服之制：明，申明，明确。中国古代有“五服”之说，王畿之外五百里为侯服，再五百里为甸服，再五百里为绥服，

再五百里为要服，再五百里为荒服。荒服之地，不从王化。④宋初不能立威契丹：太平兴国四年，宋太宗灭北汉之后，亲征辽国，为辽兵大败于高梁河，雍熙三年，宋大举攻辽，又大败而归。从此宋无力攻辽，遂成守势。⑤金、元之祸：金灭北宋，元灭南宋。⑥太祖北逐金、元：1368年，明太祖朱元璋攻克大都，灭元。而元顺帝逃往塞外沙漠，仍称元帝（史称北元）。太祖命大将徐达、李文忠出师沙漠击元帝及扩廓帖木耳。元顺帝死，昭宗嗣位，李文忠继续北追。⑦文皇定鼎燕都：明成祖朱棣谥文皇帝。定鼎，建都。燕都，北京。⑧三黎来庭：指海南三个黎族前来归顺。

译文

汉魏以来，匈奴、鲜卑等部族来投降的人，朝廷大多将他们安置在塞内各郡居住，后来这些民族屡因痛恨而杀死当地官吏，渐渐成为民间的忧患。侍御史郭钦建议将平定吴国的威势，谋臣猛将所定的策略，逐渐转移到内地杂居的胡人身上，将他们安置在边疆，严防四方夷人的出入，阐明先王对夷狄的制度，这是万世长远的策略。皇帝不听，最终发生五胡乱华。

【梦龙评】只有开国的余威可以利用，失去这个机会，就无能为力了。宋朝初年不能对契丹建立威严，导致金元之祸，相继不断。明太祖北败金元，威势远扬沙漠；成祖定都燕京，海南黎族前来归顺，这岂不是万世久安的大计吗？

陈恕不报钱谷为天下

陈晋公为三司使[①]，真宗命具中外钱谷大数以闻，恕诺而不进。久之，上屡趣之，恕终不进。上命执政诘之，恕曰：“天子富于春秋，若知府库之充羡，恐生侈心。”

【梦龙评】李吉甫[②]为相，撰《元和国计簿》上之，总计天下方镇、州、府、县户税实数，比天宝[③]户税四分减三，天下仰给县官者八十二万余人，比天宝三分增一，其水旱所伤、非时调发者，不在此数，欲以感悟朝廷。大臣忧国深心类如此。

注释

①陈晋公：即陈恕，字仲言，北宋南昌（今属江西省）人，太平兴国进士，累迁

盐铁使，后官至吏部尚书左丞。三司使：官名，北宋时掌管全国钱谷出纳、均衡财政收支，是最高财政长官。②李吉甫：字弘宪，唐赵郡（今河北赵县）人，官累淮南节度使、丞相。③天宝：唐玄宗李隆基的年号。

译文

北宋真宗时，晋国公陈恕担任国家财政的三司使，真宗命令他将中央和地方库存的银钱和粮食的大略数字上报给他知道，陈恕光答应就是不上报。过了很长时间，皇上屡次催问他，他始终不报。真宗诏命执掌朝政的大臣质问他，陈恕说："天子的年纪还很轻，如果知道府库中钱粮充裕，我恐怕皇上生奢侈之心。"

【梦龙评】李吉甫为宰相时，特地写《元和国计簿》呈给宪宗，总计天下方镇、州、府、县户税的数目，比天宝年间减少了四分之三；天下依赖县官供给的人口有八十二万，比天宝年间多了三分之一；至于水旱灾所受的伤害、紧急时发放的数目还不包含在内。他想借此使朝廷有所感悟。大臣忧国的深切之心都是如此。

通简卷三

本卷所集的故事说明了通简的可贵。通，即通达事理；简，即化繁为简，化大事为小事，以最简捷的办法解决看起来很复杂的问题。汉代曹参入相后，一切遵守萧何原来的法规而无所兴废；北宋的李及为人持重，不改前任所立的尽善尽美的规章；北宋的赵普烧掉各地投送来的建议兴利除弊的文章，皆可谓得道家无为而治之精髓。

世本无事，庸人自扰；唯通则简①，冰消日皎。

注释

①唯通则简：为人只有通达事理，才能处事简要可行。

译文

世上本无事，庸人自相扰。只要心智通达，繁杂的事务处理起来就会变得简单明了。如同太阳一出，自然冰消雪化。

文宗赏赐相扑人

文宗①将有事南郊，祀前，本司②进相扑人。上曰："我方清斋，岂合观此事？"左右曰："旧例皆有，已在门外祗候③。"上曰："此应是要赏物。可向外相扑了，即与赏物令去。"又尝观斗鸡，优人称叹："大好鸡！"上曰："鸡既好，便赐汝！"

【梦龙评】既不好名，以扬前人之过；又不好戏，以开幸人之端，觉革弊更纷，尚属多事。此一节可称圣主。

注释

①文宗：唐文宗李昂。②本司：该司。司，分管事务的官署。③祗（zhī）候：恭敬地等候着。

译文

唐文宗李昂将要到京城南郊举行祭天活动。去祭祀之前，主管官员奏道，已将相扑手带来了。文宗说："我正在清静斋戒，怎么能看相扑？"侍臣们说："按旧例祭天前都有观看相扑的项目，相扑手已在门外等候了。"文宗说："这只是想要赏赐东西，可让他们就在外面相扑，就给他们赏赐东西命令他们离去。"又有一次文宗看斗鸡，旁边一个优伶称叹道："好一只大公鸡。"文宗说："鸡既然好，就把鸡赏给你吧。"

【梦龙评】唐文宗既不追求好名声，以宣扬前人的过；又不沉溺于嬉戏之中，以开启奸佞之人寻得宠幸的门。他深知为了革除弊政而把制度左更右改，实在是多事举。唐文宗在这件事上可称为圣主。

曹参设计谏惠帝

曹参被召，将行[①]，属其后相[②]：“以齐狱市为记[③]。”后相曰：“治无大此者乎？”参曰：“狱市所以并容也，今扰之，奸人何所容乎[④]？”参既人相，一遵萧何约束，唯日夜饮醇酒，无所事事。宾客来者皆欲有言，至，则参辄饮以醇酒；间有言，又饮之，醉而后已，终莫能开说。惠帝[⑤]怪参不治事，嘱其子中大夫窋私以意叩之。窋以休沐归，谏参。参怒，笞之二百。帝让[⑥]参曰：“与窋何治乎[⑦]？乃者吾使谏君耳。”参免冠谢曰：“陛下自察圣武孰与高帝[⑧]？”上曰：“朕安敢望先帝？”又曰：“视臣能孰与萧何？”帝曰：“君似不及也。”又曰：“陛下言是也。高帝与何定天下，法令既明。今陛下垂拱[⑨]，参等守职[⑩]，遵而勿失[⑪]，不亦可乎！”帝曰：“君休矣[⑫]。”

【梦龙评】不是覆短，适以见长。

吏廨[⑬]邻相国园。群吏日欢呼饮酒，声达于外。左右幸[⑭]相国游园中，闻而治之。参闻，乃布席取酒，亦欢呼相应。左右乃不复言。

【梦龙评】极绘太平之景，阴消近习[⑮]之谗。

注释

①曹参被召，将行：汉惠帝时曹参为齐丞相，用黄老术，相齐九年，齐国安集。汉相国萧何死，参闻之，即备行装，言“吾且人相”。居无何，使者果来召参入都城。②属其后相：嘱托继他任齐丞相的人。③以齐狱市为记：把齐国的刑狱和市井挂记着。④“狱市所以并容也”句：宋人解释此句为：刑狱中的教唆词讼，资给盗贼；市井中的用私斗秤欺骗之类，皆奸人图利之所。如穷治则事必枝蔓。这些奸人如果没有狱和市来容纳他们进行活动，他们就要生更大的祸乱。所以为了免生大乱子，就不要干涉市狱中的违法行为。⑤惠帝：汉惠帝刘盈，刘邦子，前 195 年 –188 年在位。⑥让：责向。⑦与窋何治乎：意谓与曹窋无甚相干，你何必责打他呢？⑧高帝：汉高帝刘邦。⑨垂拱：垂衣裳而拱双手，言无所事事。《书经·武成》：“垂拱而天下治。”后遂常用以颂扬帝王无为而治天下。⑩守职：谨守职分。

⑪遵而勿失：遵循其道而不要脱离。⑫君休矣：您可以休息去了。此言惠帝已明了曹参用心，疑惑释然。⑬吏廨：相国属吏办公的官廨。⑭幸：庆幸。⑮近习：左右亲近之人。

译文

汉朝曹参奉召入朝做丞相，临别的时候，他嘱咐继他任齐相的人说："要把齐的刑狱和集市留意着。"继任的齐相问道："国家的政治没有比这更重要的事情了吗？"曹参说："监狱和集市都是安排坏人的场所，你现在如果处理不好二者的关系，把坏人安置到什么地方？"后来曹参当上宰相，一切事物都遵照萧何的旧规办理，多以日夜畅饮美酒，不出台什么新举措。来访的客人们都被曹参招待喝酒；其间想谈事，曹参又给他们喝酒，一直到他们喝醉为止，始终没有机会说话。汉惠帝刘盈责怪曹参不治理政事，就让曹参的儿子中大夫曹窋私下问他是何用意。曹窋以休息、沐浴为理由回，劝谏曹参去治理朝政。曹参听了大怒，抽了曹窋二百鞭子。汉惠帝责问曹参说："你为什么要打曹窋呢？这是朕派他去劝你。"曹参取下帽子行礼谢罪说："陛下自己掂量掂量，陛下与高帝比谁更圣明英武？"惠帝说："朕怎敢与高帝相比呢？"曹参又说："微臣与萧何相比谁更强？"惠帝说："你似乎比不上萧何。"曹参说："陛下说得很对呀。高帝与萧何平定了全国，法令已订得很清楚了，陛下无为而治，臣等谨守职分，遵循着既定的法令不脱离，不是很好吗！"惠帝明白了曹参的心意，就对他说："你不必再说了！"

【梦龙评】这不是在掩饰自己的短处，实在是表现自己的长处。

城中的官署恰好和相国的花园相邻，群吏每天欢呼喝酒，声音传到隔壁。相府的侍卫希望相国能到花园里来游览，听到这个声音后可管管他们。曹参听见了，就命人在花园里摆开宴席，然后饮酒欢呼，和对方声音相应和，侍卫就不再说话了。

【梦龙评】极力渲染太平盛世的景象，自然而然地消除身边人的谗言。

王旦慧眼荐李及

曹玮久在秦中[①]，累章求代。真宗问王旦："谁可代玮者？"旦荐李及[②]，上从之。众疑及虽谨厚有行检，非守边才。韩亿以告旦，旦不答。

及至秦州，将吏亦心轻之。会有屯戍禁军白昼掣妇人银钗于市，吏执以闻。及方坐观书，召之使前，略加诘问，其人服罪。及不复下吏，亟命斩之，复观书如故。将吏皆惊服。不日声誉达于京师，亿闻之，复见旦，具道其事，且称旦知人之明。旦笑曰：“戍卒为盗，主将斩之，此常事，何足为异！旦之用及，非为此也。夫以曹玮知秦州七年，羌人詟服。玮处边事已尽宜矣，使他人往，必矜其聪明，多所变置，败玮之成绩。所以用及者，但以及重厚，必能谨守玮之规模而已。”亿益叹服公之识度。

【梦龙评】张乖崖自成都召还，朝议用任中正[3]代之，或言不可。帝以问王旦。对曰：“非中正不能守咏之规也。”任至蜀，咨咏以为政之法。咏曰：“如己见解高于法，则舍法而用己；勿徇己见。”任守其言，卒以治称。后生负才，辄狭小前人制度，视此可以知戒。

注释

①秦中：古地区名，指今陕西中部平原地区。②李及：字幼江，北宋初范阳（今北京城西南）人，历任杭州郓州应天河南府，拜御史中丞，资质清介，所治简严。③任中正：字庆之，北宋济阴（今山东定陶区西北）人，第进士，历通判大名府，累擢枢密直学士、兵部尚书。知益州五载，尊咏条教，蜀人便之。

译文

宋朝人曹玮久在秦州任职，多次上书请求朝廷派人来接替他的职位。真宗问王旦："谁可以接替曹玮呢？"王旦推荐李及，真宗批准了。众臣怀疑李及虽然谨慎忠厚、行为检点，但不是防守边塞的将才。韩亿将众人的疑虑告诉王旦，王旦却没有说话。李到秦州后，官吏都看不起他。正好这时屯戍禁军中有士兵白天在市场抢夺妇女的银钗，官吏们将他捉捕，押到李及处。当时李及正坐间，那士兵服罪。李不再将他交给官吏，立即下令处死，然后继续看书。此后，边将、官吏都非常敬畏李及。

不久，李及的声誉传到京城，韩亿听到后，又去见王旦，向他详细地说明这件事，并称赞王旦有知人之明。王旦笑着说："戍边的士兵做强盗，主将予以斩首，是一件很平常的事，有什么值得大惊小怪的？我用李及，并不是这个原因。曹玮治理秦州已经七年，羌人都畏惧心服他。曹玮治理的边塞已经很好了，如果派其他人去接替，一定会自以为聪明，多方改变曹玮的治理措施，败坏曹玮的政绩。之所以任用李及，只是因为他稳重忠厚，一定能恪守曹玮的规矩罢了。"韩亿听了，更加叹服王旦的见识和气度。

【梦龙评】张咏从成都被召回京城，朝廷已经决议用任中正接替他，但有人反对。皇上便问王旦，王旦回答说："如果不用任中正，就无法恪守张咏的规矩。"任中正一到四川，便去请教张咏处理政事的方法，张咏说："如果你认为自己的见解比法规高明，就可以舍弃法规而按自己的见解去办事；千万不能凡事都按自己的见解去做。"任中正遵照这些话去做，最终因政绩优良上下称道。后辈的年轻人往往过高估计自己的才能，动辄轻视前人的制度，看了这个故事一定会知道自戒了。

宰相焚烧民献计

赵韩王普为相[①]，置二大瓮于坐屏后，凡有人投利害文字，皆置其中，满即焚之于通衢。李文靖[②]曰："沆居相位，实无补万分，唯中外所陈利害[③]，一切报罢，聊以补国尔。今国家防制，纤悉具备，苟轻徇所陈，一一行之，所伤实多。佥人苟一时之进[④]，岂念民耶！"陆象山[⑤]云："往时充员敕局[⑥]，浮食是惭[⑦]。惟是四方奏请，廷臣面对，有所建置更革，多下看详[8]。其或书生贵游[9]，不谙民事，轻于献计，一旦施行，片纸之出，兆姓[10]蒙害。每与同官悉意论驳，朝廷清明，尝得寝罢。编摩之事[11]，稽考之勤[12]，何足当大官之膳[13]？庶几仅此可以偿万一耳。”

【梦龙评】罗景纶[14]曰：“古云：‘利不什，不变法。’[15]此言更革建置之不可轻也。或疑若是则将坐视天下之弊而不之救欤？不知革弊以存法[16]可也，因弊而变法不可也；不守法而弊生，岂法之生弊哉！韩、范之建明于庆历者[17]，革弊以存法也；荆公之施行于熙宁者[18]，因弊而变法也。一得一失，概可观矣。”

注释

①赵韩王普为相：赵普死后太宗追封真定王，真宗复追封韩王。普以太祖乾德二年（964年）拜相，开宝六年（973年）罢相。至太宗太平兴国六年（981年）象毋碾，厂（983年）复罢。至太宗端拱元年（988年），三次拜相，至淳化乏元年（990年）因病罢。②李文靖：李沆谥文靖。③陈利害：指关于兴利除弊的各种条陈。④苟一时之进：苟图自身一时之进取功名。⑤陆象山：陆九渊，字子静。南宋乾道进士，官至知荆门军。后还乡居贵溪之象山讲学，学者称象山先生。⑥充员敕局：充员，任职的谦称。敕局，敕令所，相当于清代之律例馆，掌修纂、审定法令条式。孝宗时陆九渊曾任敕令所删定官。⑦浮食是惭：为在那里无所造就、尸位素餐而感到惭愧。⑧多下看详：常常把奏章批给敕令所，由所内官员审查研究。看详，公文用语，即审查。⑨贵游：无官职的王公贵族子弟。⑩兆姓：古以十万为亿，十亿为兆。兆姓犹言万姓，指普天下老百姓。⑪编摩之事：指编写切磋法令条文的公事。⑫稽考之勤：为了应付官吏考核而勤恳办公。⑬何足当大官之膳：哪里能抵偿朝廷供给的膳食（指俸禄）。⑭罗景纶：罗大经，字景纶，南宋理宗宝庆进士，曾任容州法曹掾、抚州军事推官。所著有《鹤林玉露》十八卷。“戒更革”条摘录于此书。⑮利不什，不变法：《商君书·更法》曰：“利不百，不变法；功不十，不易器。”意谓如新法无十百倍之利，则旧法不必变。⑯革弊以存法：仅革除执行旧法时出现的一些弊病而不能废除旧法本身。⑰韩、范之建明于庆历者：指范仲淹、韩琦在仁宗庆历三年实行的革新，史称“庆历新政”。但不足一年即告失败。⑱荆公之施行于熙宁者：王安石封荆国公，于熙宁二年开始陆续推行新法。

译文

宋朝时赵普担任宰相时，在他的座椅屏风后面放了两只大瓮，凡是投送来的所谓兴利除弊进行变革的文章，全都放在瓮中，塞满后就堆到大街上烧掉。李沆也说过："我在宰相职位上时，对国事实在是连万分之一的补益也没有做，唯有对朝廷内外所有陈说兴利除弊要加变革的意见，全都弃置不用，姑且以此于国事有补而已。现在国家的一切防范制度，连最细小的方面都考虑到了，像如轻易按那些人所陈说的意见一一去实行，国家所受的伤害一定会很多。写条陈的人是图自身一时进取功名，难道真的是顾念百姓疾苦吗？"南宋陆九渊说："以往朝廷冗员充斥，我也是白支薪俸的官员之一，实在很惭愧。只有各地的奏章、大臣在朝廷上的对答，凡涉及规章建制更革的，皇上常常批转给我们审定。其中有的是一些书生和王公贵族子弟，不了解民情，就轻率地献计献策，一旦按照他们说的去施行，一纸公文发出，天下老百姓将蒙受其害。我常常与同僚们仔细思考详加论证反驳，朝廷清正圣明，才使得这些奏议都止罢不用。编写些切磋法令条文之类的公事、为应付考核而勤奋工作，哪里能抵偿朝廷的俸禄？期望着仅凭这些来报答皇恩的万分之一吧。"

【梦龙评】罗景纶说："古人有言：'利益不满十分不变法。'这是说明改旧革新的事不能轻视。有人怀疑这样不就是坐视天下的弊病而不拯救吗？他们不知道改革弊病且同时保存旧法是可行的，因弊病而实施变法却不可行。不守法而产生弊病，难道是法律本身的弊病吗？韩琦、范仲淹在仁宗庆历年间的建树，是革除弊病而保存法律。王安石在神宗熙宁年间的措施，是由于弊病而改变法律。一得一失，都可看得很清楚。"

阮文中巧平叛乱

隆庆[①]中，贵州土官安国亨、安智各起兵仇杀，抚臣以叛逆闻。动兵征剿，弗获，且将成乱。新抚阮文中将行，谒高相拱[②]。拱语曰："安国亨本为群奸拨置[③]，仇杀安信，致信母疏穷、兄安智怀恨报复。其交恶互讦，总出仇口，难凭。抚台偏信智，故国亨疑畏，不服拘提，而遂奏以叛逆。夫叛逆者，谓敢犯朝廷。今夷族自相仇杀，于朝廷何与？纵拘提不出，亦只违拗而已，乃遂奏轻兵掩杀，夷民肯束手就戮乎？虽各有残伤，亦未闻国亨有领兵拒战之迹也，而必以叛逆主之，甚矣！人臣务为欺蔽者，地方有事，匿不以闻。乃生事幸功者，又以小为大，以虚为实。始则甚言之，以为邀功张本，终则激成之，以实已之前说，是岂为国之忠乎！边批：说尽时弊。君廉得其实，宜虚心平气处之，去其叛逆之名，而止正其仇杀与夫违拗之罪，则彼必出身听理。一出身听理，而不叛之情自明，乃是止坐以本罪，当无不服。斯国法之正，天理之公也。今之仕者，每好于前官事务有增加，以见风采。此乃小丈夫事，非有道所为，君其勉之！”阮至贵密访，果如拱言，乃开以五事：一责令国亨献出拨置人犯，一照夷俗令赔偿安信等人命，一令分地安插疏穷母子，一削夺宣慰[4]职衔，与伊男权替，一从重罚以惩其恶。而国亨见安智居省中，益疑畏，恐军门诱而杀之，边批：真情。拥兵如故，终不赴勘，而上疏辨冤。阮狃[5]于浮议，复上疏请剿。拱念剿则非计，不剿则损威，乃授意于兵部，题覆得请，以吏科给事[6]贾三近往勘。边批：赖有此活法。国亨闻科官奉命来勘，喜曰：“吾系听勘人，军门必不敢杀我，我乃可以自明矣！”于是出群奸而赴省听审，五事皆如命，愿罚银三万五千两自赎。安智犹不从，阮治其用事拨置之人，始伏。智亦革管事，随母安插。科官未到，而事已定矣。

【梦龙评】国家于土司，以戎索羁縻[7]之耳，原与内地不同。彼世享富贵，无故思叛，理必不然。皆当事者或浚削，或慢残，或处置失当，激而成之。反尚可原，况未必反乎？如安国亨一事，若非高中玄力为主持，势必用兵，即使幸而获捷，而竭数省之兵粮，以胜一自相仇杀之夷人，甚无谓也。呜呼！前事不忘，后事之师。吾今日安得不思中玄乎！

注释

①隆庆：明穆宗朱载垕的年号。②高相拱：高拱，字中玄，明新郑（今属河南省）人，嘉靖进士，选庶吉士，官累太子太傅、尚书、太学士，卒赠太师，谥文襄。③拨置：挑拨离间。④宣慰：宣慰使，官名，明代设在少数民族地区掌管一地军民

事务的职官，一般由土司世袭。⑤狃（niǔ）：习以为常而不加重视。⑥吏科给事：官名，明设置在吏部掌侍从规谏、稽查吏部弊误的职官。⑦戎索：戎人之法。索，法。羁縻（jī mí）：拘留，束缚。

译文

明穆宗隆庆年间，贵州土官安国亨、安智各领兵众互相仇杀，贵州巡抚以叛逆事件将情况上报给朝廷。官军发起征剿，没有取得什么效果，而且将激成更大的动乱。新任贵州巡抚阮文中即将离京时，前去谒见内阁首辅高拱。高拱对他说："安国亨本来是被坏人们挑起仇恨，杀了安信，以致使安信的母亲穷困不堪、兄长安智怀恨报仇。他们互相污蔑攻击，所传的一些事情，都是出自对方仇人之口，难以凭信。前任巡抚偏信安智，所以安国亨对官府疑虑惧怕，不听从提讯，于是贵州巡抚就以叛逆罪上报。所谓叛逆，是指的对抗朝廷，现在夷族之内自相仇杀，于朝廷何干？纵然提讯不出，也只能说是违逆罢了，何至于就奏报派精兵围剿，夷族民众怎肯束手就擒呢？虽然双方各有伤残，但也没有听说安国亨有组织夷人进行抗拒官兵战斗的事情发生。而现在一定要定他们叛逆的话，就太过分了！作为臣子，存心要欺瞒蒙蔽朝廷的话，地方上出事，就隐匿不报。而那些喜欢无事生非，以图侥幸邀功的人，又常小事当大事，假的做真的，起初是夸大其词，以作为捞取功劳的本钱，终于将事情激成大乱，用来证实自己前说不谬，哪里是为国尽忠呢！边批：说尽了当时的弊端。您这次到贵州查访到实际情况以后，要平心静气做出公断，取消安国亨叛逆的罪名，而只要正确地处理他仇杀与违拗的罪过，那么他必然到堂听从审理。一到堂听从审理，他没有反叛朝廷的实情自然就清楚了，他肯定不会不服。这才是国法的正大，天理的公道啊！现今当官的人，常常好在任官员的政事上再增添些新花样，以显示自己的风度和才干。这是小丈夫的处事方式，不是有道之人的作为，您要好自为之啊！"既文中到了贵州，经过密访，情况果然像高拱说得那样，于是做出五项决定：

一、责令安国亨交出挑拨仇杀的人犯；

二、按照夷人的风俗赔偿安信等人的性命；

三、责令分两地安置穷困的安智母子二人；

四、剥夺安国亨的宣慰司宣慰使的职衔，由他的儿子接替权位；

五、从重对安国亨的仇杀、违拗罪进行处罚，以惩治他的罪过。

安国亨见安智住在巡抚官署中，更加疑虑惧怕，担心巡抚是想诱杀他，边批：真实心情。依然拥兵不动，一直不去听从审理，而向朝廷上疏辩解自己的冤情。阮文中被流言蜚语所感染，也上疏请求征剿安国亨。边批：幸方有此方法。高拱考虑到征剿终归不是好办法，不征剿又损害了朝廷的威信，于是授意兵部，批准阮文中的奏疏，另外派吏科给事中贾三近前往贵州勘问安国亨。安国亨听说是吏部掌奏章的给事中奉朝廷之命要前来勘问，高兴地说道："我是皇上派来勘问的人，巡抚必定不敢杀我，我就可以辩明自己的冤情了！"于是把那些挑拨仇杀的坏人们交出来，自己赴省里听从审问，阮文中的五项决定皆一一照办，自愿交纳罚银三千五百两来赎罪。安智还有些不服从，阮文中又将那些挑拨仇杀的坏人一一治罪，安智服从了决定。他也被革去管事之职，随母亲安插到外地。这样，还没等吏科事中贾三近到贵州，事情就已全处理好了。

【梦龙评】国家对于土司，都用夷人的法令来牵制约束他们，原来就和内地不同。他们世世代代享受富贵，必没有无故叛变的道理。一定是当事者，有的削夺，有的残害，有的处理不当，才会促成乱事。反叛尚可原谅，何况未必是反叛呢！像安国亨这件事，如果不是高拱尽力主张不用兵，势必引起战争。即使幸而战胜，但是用尽数省的兵粮，去打赢自相仇杀的夷人，也没有什么意义。唉！前事不忘后事之师，我们怎能不怀念高拱先生呢！

迎刃卷四

本卷收集了古代大臣对令人棘手的军国大事以出其不意的办法轻易解决的故事。关于对外交往事件的处理，如何既能维护国家的尊严，又不违背外交礼仪，不给外族留下话口？这是很费脑筋的事。而唐代的裴光庭建议突厥大臣随唐天子封禅泰山、宋代的王旦出主意于岁币中除去借给契丹的钱币，都是将复杂的外交事件处理得有条有理，面面兼顾。

危峦前厄[①]，洪波后沸；人皆棘手，我独掉臂[②]。动于万全，出于不意，游刃有余，庖丁之技[②]。——集《迎刃》。

注释

①厄：阻塞。②掉臂：挥动手臂，谓有所作为。

译文

前有险恶的山峰挡住了去路，后有滚沸之水般的狂涛逼来。人人都感到棘手，我却能等闲视之。充分掌握全局后才行动，一行动就出其不意，犹如庖丁解牛一般游刃有余。因此集《迎刃》卷。

主父偃分诸侯势

汉患诸侯强，主父偃[①]谋令诸侯以私恩自裂地，分其子弟，而汉为定其封号。汉有厚恩而诸侯渐自分析弱小云。

注 释

①主父偃：主父为复姓，西汉临淄人，主张进一步减弱割据势力，下“推恩令”，曾为齐相。

译 文

汉朝王室担忧诸侯势力过于强大，主父偃主张准许诸侯将土地分封给自己的子弟，而由朝廷定其封号。朝廷对诸侯子弟有厚恩，而诸侯的势力则因可分封土地而逐渐渐少趋于弱小。

裴光庭调遣突厥

张说以大驾[①]东巡，恐突厥乘间入寇，议加兵备边，召兵部郎中裴光庭谋之。光庭曰：“封禅，告成功也。今将升中于天而戎狄是惧，非所以昭盛德也。”说曰：“如之何？”光庭曰：“四夷之中，突厥为大，比屡求和亲，而朝廷羁縻未决许也。今遣一使，征其大臣从封泰山，彼必欣然承命。突厥来，则戎狄君长无不皆来，可以偃旗卧鼓，高枕有余矣！”说曰：“善！吾所不及。”即奏行之。遣使谕突厥，突厥乃遣大臣阿史德颉利发入贡，因扈从[②]东巡。

注 释

①大驾：皇帝出行的队伍。②扈从：随侍帝王出巡。

译 文

唐朝宰相张说考虑到天子大驾要东去泰山封禅，恐怕突厥乘机侵犯边境，主张加派军队守备边防，他找来兵部郎中裴光庭一同商量这件事。裴光庭说：“天子封禅，是向天下表明治国的成功。现在要惧怕突厥入侵，这就显示不出大唐的强盛和功德了。”张说问道：“那怎么办呢？”裴光庭答道：“四方的夷国之中，突厥是个大国，他们屡次要求与朝廷和亲，可是朝廷一直犹豫不决没答应。现在派遣一名使者，征求突厥国派一名大臣，随从天子封禅泰山，他们必定欣然从命。只要突厥来人，那么其他外族的君长就没有不来的了。这样，边境上可以偃旗息鼓，高枕无忧了！”张说道：“好啊！你的见解是我所不及的。”张说立即向天子奏明，派遣使者告示突厥。突厥于是派遣大臣阿史德颉利发入朝进贡，接着随从天子去泰山封禅。

正己献金赏将士　接见军使守禁军

德宗[①]即位，淄青[②]节度李正己[③]表献钱三十万缗。上欲受，恐见欺；却之，则无词。宰相崔祐甫[④]请遣使；使慰劳淄青将士，因以正己所献钱赐之，使将士人人戴上恩，诸道知朝廷不重财货。上从之，正己大惭服。

神策军使[⑤]王驾鹤[⑥]，久典禁兵，权震中外。德宗将代之，惧其变，以问崔祐甫。祐甫曰：“是无足虑。”即召驾鹤，留语移时，而代者白志贞[⑦]已入军中矣。

注释

①德宗：唐德宗，780年即位。②淄青：淄青镇，为唐代藩镇之一，又名平卢军。③李正己：高丽人，为营州副将，初事淄青节度使侯希逸，得众心，毒手代为节度使，拥十余州之地，为藩镇中最强者。政令严酷，威震邻境。780年德宗冤杀权理财家刘晏，781年李正己与诸镇谋反，上表问杀刘晏之罪。会病死，传位于子李纳。④崔祐甫：代宗时累宫中书舍人，性刚直不阿。德宗初拜门下侍郎同平章事（宰相），改中书侍郎，荐拔人才，推至公以行，旋卒。⑤神策军使：唐玄宗始置神策军，为禁军之一。后权势在诸禁军上。掌军者为神策军使，全称为神策都知兵马使，多由权阉任之。⑥王驾鹤：时为神策都知兵马使、右领军大将军。罢神策军使后为东都园苑使。⑦白志贞：原名白琇珪，任司农卿。

译文

唐德宗李适即位之后，淄青节度使李正已上书祝贺并献钱三十万缗，德宗想接受，又怕被欺骗；想推辞，又没有恰当的理由。正在为难时，宰相崔祐甫奏请德宗派使者前去慰劳淄青的将士，借此将李正已所献的钱赏赐给将士们，这样一来，使将士们都感激皇上的恩德，也使各地的官吏知道朝廷不看重财物。德宗准许依此行事，李正已因而感到惭愧心服。

神策军使王驾鹤长期执掌禁军，权势威震朝廷内外。唐德宗想派人顶替他，又怕发生兵变，就问崔祐甫该怎么办。崔祐甫说："这件事不值得皇上忧。"他立即召王驾鹤前来谈话，故意延长时间，而顶替王驾鹤的白志贞已进入军中，接管了禁军大权。

王旦善谋稳军心　契丹西夏遭羞辱

马军副都指挥使[1]张旻，被旨选兵，下令太峻，兵惧，谋为变。上召二府议之。王旦曰："若罪旻，则自今帅臣何以御众？急捕谋者，则震惊都邑。陛下数欲任旻以枢密，今若擢用，使解兵柄，反侧者当自安矣。"上谓左右曰："旦善处大事，真宰相也！"

【梦龙评】借一转以存帅臣之体，而徐议其去留，原非私一旻也。

契丹奏请岁给外别假钱币，真宗以示王旦。公曰："东封甚迫，车驾将出，以此探朝廷之意耳。可于岁给三十万物内各借三万，仍谕次年额内除之。"契丹得之大惭。次年复下有司："契丹所借金帛六万，事属微末，仰依常数与之。今后永不为例。"

【梦龙评】不借则违其意，徒借又无其名；借而不除，则无以塞侥幸之望；借而必除，又无以明中国之大。如是处分方妥。

西夏赵德明[2]求粮万斛。王旦请敕有司具粟百万于京师，而诏德明来取。德明大惭，曰："朝廷有人。"乃止。

注释

①副都指挥使：官名，宋代的都指挥使为地方上的最高军事指挥官，副都指挥

使为都指挥使的副手。②赵德明：李德明，西夏王李继迁之子，银川党项族人，宋真宗时奉表归顺，封西平王，子赵元昊立，追尊为西夏太宗。

译文

宋朝时马军副都指挥使张旻，遵照圣旨挑选士兵，下令太严，兵士们因惧怕想谋反叛变。皇上召吏部兵部的大臣来商议。宰相王旦说道："如果处罚张旻，那么将帅大臣今后还怎么统御士卒？如果立刻捉捕谋反的人，则会震惊全城，陛下几次都想任用张旻为枢密使，现在如果提拔任用，使他解除了权，反叛他的人们自当安心了。"皇上对左右大臣说："王旦善于处理大事，真是当宰相的人才呀！"

【梦龙评】王旦借转任之间保存了对将帅应有的礼制，再缓缓商议他的去留，并不是对张旻一人的偏私。

契丹王奏请宋真宗，要在每年给契丹进贡的银绢之外再向宋朝借些钱币，真宗把这个文件让王旦看。王旦说："陛下东巡封禅之事已十分迫近，随驾的车队即将出发，这个时候契丹提出此事是有试探我朝之意了。可以在每年的三十万赠物中再借三万给契丹，并且告诉他们所借的这些在明年的贡品数额内除去。"契丹得到之后大感惭愧。到了次年，真宗又给有关部门下命令："契丹所借的六万金帛，事属微末，望今年还依照常数给他们贡品，今后这样的事情就永不为例了。"

【梦龙评】不借会违逆契丹的心意，光借又没有名堂。借而不扣还，就无法搪塞侥幸者的欲望，借而必须扣还，又无法显示中国的宽宏大量，像这种处理最为妥当。

西夏王赵德明向宋朝要求借给他们十万斗粮，王旦请皇上命令主管部门在京师准备百万升粮食，而下诏书让赵德明来取。赵德明对此大感惭愧，说："宋朝真有人才啊。"于是不再提借粮之事。

明智部

知微卷五

本卷收集了古人见微知著的故事。知微，即由细小的迹象推知将来，因小见大。箕子由纣用象牙筷子预见商的灭亡；周公由吕尚尊贤尚功推知齐后世有篡弑之臣；周平王时的辛有见伊川有披发而祭于野者就预言："不及百年，此其戎乎？"他们的预测后来都被证实，箕子、周公、辛有可谓知微者。

圣无死地，贤无败局；缝祸于渺[①]，迎祥于独[②]；彼昏是违[③]，伏机[④]自触。集《知微》。

注释

①缝祸于渺：弥缝、补救祸患于很微小的时候。②迎祥于独：接受福祥于只有自己能发现其苗头的时候。③是违：违背这个。指不能及早洞察祸福的苗头。④伏机：埋伏的机关。

译文

圣人行事，绝不会自陷死地；贤者所为，从不曾遭逢败局。这是因为他们能从细微的小事中预知祸害的来临，因此总能够未雨绸缪，得到圆满的结果。集此为《知微》卷。

箕子已料纣王亡

纣[①]初立，始为象箸[②]。箕子[③]叹曰："彼为象箸，必不盛以土簋[④]，将作犀[⑤]玉之杯。玉杯象箸，必不羹藜藿[⑥]，衣短褐[⑦]，而舍于茅茨[⑧]之下，则锦衣九重，高台广室。称此以求，天下不足矣！远方珍怪之物，舆马宫室之渐，自此而始，故吾畏其卒也！"未几，造鹿台[⑨]，为琼室玉门，狗马奇物充其中，酒池肉林，宫中九市，而百姓皆叛。

注释

①纣：商纣王，商代的最后一位君主，由于荒淫无度，肆意专横，在牧野战中，而被周武王击败，自焚而死。②箸（zhù）：筷子。③箕（jī）子：商纣王同宗族伯叔，名胥余，封子爵，国于箕，故称箕子。纣王无道，箕子谏之不听，乃披发佯狂为奴。④土簋（guǐ）：古代盛放食物的器具，圆口两耳。⑤犀（xī）：犀牛角，用来做器物的名贵材料。⑥藜藿（hè）：长刺的野生植物，藿草。⑦短褐：粗布短衣。⑧茅茨（cí）：用茅草或芦苇盖的房子。⑨鹿台：殷纣王聚积财物的地方，建在商纣王别都朝歌内。

译文

纣王刚即位的时候，命令人制造象牙筷子供自己使用。纣王的叔父箕子叹息说："他用象牙筷子吃饭，一定不会再用陶碗盛食物，将来还会做犀角美玉的酒杯。有了美玉杯、象牙筷，必然不会再吃粗陋的食物，穿粗布的衣服，也不会住在茅草的房屋里，于是锦衣玉食，亭台楼阁，这样追求下去，天下将满足不了他了！对远方珍奇百怪与车马宫室的需求，就从此开始。所以我担心他的后果会很可怕。"不久，纣王果然建筑鹿台，用美玉建宫室，狗马及珍奇物品充满宫中，酒池肉林，并在宫中设立九个街市，终于逼得百姓都背叛他。

周公推知殷亡因

武王入殷，闻殷[①]有长者。武王往见之，而问殷之所以亡。殷长者对曰："王欲知之，则请以日中为期。"及期弗至，武王怪之。周公[2]曰："吾已知之矣。此君子也，义不非其主。若夫期而不当，言而不信，此殷之所以亡也。已以此告王矣。"

注释

①殷：朝代名，商盘庚迁都殷，改商朝为殷。②周公：姓姬，名旦，周武王之弟，因采邑在周，故称周公。

译文

周武王占领殷都朝歌，听说殷朝有个淳厚宽让的长者，武王就去拜访他，向他询问殷之所以会灭亡的原因。这个长者回答说："大王想知道这个，那么就让我在中午的时候来告诉你吧。"然而到了中午，那位长者却没有来，武王因此很生气，暗暗责怪他。周公说："我已经知道了，这个长者真是位君子呀！不肯批评自己君主的过失。他故意约会而不到，许诺而不守信，他就是用这个来说明殷之灭亡的原因的呀。他已经用自己的行为告诉大王了。"

姜太公预知未来

太公封于齐[1]，五月而报政[2]。周公[3]曰："何族同速也？"曰："吾简其君臣，礼从其俗。"伯禽至鲁[4]，三年而报政。周公曰："何迟也？"曰："变其俗，革其礼，丧三年而后除之。"周公曰："后世其北面事齐[5]乎？夫政不简不易，民不能近[6]；平易近民，民必归[7]之。"周公问太公何以治齐，曰："尊贤而尚功[8]。"周公曰："后世必有篡弑之臣[9]！"太公问周公何以治鲁，曰："尊贤而尚亲[10]。"太公曰："后寝弱矣！"

【梦龙评】二公能断齐、鲁之敝于数百年之后[11]，而不能预为之维[12]；非不欲维也，治道可为者止此耳。虽帝王之法，固未有久而不敝者也；敝而更之，亦俟乎后之人而已。故孔子有"变齐、变鲁"之说[13]。陆葵日曰："使夫子之志行，则姬、吕之言不验。"夫使孔子果行其志，亦不过变今之齐、鲁，为昔之齐、鲁，未必有加于二公也。二公之孙子，苟能日儆惧于二公之言，又岂俟孔子出而始议变乎？

注释

①太公封于齐：太公，吕尚。周武王灭商去世后，成王即位，周公摄政，东征灭蒲姑，封吕尚于齐，为齐之始祖，故称太公。②报政：向周天子报告其政成功。③周公：姬旦，周武王弟。与吕尚同为武王之主要辅弼。④伯禽至鲁：周公妥灭奄（今山东曲阜一带），使其子伯禽率殷民六族共为鲁国。⑤北面事齐：古时君旨主坐北面南，臣子则面北。此言鲁国后世衰微，将臣服于齐。⑥政不简不易，民不能近：行政如果烦琐而不简要，尊严严而不平易，则百姓将不能与其君上相亲近。⑦归：归心。⑧尚功：推崇有功绩之人。⑨后世必有篡弑之臣：言齐国因尚功，则臣子之权重。春秋末世，齐国终为田氏所篡。⑩尚亲：尊崇公族亲属。春秋时，鲁国大权落于“三桓”之手，公室势微。⑪“二公”句：此条所载均为战国时人之虚构，借故事以总结齐，鲁两国政治之利弊，并非真有二公预言之事。⑫维：维系之以防其倾覆。即防范意。⑬孔子有“变齐、变鲁”之说：《论语·雍也》：“子曰：齐一变至于鲁，鲁一变至于道。意谓齐、鲁有太公，周公之余教，如今岛臣衰，只要有明君多之，齐可一变使如鲁，鲁可一变使如大道行之时。”

译文

姜太公被周王封于齐地，刚过了五个月就来报告说政事已安定下来了。周公说：“怎么这么快呀？”太公说：“我简化了君臣之间的礼仪，礼节都随当地风俗。”周公的儿子伯禽受封于鲁。他到鲁地三年后才回来报政事的情况。周公说：“你为什么这么迟呀？”伯禽说：“我改变当地的风俗，变革他们的礼节，丧礼三年后才能解除丧服。”周公说：“如此看来，后代鲁国必将臣服于齐国啊。处理政事不能简易，人民就不能亲近他，只有平易近人的执政者，人民才会归顺他。”周公问太公：“你如何治理齐国呢？”太公说：“尊敬贤者而崇尚功业。”周公说：“齐国日后一定会出现篡位弑君的臣子。”太公反问周公道：“你如何治理鲁国？”周公说：“尊敬贤者而重视亲族。”太公说：“鲁国以后一定日渐衰弱。”

【梦龙评】周公、太公能推断数百年后齐国与鲁国的弊病，而不能预先加以维护，并不是他们不想维护，而是治理政事所能做的，也只能如此而已。帝王的法统，本来就不可能传之永久，衰敝之后就会改朝换代。因此听到孔子有改革齐国和鲁国的志愿时，陆棻日说："如果孔子的志愿实现了，那么周公、太公的话就不灵验。但就算孔子的心志果真实现，也不过是改变当前的齐、鲁成为往昔的齐、鲁，未必能胜过周公、太公。周公、太公的子孙，如果时时刻刻都能警惕戒惧祖先的预言，又哪里需要等到孔子出现后才议论改革的事呢？"

辛有言伊川后事

平王[①]之东迁也，辛有适伊川[②]，见披发而祭于野者，曰："不及百年，此其戎[③]乎？其礼先亡矣！"及鲁僖公[④]二十二年，秦、晋迁陆浑之戎[⑤]于伊川。

【梦龙评】犹秉周礼，仲孙[⑥]卜东鲁之兴基；其礼先亡，辛有料伊川之戎祸。

注释

①平王：周平王，西周幽王的太子。申侯联合犬戎攻杀周幽王后，他被齐、鲁等国诸侯拥立为君主，后东迁洛邑，史称东周。②辛有：东周的大臣。伊川：伊河所经之地，河南嵩县及伊川县境。③戎：我国古代西部少数民族戎居住的地方。④鲁僖公：春秋时鲁国的君主。⑤陆浑之戎：戎人的一支，允姓，春秋时居住在陆浑。⑥仲孙：即仲孙湫（jiǎo），春秋时齐国的大夫。

译文

周平王东迁时，辛有到伊川，看见百姓披头散发在野外祭祀，说："不过百年，这里就会被西戎所占，因为这里传统的礼仪已经没有了。"到鲁僖公二十二年，秦、晋果然将陆浑的戎人迁移到伊川。

【梦龙评】鲁国秉承周礼，因此仲孙预卜争国的基业兴盛；伊川失去祖先的礼节，因此辛有预料伊川将成为戎狄的地域。

何曾担忧晋后世

何曾[①]字颖考，常侍武帝[②]宴，退语诸子曰："主上创业垂统[③]，而吾每宴，乃未闻经国远图，唯说平生常事，后嗣其殆乎？及身而已，此子孙之忧也！汝等犹可获没。”指诸孙曰：“此辈必及于乱！”及绥被诛于东海王越，嵩哭曰：“吾祖其大圣乎！”

注释

①何曾：曹魏时官至司徒，西晋初任丞相太傅等官。②武帝：晋武帝司马炎，字安世，河内温县人，晋朝的建立者，265年—290年在位。③垂统：封建帝王把基业传给后代。

译文

晋朝人何曾，字颖考，经常陪侍晋武帝饮酒宴。有一天，他回到家中对儿子们说：“皇上能开创大业，永垂青史，但我每次陪侍他饮宴，从未听他谈过治理国家的远大宏图，只说平生的日常琐事，恐怕他的子孙后代将很危险啊。我这一生还可平安度过，只是为子孙忧虑。也许你们还可以避免灾难。”接着又指着孙子们说：“你们必定有灾祸临身。”后来何曾的孙子何绥被东海王司马越杀害，另一个孙子何嵩哭着说：“我的祖父实在是非常圣明的人啊！”

管仲以事知小人

管仲有疾，桓公往问之，曰：“仲父病矣，将何以教寡人？”管仲对曰：“愿君之远易牙、竖刁、常之巫、卫公子启方。”公曰：“易牙烹其子以慊[1]寡人，犹尚可疑耶？”对曰：“人之情非不爱其子也。其子之忍，又何有于君？”公又曰：“竖刁自宫以近寡人，犹尚可疑耶？”对曰：“人之情非不爱其身也。其身之忍，又何有于君？”公又曰：“常之巫审于死生，能去苛病，犹尚可疑耶？”对曰：“死生，命也，苛病，天也。君不任其命，守其本，而恃常之巫，彼将以此无不为也！”边批：造言惑众。公又曰：“卫公子启方事寡人十五年矣，其父死而不敢归哭，犹尚可疑耶？”对曰：“人之情非不爱其父也。其父之忍，又何有于君？”公曰：“诺。”管仲死，尽逐之。食不甘，宫不治，苛病起，朝不肃。居三年，公曰：“仲父不亦过乎！”于是皆复召而反。明年，公有病，常之巫从中出曰：“公将以某日薨。”边批：所谓无不为也。易牙、竖刁、常之巫相与作乱，塞宫门，筑高墙，不通人，公求饮不得，卫公子启方以书社四十[②]下卫。公闻乱，慨然叹，涕出，曰："嗟乎！圣人所见岂不远哉！"

【梦龙评】昔吴起[③]杀妻求将，鲁人谮之；乐羊[④]伐中山，对使者食其子，文侯[⑤]赏其功而疑其心。夫能为不近人情之事者，其中正不可测也。天顺中，都指挥[⑥]马良有宠。良妻亡，上每慰问。适数日不出，上问及，左右以新娶对。上怫然[⑦]曰："此厮夫妇之道尚薄，而能事我耶？"杖而疏之。宣德中，金吾卫指挥[⑧]傅广自宫，请效用内廷。上曰："此人已三品，更欲何为？自残希进，下法司问罪！"噫！此亦圣人之远见也！

注释

①慊：满足。②社四十：一社二十五家，社四十就是一千户。③吴起：战国时兵家，初任鲁将，继任魏将，屡建战功，后辅楚悼王变法，悼王死，被旧贵族杀害。④乐羊：战国时魏将，被魏文侯任为将军，攻克中山，封于灵寿。⑤文侯：魏文侯，名斯，战国时魏国的君主。⑥都指挥：都指挥使。⑦怫（fú）然：愤怒的样子。⑧吾卫指挥：官名，京城禁卫军的指挥官。

译文

春秋时期，齐相管仲生病后，齐桓公去看望他，问他道："您生病了，还有什么话指教我吗？"管仲回答说："希望君主疏远易牙、竖刁、常之巫、卫公子启方。"齐桓公说："易牙把他的儿子都烹了，难道还可以怀疑吗？"管仲说："人之常情没有不爱自己的儿子的，易牙连他的儿子都不爱，又怎么能爱大王呢？"齐桓公又说："竖刁自己阉割了自己，以来侍奉我，难道还可以怀疑吗？"管仲答道："人之常情没有不爱护自己的身体的。竖刁连自己的身体都不爱惜，又怎么能爱惜大王呢？"齐桓公又说："常之巫能占卜生死、去病除灾，难道还可以怀疑吗？"管仲说："生死有命，灾病无常，大王不听任命运，固守其本来的常道，而只是依赖常之巫，那么他将因此而骄横跋扈，无所不为。"边批：制造谣言，迷惑众人。齐桓公又说："卫公子启方服侍我已经有十五年了，他父亲死的时候他都不愿意回去哭丧，难道还可以怀疑吗？"管仲说："人之常情，没有不爱自己父亲的，他连他的父亲都不爱，还能爱大王吗？”齐桓公说：“好吧。”管仲死后，齐桓公就把这些人都驱逐走了。

不久，齐桓公就觉得吃饭不香甜，起居不舒服，病魔缠身，并且，宫中的治理松散了，朝中的秩序也不稳了。这样过了三年，齐桓公说：“管仲是不是太过分了。”于是又把那四个人都召回宫里。第二年，齐桓公病了，就是常之巫从中捣的鬼。他从宫中出来对人说：“桓公将在某月某日死。”边批：这就是无所不为。易牙、竖刁、常之巫他们相互勾结，一起作乱，他们关上宫门，筑起高墙，隔断了宫中同外界的联系。齐桓公就是想喝一口水都没人给他。卫公子启方带着千户齐降归了卫国（古以二十五家为一社，书写社人姓名入册籍为书社。书社四十“即一千户”）。齐桓公听说他们叛乱了，不禁长叹了一气，流着泪后悔说：“唉，管仲的见识难道不远大吗？”

【梦龙评】从前吴起为了取得鲁国将领的地位，去攻击齐国，而杀死妻子，鲁国人都说他的坏话。乐羊讨伐中山，中山国君烹煮乐羊的儿子，送来给乐羊，乐羊当着使者的面吃完一碗，魏文侯奖赏他的功劳，却怀疑他的居心。能做出不近人情之事的人，其心不可测。明英宗天顺年间，都指挥马良深受宠爱。他的妻子去世，英宗每每慰问他。随后马良有数日未曾出现，英宗问及，手下的人说他刚娶妻。英宗很生气地说：“这家伙夫妇关系都看得这么淡薄，还能侍奉我吗？”因此处以杖刑并疏远他。宣宗宣德年间，金吾卫指挥傅广阉割自己请求效命宫中，宣宗说：“此人官位已到三品，还想要做什么？自贱以求升官，交付法官判罪。”唉！这也是圣人的远见。

亿中卷六

本卷收集了古人由事物之本而揣测其发展结果的故事。亿即推测之意。子贡由鲁定公和邾隐公在接见仪式上的表现揣测二人“心已亡”，预言二人的死亡；赵国大将希卑听鼓铎声而知朝内有敌国内应；范蠡从其长子平日的表现揣知中子的不能得救而“日夜固以望其丧之来”，都是善于“揆事之本”“镜物之情”。

镜物之情，揆[①]事之本；福始祸先，验不回瞬[②]；藏钩射覆[③]，莫予能隐。集《亿中》。

注释

①揆：揣度。②回瞬：转瞬，形容事物变化快。③藏钩射覆：都是古代藏物的游戏。

译文

明察事物的真情，探求事物的本源；福先至或是祸早来，转瞬即可得到验证。掌握了这一条，世上一切阴谋诡计，都能一开始就洞察出来。因此，辑有《亿中》一卷。

子贡说中二国公

鲁定公[1]十五年正月，邾隐公[2]来朝，子贡观焉。邾子执玉高，其容仰，公受玉卑，其容俯。子贡曰："以礼观之，二君皆有死亡焉。夫礼，死生存亡之体也：将左右、周旋、进退、俯仰，于是乎取之；朝、祀、丧、戎，于是乎观之。今正月相朝而皆不度，心已亡矣。嘉事不体[3]，何以能久！高仰，骄也；卑俯，替[4]也。骄近乱，替近疾。君为主，其先亡乎？"五月公薨。孔子曰："赐不幸言而中，是使赐多言也。"

注释

①鲁定公：春秋时期鲁国的君主。②邾（zhū）隐公：即邾子益，邾颛顼之后裔，以国为氏。③嘉事：朝礼。不体：犹言不合礼法。④替：衰败。

译文

鲁定公十五年正月，邾隐公来朝，子贡在旁边观礼。邾隐公拿着宝石给定公时，高仰着头，态度出奇的高傲；定公接受时则低着头，态度反常的谦卑。子贡看了，说道："以这种朝见之礼来看，两位国君都有死亡的可能。礼是生死存亡的根本，小到每个人日常生活的一举一动、一言一行，大到国家的祭祀、丧礼以及诸侯之间的聘问相见，都得依循礼法。现在二位国君在这样重要的正月相朝大事上，行为举止都不合礼法，可见内心已完全不对劲了。朝见不合礼，怎能维护国祚长久呢？高仰是骄傲的表现，谦卑是衰弱的征兆；骄傲代表混乱，衰弱接近疾病，而定公是主人，可能会先出事吧！"五月，定公去世。孔子忧虑地说："这次不幸被赐说中了，这恐怕会使他更成为一个轻言多话的人。"

希卑听鼓预连横

秦攻赵[①]，鼓铎之音[②]，闻于北堂[③]。希卑[④]曰："夫秦之攻赵，不宜急如此，此召兵[⑤]也，必有大臣欲横[⑥]者耳。王欲知其人，旦日赞[⑦]群臣而访之，先言横者，则其人也。"建信君[⑧]果先言横。

注释

①秦攻赵：此为长平之战后事，秦兵围赵。②鼓铎之音：鼓与铎均为军中乐器，战斗时擂鼓振铎以壮士气。③北堂：赵王及群臣理事之厅堂。④希卑：赵国的大夫。⑤召兵：兵指赵国欲为秦内应之兵，秦以鼓铎为信号，与其联络。⑥横：连横。山东六国与秦妥协讲和，为连横。实际上是屈服于秦。⑦赞：告。⑧建信君：赵王嬖臣，据说以色宠于赵王，颇干预内政外交。

译文

秦兵攻击赵国，钟鼓的声音远传到北边厅堂。赵将希卑说："现在秦国攻打赵国，不至于急到这种程度呀，这恐怕是赵国内部为秦攻赵擂鼓振铎做内应吧！一定有大臣想采用连横的策略。赵王想知道是什么人，明天接见群臣的时候问一下，先说连横的人就是了。"次日，建信君果然先说要连横。

范蠡无奈派长子

朱公居陶[①]，生少子。少子及壮，而朱公中男杀人，囚楚。朱公曰："杀人而死，职[②]也。然吾闻'千金之子，不死于市'。"乃治千金装，将遣其少子往视之。长男固请行，不听。以公不遣长子而遣少弟，"是吾不肖"，欲自杀。其母强为言，公不得已，遣长子，为书遗故所善庄生，因语长子曰："至，则进千金于庄生所。听其所为，慎无与争事。"长男行，如父言。庄生曰："疾去毋留，即弟出，勿问所以然。"长男阳[③]去，不过庄生而私留楚贵人所。庄生故贫，然以廉直重，楚王以下，皆师事之；朱公进金，未有意受也，欲事成后复归之以为信耳。而朱公长男不解其意，以为殊无短长[④]。庄生以间入见楚王，言“某星某宿不利楚，独为德可除之。”王素信生，即使使封三钱之府[⑤]。贵人惊告朱公长男曰：“王且赦。每赦，必封三钱之府。”长男以为赦，弟固当出，千金虚弃，乃复见庄生。生惊曰：“若不去耶？”长男曰：“固也。弟今且自赦，故辞去。”生知其意，令自入室取金去。庄生羞为儿子所卖，乃入见楚王曰：“王欲以修德禳星，乃道路喧传陶之富人朱公子杀人囚楚，其家多持金钱赂王左右，故王赦。非能恤楚国之众也，特以朱公子故！”王大怒，令论杀朱公子，明日下赦令。于是朱公长男竟持弟丧归。其母及邑人尽哀之，朱公独笑曰：“吾固知必杀其弟也。彼非不爱弟，顾少与我俱，见苦，为生[⑥]难，故重弃财[⑦]。至如少弟者，生而见我富，乘坚策肥，岂知财所从来哉！吾遣少子，独为其能弃财也；而长者不能，卒以杀其弟，事之理也，无足怪者，吾日夜固以望其丧之来也！”

【梦龙评】朱公既有灼见，不宜移于妇言，所以改遣者，惧杀长子故也。“听其所为，勿与争事”，已明明道破，长子自不奉教耳。庄生纵横之才不下朱公，生人杀人，在其鼓掌。然宁负好友，而必欲伸气于孺子，何德宇之不宽也！噫，其斯以为纵横之才也与！

注释

①朱公居陶：范蠡，春秋时名相，助越王勾践灭吴，弃官隐居于陶，自号陶朱公，累资巨万。②职：规定，常理。③阳：佯，假装。④短长：计策。⑤三钱之府：贮藏黄金、白银、赤铜三种货币的府库。⑥为生：经营。⑦重弃财：看重花钱的事。

译文

陶朱公范蠡住在陶，生了小儿子。小儿子长大成人后，陶朱公的次子杀人，被囚禁在楚国。陶朱公说：“杀人者死，这是天经地义的，然而我听说富家子不应在大庭广众之下被处决。”

因此他预备千两黄金，要派小儿子前往探望。长子一再请求前往，陶朱公不肯。长子认为父亲不派长子而派小弟，分明是认为自己不肖，欲自杀。

他的母亲极力说劝，陶朱公不得已，派长子带信去给老朋友庄生，并告诉长子说："到了以后，就把这一千两黄金送给庄生，随他处置，千万不要和他争吵。"

长子前往，照父亲的话做。

庄生说："你赶快离开，不要停留。即使令弟被放出来，也不要问他为何。"长子假装离去，不告诉庄生，而私下留在楚国一个贵人的家里。

庄生以往很穷，但以廉洁正直被人尊重。楚王以下的人都以老师的礼法来敬事他。陶朱公送的金子，他无意接受，想在事成后归还以表诚信。而陶朱公的长子不了解庄生，以为他只是个平平常常的普通人而已。

庄生利用机会入宫见楚王，说某星宿不利，若楚国能独自修德，则可以解除。楚王向来信任庄生，立刻派人封闭三钱之府。

楚国贵人很惊奇地告诉陶朱公的长子说："楚王将要大赦了，因为每次大赦一定封闭三钱之府。"

长子认为遇到大赦，弟弟原本就当出狱，则一千两黄金是白花了，于是又去见庄生。

庄生惊讶地说："你没有离开吗？"

长子说："是啊！我弟弟很幸运在今天碰上楚王大赦，因此来告辞。"

庄生知道他的意思，便叫他自己进去拿黄金回去。

长子这么做，使庄生感到很不舒服，就入宫见楚王说："大王想修德除灾，但外头老百姓传言陶的富人朱公子杀人，囚禁在楚国，他的家人拿了很多钱来贿赂大王手下人，所以大王这次大赦，并非真正可怜楚国的民众，只是为了开释朱公子而已。"

楚王很生气，立即下令杀朱公子，第二天才下大赦令。于是陶朱公的长子只好运送弟弟的尸体回家，他的母亲及乡人都很哀伤。

陶朱公却笑着说："我本来就知道他必定会害死自己的弟弟。他并不是不爱弟弟，只是从小和我在一起，见惯了生活的艰苦，所以特别重视身外之财。至于小弟，生下来就见到我富贵，过惯富裕的生活，哪里知道钱财是如何来的。我派小儿子去，只因为他能丢得开财物，而长子做不到，最后害死弟弟，是很正常的，一点不值得诡异，我本来就等着他带着丧事回来。"

【梦龙评】朱公既然早有预见，就不该听妇人的话而改变主意。之所以改派长子，可能是怕长子自杀的缘故。临行前嘱咐长子要“听从庄生的安排，不要和他争执”，明明已经讲清楚了，可是长子自己不听父亲的教诲。庄生翻云覆雨的才能，不在朱公之下，要谁生让谁死，完全控制在他的掌中。然而宁愿有负于好友，也一定要和晚辈争这一口气，心胸气度怎么如此狭窄！唉！难道他认为，这样才算有翻云覆雨的才能吗？

范雎机智避秦相

王稽辞魏去，私载范雎[1]，至湖关，望见车骑西来，曰：“秦相穰侯[2]东行县邑。”雎曰：“吾闻穰侯专秦权，恶纳诸侯客，恐辱我！我且匿车中。”有顷，穰侯至，劳王稽，因立车语曰：“关东有何变？”曰：“无有。”又曰：“谒君得无与诸侯客子俱来乎？无益，徒乱人国耳！”王稽曰：“不敢。”即别去。范雎出曰：“穰侯，智士也，其见事迟。向者疑车中有人，忘索，必悔之。”于是雎下车走。行数里，果使骑还索，无客，乃已。雎遂与稽入咸阳。

【梦龙评】穰侯举动不出雎意中，所以操纵不出雎掌中。

注释

①范雎（jū）：字叔，战国时魏人，初事魏中大夫须贾。②秦相穰（ráng）侯：魏冉，战国秦人，秦昭王母亲宣太后的同父弟。昭王幼，魏冉执政，封于穰，号穰侯。

译文

王稽（战国秦谒者，事昭王，在郑安平处知范雎贤，遂私携入秦）辞别魏王而去，暗暗地把范雎装在车里，行至湖关（今河南灵宝市以西），远远地望见有车马从西边而来，王稽告诉范雎说：“这是秦国宰相穰侯带领人马东巡县邑。”范雎说：“我听说穰侯独揽秦，非常憎恨接纳各诸侯国的来客。他恐怕要侮辱我，我暂在车中藏起来。”待了没多大一会儿，穰侯来到面前了，慰劳王稽，乘机会站在车旁边问道："关东国家这一段有什么变故吗？"王稽答："没有什么。"又说："你这次回朝谒见国君，没有领诸侯国的宾客一起来吗？这些四处游说的宾客一点用都没有，只会扰乱别人的国家而已。"王稽说："我不敢这样做。"穰侯就告辞而去。范雎从车中出来，说："穰侯是个很聪明的人，不过他对事情反应稍微迟钝了一些。方才他怀疑车中有人，忘记了查看，现在一定悔了。"于是，范雎下车步行了几里地。穰侯果然命令随骑回来看王稽的车中是否藏有诸侯国的客人，回来后，经查看没有，范雎与王稽一起进入秦国的都城咸阳。

【梦龙评】穰侯的举动在范雎的意料之中，所以被范雎操纵于掌中。

姚崇智斗魏知古　死前料知死后事

魏知古[①]起诸吏，为姚崇所引用，及同升[②]也，崇颇轻之。无何，知古拜吏部尚书，知东道[③]选事[④]。崇二子并分曹洛邑，会知古至，恃其蒙恩，颇顾请托。知古归，悉以闻。上召崇，从容谓曰："卿子才乎？皆何官也？又安在？"崇揣知上意，因奏曰："臣有三子，两人分司东都矣。其为人多欲而寡交，以是必干[⑤]知古，然臣未及闻之耳。"上始以丞相子重言之，欲微动崇意，若崇私其子，或为之隐；及闻所奏，大喜，且曰："卿安从知之？"崇曰："知古微时，是臣荐以至荣达。臣子愚，谓知古见德，必容其非，故必干之。"上于是明崇不私其子之过，而薄知古之负崇也。欲斥之，崇为之请曰："臣有子无状，挠[⑥]陛下法，陛下欲特原之，臣为幸大矣。而由臣逐知古，海内臣庶，必以陛下为私于臣矣，非所以裨玄化也。"上久之乃许。翌日，以知古为工部尚书，罢知政事。

姚崇与张说同为相，而相衔颇深。崇病，戒诸子曰："张丞相与吾不协，然其人素侈，尤好服玩。吾身没后，当来吊，汝具陈吾生平服玩、宝带、重器罗列帐前。张若不顾，汝曹无类[⑦]矣。若顾此，便录致之，仍以神道碑[⑧]为请。既获其文，即时录进。先砻石[⑨]以待，至便镌刻进御[⑩]。张丞相见事[⑪]常迟于我，数日后必悔，若征[⑫]碑文，当告以上闻，且引视镌石。"崇没，说果至，目其服玩者三四。崇家悉如崇诫。及文成，叙致该详，时谓"极笔[⑬]"。数日，果遣使取本，以为辞未周密，欲加删改。姚氏诸子引使者视碑，仍告以奏御。使者复，说大悔恨，抚膺曰：“死姚崇能算生张说，吾今日方知才之不及！”

注释

①魏知古：唐睿宗时累官黄门侍郎，方直敢言，以左散骑常侍同中书门下三品。玄宗初即位，为侍中，封梁国公。后与姚崇不合，罢政。②同升：同为相。③东道：东都洛阳。④选事：铨选官吏之事。⑤干：求取。⑥挠：帝王之教化。⑦无类：无噍类，无能存者。⑧神道碑：立在墓道上的碑。因墓道为死者神灵出入之所，故云神道，上载死者生平及功德，多为谀辞，故有人称为“谀墓文”。⑨砻石：磨好石碑。⑩进御：呈与皇帝看。⑪见事：现事物之机奥。⑫征：索取。⑬极笔：极精妙之文章。

译文

唐朝人魏知古起初为低级官吏，受姚崇举荐任用，后来虽然两人职位相似，而姚崇却颇为轻视他。

不久，魏知古升任吏部尚书，负责东都官员的考选任职。姚崇的两个儿子都在洛阳，魏知古到洛阳后，两个人仗着父亲对魏知古的恩惠，一再要他做这做那。魏知古回朝后，全都禀奏皇帝。

皇帝因此招姚崇来，从容地说：“你的儿子才干怎样？有没有担任什么职位？现在人在哪里呢？”

姚崇揣测到皇帝的心意，因而上奏“微臣有三个儿子，都在东都任职，欲望多而少与人交往，所以必定会去找魏知古求取职位，但我还没听到确切的消息。”

皇帝起初用“丞相儿子应该重用”之类的话来试探姚崇的心意；假如姚崇偏私自己的儿子，必定会想办法帮他儿子掩饰说好话。等到听了姚崇的奏言，皇帝信以为真，非常高兴地说：“你怎么猜到的？”

姚崇说：“知古本来出身低微，是微臣推荐他而有今日的荣显。微臣的儿子无知，认为知古会顾念我对他的恩德，必能应许不情之请，所以必定忙着去求取职位。”

皇帝见姚崇不偏袒自己儿子的过错，于是反倒不齿魏知古辜负姚崇，想罢黜魏知古的官职。

姚崇为他求情说："微臣的孩子不肖，扰乱陛下的法令，陛下能特别宽谅他们，已经是微臣的大幸了。如若因微臣而免除知古的官职，全国的官员百姓一定认为陛下偏私微臣，这样就妨碍皇上以德化育天下的美意。"

皇帝答应了他。第二天，皇帝便下诏罢免魏知古参加政事的宰相职位，改调为工部尚书。

姚崇与张说同时为相，但彼此不和，互相嫉妒。姚崇病重时，告诫儿子们说："张丞相与我不和，而他一向奢侈，更爱好服装珍玩。我死了以后，他会来吊祭，你们把我平生珍藏的宝物全部陈列出来。如若他连看都不看一眼，你们就活不成了；如若他留意再三，你们就把宝物全送给他，并请他为我的墓碑写文。碑文拿到后，立即抄写一份进呈皇上，先磨好碑石等着，等皇上看完立刻就刻字，再进呈皇上。张丞相想事情比我慢，几天后一定后悔，想拿回碑文，你们就告诉他已经奏报呈给皇上，再带他去看刻好的石碑。"

姚崇死后，张说果然来吊祭。他见到陈列的珍玩留恋不舍。姚家人完全遵照姚崇的告诫行事，张说的碑文完成后，对姚崇的生平功业叙述得非常详尽，当时的人都认为是一流的佳作。

几天后，张说果然派人来要回碑文，说是词意不够周密，欲再增减删改。姚崇的儿子们带着使者去看石碑，告诉他已经奏报皇上了。

使者回去报告，张说很后悔，抚着胸口说："死姚崇能算计活张说，我现今才知道才智不如他。"

王含不识好坏人

王敦既死，王含欲投王舒[①]，其子应在侧，劝含投彬[②]。含曰："大将军平素与彬云何，汝欲归之？"应曰："此乃所以宜投也！江州彬当人强盛，能立异同，此非常识所及，睹衰危，必兴慈愍[③]。荆州舒守文，岂能意外行事耶？"含不从，边批：蠢材。径投舒，舒果沉含父子于江。彬初闻应来，为密具船以待，待不至，深以为恨。

【梦龙评】好凌弱者必附强，能折强者必扶弱。应嗣逆敦，本非佳儿，但此论深彻世情，差强“老婢”耳。敦每呼兄含为“老婢”。

晋中行文子④出亡，过县邑。从者曰：“此啬夫⑤，公之故人，奚不休舍，且待后车？”文子曰：“吾尝好音，此人遗我鸣琴；吾好佩，此人遗我玉环。是振我过以求容于我者也，吾恐其以我求容于人也！”乃去之。果收文子后车二乘而献之其君矣。蔺相如为宦者缪贤舍人，贤尝有罪，窃计欲亡走燕。相如问曰：“君何以知燕王？”贤曰：“尝从王与燕王会境上，燕王私握吾手曰：‘愿结交。’以故欲往。”相如止之曰：“夫赵强燕弱而君幸于赵王，故燕王欲结君。今君乃亡赵走燕，燕畏赵，其势必不敢留君，而束君归赵矣。君不如肉袒负斧锧⑥请罪，则幸脱矣。”贤从其计。参观二事，足尽人情之隐。

注释

①王含：字处弘，东晋临沂人，历任征东将军，都督扬州诸军事，随王敦叛败后，为刺史王舒沉于江。王舒：字处明，东晋临沂人，开始为会稽内史，后封彭泽县侯，座谥穆。②彬：王彬，字世儒，东晋临沂人，官累尚书右仆射，封都亭侯，卒谥肃。③慈愍（mǐn）：哀怜。④中行文子：中行寅，亦叫荀寅，因荀寅的祖父荀偃是晋中军统帅，后中军改称中行，故荀氏也称中行，文子是其谥号，春秋时晋国的大夫。⑤啬（sè）夫：古代官名，掌管诉讼和赋税的乡官。⑥肉袒斧锧（zhì）：脱衣露体，背着斧子，表示恭敬和害怕。

译文

晋朝时王敦去世后，王含想要投靠王舒。儿子王应在旁边劝他投靠王彬。王含说："你难道不知道大将军生前和王彬的关系坏到什么地步吗？怎么还会想到要投靠王彬呢？"王应说："正因为这样才能证明王彬值得投靠。王彬刚直不阿，即使大将军生前的权势地位，都无法让他改变自己的操行和认知，这不是一般人的能力和智慧所能做到的。而现在大将军已死，权势冰消瓦解，王彬眼看王家由盛而衰，一定会生出不忍之心来救助我们。而王舒只知道遵守法令行事，哪能有法外开恩的事？"王含不肯听从，边批：蠢材。还是去投靠王舒。王舒果然将他们父子溺死于江中。王彬起初听说王应要来，暗中准备船只等待，没有等到王应，心里很痛惜。

【梦龙评】好欺凌弱者的人必定趋附强者，能抑制强者的人一定扶持弱者。王应过继给逆贼王敦，本来就不是好东西，但他的一番言论深明世故人情，比起他那个被王敦唤作"老婢"的父亲王含要强许多了。王敦生前常称其兄王含为老婢。

春秋末年，晋国的行文子逃亡。经过一个县城，侍从说："这官府内有大人的老相识，为什么不在这里休息一下，等待后面的车子赶上来呢？"行文子说："我曾爱好音乐，这人就送我好的琴；又听说我喜爱玉佩，这人就赠给我玉环。这是个只会迎合我，助长我错误的人，我怕他现在也会把我出卖给别人。"于是便迅速离开。后来这个人果然扣下行文子后面的两部车子献给他的国君。蔺相如曾为宦官缪贤的门客，缪贤不慎犯罪，私下商量要逃到燕国。蔺相如问他："您怎么知道燕王一定可靠呢？"缪贤说："我曾陪着赵王在边境上和燕王聚会，燕王私下握着我的手说愿意和我交朋友，因而想去燕王那里。"蔺相如阻止他说："赵国强盛而燕国弱小，您以前又受赵王宠幸，所以燕王才想巴结您。现在您要逃离赵国到燕国去，燕王畏惧赵王，一定不敢收留您，反而会抓您押送给赵王。您不如自己向赵王请罪，也许还有机会被赦免。"缪贤依计而行。从这两件事看，就足以包容尽了人情世故的隐秘。

剖疑卷七

本卷收集了古人解决疑难问题的故事，大致可分四类。第一类是对奸佞之人的谗毁之言的辨明。忠臣义士往往为奸诈小人所忌恨，君主如不能明辨是非，为小人所惑，疏远贤臣，就会给朝政带来莫大的损失。汉昭帝能看出诬陷大臣霍光的书信为假；张说认识到术士谣传五日内有急兵入宫是谗人谋动东宫；李泌能认出密告李升者为张延赏，并指出其目的在于动摇东宫，都可谓眼光敏锐，能拨开迷雾见是非。第二类是对疑案的判决，既要合于律令，又要顾及伦理常情，还要注重验证。汉隽不疑断假太子案、东汉的孔季彦判杀季母案、张晋断子扑杀入其室盗其物的父亲的案件，都能法情兼顾，可谓善剖疑者。

讹口如波，俗肠如锢①。触目迷津，弥天毒雾。不有明眼，孰为先路？太阳当空，妖魑匿步②。集《剖疑》。

注释

①锢：经久难愈的疾病。②匿步：隐藏自己的行踪。

译文

社会的谣言如波涛一般汹涌喷来，世俗的偏见如铁铸一样不易化开；人们睁眼所见的都是迷津，人世上所弥漫的全是毒雾；无火眼金睛般的慧目，谁又能在满是谎言的荆棘中开辟坦途？当火红的太阳高高升上天空的时候，牛鬼蛇神魑魅魍魉自然会遁形销迹。所以，辑有《剖疑》一卷。

昭帝年幼知是非

昭帝①初立，燕王旦②怨望谋反。而上官桀③忌霍光，因与旦通谋，诈令人为旦上书，言："光出都，肄郎羽林④疑习军官。道上称跸⑤，擅调益幕府校尉，专权自恣，疑有非常。”俟光出沐日奏之，帝不肯下。光闻之，止画室[6]中不入。上问：“大将军安在？”桀曰：“以燕王发其罪，不敢入。”诏召光入，光免冠顿首谢。上曰：“将军冠。朕知是书诈也，将军无罪。”光曰：“陛下何以知之？”上曰：“将军调校尉以来未十日，燕王何以知之？”时帝年十四，尚书左右皆惊，而上书者果亡。

注释

①昭帝：西汉昭帝刘弗陵。②燕王旦：刘旦，西汉武帝第四子，封燕王。为人辨略，招致游士。因与上官桀篡权阴谋败露，自杀身亡，赐谥刺。③上官桀（jié）：西汉上邽人，武帝时官至太仆、左将军。④肄（yì）郎：官名，校阅郎官，肄，检查。羽林：皇帝的卫军。⑤称跸（bì）：皇帝出行，禁止他人通行。⑥画室：汉代殿前西阁之室，因雕画尧、舜、汤等古帝王像，故称。

译文

西汉昭帝即位之初，燕王刘旦心怀怨恨，图谋叛变。而左将军上官桀嫉妒大

将军霍光权重己，就与刘旦合谋，暗中派人替刘旦上书，说："霍光出外检阅郎官及羽林等官军演习，所行道路上禁止官民通行，擅自征选添加自己幕府的校尉，独断专行，为所欲为，怀疑将有突如其来的变故。"等霍光休假之日上奏皇帝。皇帝不肯下其事于有司论议。霍光听说这件事，只在朝房里，而不入见皇上。皇上问："大将军在哪里？"土官桀说："因为燕王上书揭发他的罪，不敢进来。"于是皇上下诏书召霍光进来，霍光脱掉帽子磕头拜谢。皇上说："请大将军戴上官帽。我已知道那奏书是对你的诬陷，大将军你是无罪的。"霍光说："皇上是怎么知道的？"皇上说："将军征选添加校尉到现在还不到十天，从长安到燕都上千里，燕王怎么会知道呢？"当时昭帝才十四岁，左右的大臣都感到惊讶，而上书诬陷霍光的人听到此消息就逃跑了。

睿宗明察息谣言

说有材辩，能断大义。景云[①]初，帝谓侍臣曰："术家[②]言五日内有急兵入宫，奈何？"左右莫对。说进曰："此谗人谋动东宫[③]耳。边批：破的。陛下若以太子监国，则名分定、奸胆破、蜚语塞矣。"帝如其言，议遂息。

注释

①景云：唐睿宗李旦年号。②术家：方术巫卜之士。③东宫：太子，指后来的玄宗李隆基。时太平公主惮李隆基英武，欲更择暗弱者立之以久其权，故数为流言，欲倾陷隆基。

译文

唐朝人张说有谋略，大事当前能迅速果断。唐睿宗景云二年，睿宗对侍臣说："术士预言，在五天之内会有军队忽然入宫，你们说该怎么办？"手下的人不知怎么回答。张说进言道："这必定是奸人想让陛下更换太子的奸计。边批：一针见血。陛下假如让太子监视国事，则名分确定，奸人的诡计破坏，流言自然消失。"睿宗照他的话做，谣言果然平息。

李泌谏主易太子

德宗贞元中，张延赏在西川[①]，与东川节度使李叔明[②]有隙。上入骆谷，值霖雨，道路险滑，卫士多亡归朱泚[③]。叔明子升等六人，恐有奸人危乘舆，相与啮臂为盟，更控上马，以至梁州[④]。及还长安，上皆以为禁卫将军，宠遇甚厚。张延赏知升出入郜国大长公主第，郜国大长公主，肃宗女，适驸马都尉萧升，女为德宗太子妃。密以白上。上谓李泌曰："郜国已老，升年少，何为如是？"泌曰："此必有欲动摇东宫者，边批：破的。谁为陛下言此？"上曰："卿勿问，第为朕察之。"泌曰："必延赏也。"上曰："何以知之？"泌具言二人之隙，且曰："升承恩顾，典禁兵，延赏无心中伤，而郜国乃太子萧妃之母，故欲以此陷之耳！"上笑曰："是也！"

或告主淫乱，且厌祷，上大怒，幽主于禁中，切责太子。太子请与萧妃离婚。上召李泌告之，且曰："舒王近已长，孝友温仁。"泌曰："陛下唯有一子，边批：急招。奈何欲废之而立侄？"上怒曰："卿何得间人父子！谁语卿舒王为侄者？"对曰："陛下自言之。大历[⑤]初，陛下语臣：'今日得数子。'臣请其故，陛下言'昭、靖诸子，主上令吾子之。'今陛下所生之子犹疑之，何有于侄？舒王虽孝，自今陛下宜努力，勿复望其孝矣。”上曰：“卿违朕意，何不爱家族耶？”对曰：“臣为爱家族，故不敢不尽言。若畏陛下盛怒而为曲从，陛下明日悔之，必尤[6]臣云：‘吾任汝为相，不力谏，使至此！’必复杀臣子。臣老矣，余年不足惜；若冤杀臣子，以侄为嗣，臣未得歆其祀[7]也！”因呜咽流涕。上亦泣曰：“事已如此，使朕如何而可？”对曰：“此大事，愿陛下审图之。臣始谓陛下圣德，当使海外蛮夷，皆戴之如父，边批：缓步。岂谓自有子而自疑之？自古父子相疑，未有不亡国覆家者。陛下记昔在彭原[8]，建宁何故而诛？”边批：似缓愈切。上曰：“建宁叔实冤，肃宗性急，谮之者深耳。”泌曰：“臣昔以建宁之故辞官爵，誓不近天子左右。不幸今日又为陛下相，又睹诸事。臣在彭原，承恩无比，竟不敢言建宁之冤，及临辞，乃言之，肃宗亦悔而泣。先帝边批：代宗。自建宁死，常怀危惧，边批：引之入港。亦为先帝诵《黄台瓜辞》，以防谗构之端。”上曰：“朕固知之。”意色稍解，乃曰：“贞观、开元，皆易太子，何故不亡？”对曰：“昔承乾[9]太宗太子屡监国，托附者众，藏甲又多，与宰相侯君集[10]谋反，事觉，太宗使其舅长孙无忌与朝臣数十鞫之，事状显白，然后集百官议之。当时言者犹云：‘愿陛下不失为慈父，使太子得终天年。’太宗从之，并废魏王泰。陛下既知肃宗性急，以建宁为冤，臣不胜庆幸。愿陛下戒覆车之失，从容三日，究其端绪而思之，陛下必释然知太子之无他也。若果有其迹，当召大臣知义理者二三人，与臣鞫实，陛下如贞观之法行之，废舒王而立皇孙，则百代之后，有天下者，犹陛下之子孙也。至于开元之时，武惠妃谮太子瑛兄弟，杀之，海内冤愤，此乃百代所当戒，又可法乎？且陛下昔尝令太子见臣于蓬莱池，观其容表，非有蜂目豺声[11]、商臣之相也，正恐失于柔仁耳。又太子自贞元以来，尝居少阳院，在寝殿之侧，未尝接外人、预外事，何自有异谋乎？彼谮者巧诈百端，虽有手书如晋愍怀、衷甲如太子瑛，犹未可信，况但以妻母有罪为累乎？幸赖陛下语臣，臣敢以宗族保太子必不知谋。向使杨素[12]、许敬宗[13]、李林甫[14]之徒承此旨，已就舒王图定策之功矣！”上曰：“为卿迁延至明日思之。”泌抽笏[15]叩头泣曰：“如此，臣知陛下父子慈孝如初也。然陛下还宫当自审，勿露此意于左右，露之则彼皆欲树功于舒王，太子危矣！”上曰：“具晓卿意。”间日，上开延英殿，独召泌，流涕阑干，抚其背曰：“非卿切言，朕今悔无及矣！太子仁孝，实无他也！”泌拜贺，因乞骸骨。

【梦龙评】邺侯保全广平，及劝德宗和亲回纥，皆显回天之力。独郜国一事，杜患于微，宛转激切，使猜主不得不信，悍主不得不柔，真万世纳忠之法。

注释

①西川：唐方镇名，今四川成都平原及其以北、以西等地。②李叔明：字晋，唐新政人，官累东川节度使、检校户部尚书等，封蓟国公，卒谥襄。③朱泚（cǐ）：唐昌平人，德宗建中四年（783年）被立为帝，自号汉元天皇。后被唐军击败，为部将所杀。④梁州：州名，治所在沔阳，唐时辖境相当于今陕西城固以西的流域。⑤大历：唐代宗李豫的年号，766—779年。⑥尤：责怪。⑦歆（xīn）其祀：享受祭祀。歆，谓祭祀时神灵先享其气。⑧彭原：郡名，治所在安定（今甘肃省），辖境相当于今甘肃宁县等地。⑨承乾：李承乾，唐太宗的先太子。⑩侯君集：唐豳州三水（今陕西旬邑）人，官累兵部尚书、交河道行军大总管等。⑪蜂目豺声：眼睛像黄蜂的眼睛，声音像豺狼的嗥叫，形容恶人的声音容貌。⑫杨素：字处道，隋弘农华阴人，因功先后封越国公、楚国公，官至司徒。⑬许敬宗：字延族，唐杭州新城人，官累礼部尚书、中书令等。⑭李林甫：小字哥奴，唐宗室，官累礼部尚书、同中书门下三品等，封晋国公。⑮笏（hù）：“朝笏”，古代大臣在朝拜君主时手中所持的狭长板子，用玉、象牙或竹片制成，以为指画或记事。

译文

唐德宗贞元年间，张延赏在西川，与东川节度使李叔明有仇。德宗入骆谷时，恰逢雨季，道路又险又滑，大部分卫士都逃跑归附朱泚。李叔明和儿子李升等六人，担心有奸人危害天子，于是互相立誓，护卫圣驾一直到梁州。

回到长安后，德宗任命六人为禁卫将军，宠幸有加。张延赏知道李升常常进出郜国大长公主的府第，郜国大长公主是肃宗的女儿，下嫁给都尉萧升，他们的女儿是德宗皇帝所立太子的太子妃就密告德宗。

德宗对李泌说："大长公主已经老了，而李升还很年轻，这到底是怎么回事？"

李泌说："这必定是有人想动摇太子的地位，边批：一针见血。是谁对陛下说这些的？"

德宗说："你不要管谁说的，只要为朕留意李升的行为就行了。"

李泌说："必定是延赏说的。"

德宗说："你是怎么知道？"

李泌详细说明张延赏和李叔明的仇怨，又说："李升承蒙圣上恩典掌管禁军，延赏无心中伤他，而郜国大公主仍是太子萧妃的母亲，因此想以此陷害他。"

德宗笑着说："说得极是。"

有人告公主淫乱，而且祈祷作法。德宗很生气，将公主囚禁于宫中，且严厉地责怪太子，太子因而请求和萧妃离婚。

德宗召李泌来，把事情告诉他，且说："舒王已经长大，为人温文仁慈而孝顺。"

李泌说："陛下只有一个儿子，边批：投其所急。怎会想废儿子而立侄子呢？"

德宗生气地说："你怎能离间朕和舒王父子，谁说舒王是朕侄子的？"

李泌说："陛下自己说的。大历初年陛下对微臣说：'如今我得到好几个儿子。'微臣请问何故，陛下说是昭靖王的几个儿子，先帝命令您收为儿子。如今陛下对亲生的儿子尚且怀疑，对于侄子又怎么不怀疑呢？舒王虽然孝顺，但从今以后，陛下应努力撇开，不要再存这种念头。"

德宗说："你违背朕的心意，难道不爱惜自己的身家性命吗？"

李泌说："微臣为了爱惜身家性命，所以不敢不尽心。如若怕陛下盛怒而屈从，陛下明天后悔，一定会责怪微臣说：'我任命你为宰相，你不尽力劝谏。'假使到这种地步，一定连微臣的儿子一并处决。微臣老了，死不足惜，如若微臣的儿子含冤而死，就只能以侄子为后嗣，微臣死后就不能享受他的奉祀。"

说完，李泌伤心地痛哭起来。

德宗也哭着说："事情已经这样，朕要怎么做才好呢？"

李泌说："立太子是大事，变换太子更是大事，希望陛下谨慎考虑。微臣原以为以陛下的圣德，就连海外蛮夷，都拥戴您如父亲；边批：缓步。哪知陛下连自己亲生儿子都要猜疑。自古以来，父子互相猜忌，没有不使国家灭亡的。陛下可记得从前在彭原，建宁王为何被诛？"

德宗说："建宁王叔其实是冤枉的，他的死，是由于肃宗性急，而又被中伤得很厉害。"

李泌说："微臣过去因为建宁王被杀，辞去官职，发誓不再接近天子。今日又担任陛下宰相，不幸再看到历史重演。臣在彭原，受到无比的恩宠，竟不敢挺身申明建宁王的冤屈，一直到辞官离去时才敢说明。肃宗也后悔得痛哭流涕。先帝边批：代宗。自从建宁王死后，常心怀危疑恐惧，边批：引德宗入港。微臣也为先帝诵读《黄台瓜辞》，以防止小人进谗言。"

德宗说："这些我都知道。"

这时德宗的神色已稍微安定，说："贞观、开元时，也都曾换过太子，为何不会灭亡？"

李泌说："从前承乾多次监督国事，依附他的人很多，这些人又私藏很多兵器，他们与宰相侯君集谋反的事被察觉。太宗派太子的舅舅长孙无忌和数十位朝中的大臣一再查问，谋反的事迹很明显，然后集合百官商议。当时还有人进言，望太宗不失慈父的本心，使太子能终其天年。太宗答应，但同时废了太子和魏王泰。

"陛下既然知道肃宗性急，认为建宁郡王是冤枉的，微臣感觉很庆幸。希望陛下以这事为前车之鉴，暂缓三天，仔细想想事情的来龙去脉。陛下必然可以发现太子没有异心。如若真有叛变的迹象，应召集两三名知义理的大臣，与微臣一起查问事情的真相。陛下如若实行贞观的方法，弃舒王而立皇孙，那么百代以后，领导天下的人，还是陛下的子孙。

"至于开元时，武惠妃进谗言，害了太子瑛兄弟，全国人都感到冤枉气愤，这是后代所应警戒的，怎么可以效法呢？而且从前陛下曾命令太子在蓬莱池和微臣会面，微臣观察太子的容貌仪表，并无凶恶之相，反而担忧他过于柔顺仁慈。且太子从贞元年间以来，曾住在少阳院，就在正殿旁边，未尝接近外人、干预外事，从何产生叛逆的谋略呢？

"那些进谗言的人，用尽各种欺骗的手法，虽然像太子瑛带着兵器入宫，尚且不可相信，何况只由于妻子的母亲有罪而被连累呢？幸好陛下告诉微臣，微臣敢以宗族的性命来保证太子不会有阴谋诡计。假使让从前老臣杨素、许敬宗、李林甫这些人承接圣旨，那他们就为舒王计划立太子、告宗庙的事立功了。"

德宗说："我让你延缓到明天，再好好想一想。"

李泌取出笏，叩头跪拜而哭着说："如此，微臣知道陛下父子慈爱孝顺如初。确实陛下回宫后，自己要留意，不要把这件事透露给左右的人，如果透露出去，那些人想在舒王面前立功，太子就十分危险了。"

德宗说："我知道你的意思。"

隔天，德宗命人开延英殿，单独召见李泌，泪流满面，抚着李泌的背说："没有你一番恳切的话，今天朕后悔都来不及了。太子仁慈孝顺，确实没有异心。"

李泌跪拜道贺，立即请求辞官归乡。

【梦龙评】李邺侯保全广平太子，及劝德宗与回纥和亲，都显露出回天的力量。只有郜国公主这件事，在初露征兆时就予以防范，婉转激切，使猜忌的君主不得不相信，强悍的国君不得不柔顺，真是万世采纳忠言的方法。

寇准献计废太子

楚王元佐[①]，太宗长子也，因申救廷美不获[②]，遂感心疾，习为残忍；左右微过，辄弯弓射之。帝屡诲不悛。重阳[③]，帝宴诸王。元佐以病新起，不得预，中夜发愤，遂闭媵妾，纵火焚宫。帝怒，欲废之。会寇准通判郓州，得召见。太宗谓曰："卿试与朕决一事。东宫所为不法，他日必为桀、纣之行。欲废之，则宫中亦有甲兵，恐因而招乱。"准曰："请某月日，令东宫于某处摄行礼[④]，其左右侍从皆令从之。陛下搜其宫中，果有不法之事，俟还而示之；废太子，一黄门力耳。"太宗从其策。及东宫出，得淫刑之器，有剜目、挑筋、摘舌等物。还而示之，东宫服罪，遂废之。

【梦龙评】搜其宫中，如无不法之事，东宫之位如故矣。不然，亦使心服无冤耳。江充[⑤]、李林甫，岂可共商此事！

注释

①楚王元佐：赵元佐，初名德崇，宋太宗长子。少聪颖，为帝所钟爱。②因申救廷美不获：宋太祖母杜太后死前嘱太祖："汝死后当传位于光，光义传光美，光美传德昭。"光义、光美皆太祖弟，德昭则为太祖长子。于是太祖死后，传于太宗。太宗以廷美（光美，因避讳改）为开封尹，封齐王，兄子德昭为永兴军节度使兼侍

中，封武功郡王。而至太平兴国四年，太宗逼德昭自杀。六年，太祖次子赵德芳亦死。七年，一些幸臣窥知太宗有违杜太后之约，遂诬告廷美欲作乱，罢开封府尹。寻赵普又使亲信诬廷美“不悔过，怨望”，于是太宗又将廷美流放于房子州，两年后死于房州（今四川省涪陵）。当廷美徙房州时，廷臣无敢言者，独楚王元佐申救之。及廷美死，元佐闻讯而发狂。是元佐之病在廷美被罪之后二年。③重阳：廷美死于雍熙元年（984 年），此则为雍熙二年之重阳，时元佐病略轻。④摄行礼：国家大典礼当由皇帝主持，此由皇子代为主持，故称摄。⑤江充：汉武帝幸臣。武帝末年，好猜忌，巫蛊之事起。江充与太子有隙，遂诬太子在宫中以巫蛊诅咒武帝，终逼太子起兵杀江充。后兵败，太子亦自杀。

译文

楚王赵元佐是宋太宗的长子，因上表请求救齐王廷美没有被许，很快就患了心病，平时举止都有些残忍，侍奉他左右之人稍有过失，马上弯弓搭箭就射。太宗多次教诲，一直不知悔改。重阳节这一天，太宗皇帝设宴招待诸王，长子元佐因新近有病，没能参加，半夜里病犯了，半夜发怒，把姬妾关闭于宫中，并纵火焚烧宫室。太宗皇气得发怒，想废掉元佐，另立太子。正赶上郓州通判寇准（字平，官至参知政事、宰相。封莱国公。追赠中书令，谥忠愍）得太宗召见来京师。太宗对寇准说：“寇准你试着替我决断一件事情。东宫太子不守王法，日后也一定会有暴君夏桀、商纣那样行为。因此我想废除他太子之位，可是东宫太子也有甲兵，怕因而招来祸乱。”寇准说：“选择某月某日，命令太子到某地代理皇上祭祀，太子左右随从也都命令跟着去，陛下再趁机派人去搜查东宫，若果真有不法的证物，等太子回来再当他面公布出来。这时再废除他，只不过用一太监的力量而已。”太宗采纳了寇准的计策，等到太子及左右侍从都出去后，从他的宫中搜出许多残酷的刑具，有剜目、挑筋、摘舌的刑具。太子回来后，当场展示出来，太子服罪，太宗于是废除了元佐的太子之位。

【梦龙评】搜查东宫，如果没有不法的事，东宫的地位依旧。不然，也可以使他心服而不觉冤枉，江充、李林甫之类的人，难道可以共同商议这种事吗？

隽不疑抓假太子

汉昭帝五年，有男子诣阙，自谓卫太子[①]。诏公卿以下视之，皆莫敢发言。京兆尹隽不疑后至，叱从吏收缚，曰："卫蒯聩[②]出奔，卫辄拒而不纳，《春秋》是之。太子得罪先帝，亡不即死，今来自诣，此罪人也！"遂送诏狱。上与霍光闻而嘉之曰："公卿大臣当用有经术、明于大谊者。"由是不疑名重朝廷。后廷尉验治，坐诬罔，腰斩。

【梦龙评】国无二君，此际欲一人心、绝浮议，只合如此断决。其说《春秋》虽不是，然时方推重经术，不断章取义亦不足取信。《公羊》[③]以卫辄拒父为尊祖。想当时儒者亦主此论。

注释

①卫太子：指刘据，西汉武帝之先太子，后因受江充一案牵连而销声匿迹。
②蒯聩（kuǎi kuì）：春秋时卫襄公之孙。按：卫灵公卒，卫太子蒯聩在晋，卫立太子之子辄即位，是为卫出公，晋赵鞅想使卫附己，欲送蒯聩回卫即位，卫不纳。
③《公羊》：《公羊传》，亦称《春秋公羊传》，儒家经典之一，专门阐释《春秋》。

译文

汉昭帝五年，有名男子入宫，自称是卫太子。一些朝中大臣去检查，谁也不敢确认。京兆君隽不疑最后才到，却立刻命令侍从拿下他，说："卫蒯聩出奔到晋国，后来被人遣送回来，卫辄拒绝接纳，《春秋》认为做得很对。太子得罪先帝，不肯服罪自尽而选择逃亡，如今就算来的真是卫太子，也不过是罪人的身份罢了。"于是直接将此人送入监狱。昭帝与霍光听了，嘉勉隽不疑说："公卿大臣，应该任用饱读诗书而又明白大义的人。"从此隽不疑为昭帝所重用，而这名男子，后来经廷尉验查，果然是冒牌太子，因此被处死。

【梦龙评】一国无二君，此时若想安定人心，杜绝不实的议论，便应该如此断然处置。隽不疑所提到《春秋》的本意不是这么说的，但是当时正推崇经学，不断章取义可能不足以取信于人。《公羊传》认为卫辄拒绝父亲蒯聩，是向卫国的列祖列宗负责，想必当时的儒生也主张这种观点。

孔季彦论杀凶案

梁人有季母杀其父者，而其子杀之。有司欲当以大逆，孔季彦[①]曰："昔文姜与弑鲁桓[②]，《春秋》去其姜氏，《传》谓'绝不为亲[③]，礼也'。夫绝不为亲，即凡人耳。方之古义，宜以非司寇而擅杀当之，不当以逆论。"人以为允。

注释

①孔季彦：东汉鲁国人，章帝时兰台令史孔僖之子，守其家业，门徒数百人，后举孝廉不就而卒。②文姜：鲁桓公的夫人，齐襄公的妹妹。鲁桓：即鲁桓公，春秋时鲁国的国君。③亲：指母子之亲。杨伯峻《春秋左传注》中曰："绝不为亲者，以文姜有杀夫之罪，庄公宜恸父之被杀而绝母子之亲。"

译文

东汉时有梁人由于后母杀死父亲，他就把后母杀掉报了父亲的仇，官吏想判决他大逆不道之罪。孔季彦说："从前文姜参与杀害鲁桓公，《春秋》中就把姜氏鲁君夫人的名号除掉。《左传》中说：'如此不把姜氏再当成鲁君夫人的做法，是遵照礼法来的。'既然断绝了姜氏和鲁国公族的婚亲关系，姜氏便成了个普通人而已。因此，这件案子不应以大逆不孝的罪名处罚。"大家都以为这是对的。

张晋判杀父案

大司农张晋[①]为刑部时，民有与父异居而富者，父夜穿垣，将入取赀。子以为盗也，瞯其入，扑杀之；取烛视尸，则父也。吏议子杀父，不宜纵；而实拒盗，不知其为父，又不宜诛。久不能决。晋奋笔曰："杀贼可恕，不孝当诛。子有余财，而使父贫为盗，不孝明矣！"竟杀之。

注释

①张晋：张晋，元末人，历吏、刑、工三部尚书，终于司农大卿。

译文

户部尚书张晋当初在刑部做官时，有一个和他父亲分家另过成为富户的人。他的父亲夜里穿墙而过，要去他儿子屋里盗取财物。这个人以为是偷东西的盗贼，看到那人进屋后，立即扑上去将那人杀死，取来蜡烛一照尸体，原来是他的父亲。办案的官吏都在议论子杀父这个案子，认为子杀父的这件事不能不管，否则就是助纣为虐；但杀人者实际上在防止盗贼，并不知道偷他财物的就是他父亲，这种为防盗而误杀其父的不适合判处死刑，为这件事议论了很久也确定不下来到底应该怎么办。最后张晋在案卷上奋笔疾书，写了这样几句："按法律规定，杀死盗可以宽恕；按礼仪规定，不孝顺父母也应该杀头。做儿子的家有余财，而使父亲穷得吃不上饭被迫走上偷盗之路，做儿子不孝不是很明显了吗！"最后还是把他儿子判成死罪杀掉了。

王子威不信妖言

汉成帝建始[①]中，关内大雨四十余日，京师民无故相惊，言"大水至"。百姓奔走相蹂躏，老弱号呼，长安中大乱。大将军王凤[②]以为太后与上及后宫可御船，令吏民上城以避水。群臣皆从凤议，右将军王商[③]独曰："自古无道之国，水犹不冒城郭，今何因当有大水一日暴至？此必讹言也，不宜令上城，重惊百姓。"上乃止。有顷稍定，问之，果讹言，于是美商之固守。

天圣[④]中尝大雨，传言汴[⑤]口决，水且大至。都人恐，欲东奔。帝以问王曾[⑥]，曾曰："河决，奏未至，必讹言耳。不足虑！"已而果然。

【梦龙评】嘉靖间，东南倭乱，苏城戒严。忽传寇从西来，已过浒墅[⑦]。太守率众登城，急令闭门。乡民避寇者万数，腾涌门外，号呼震天。任同知环[⑧]愤然曰："未见寇而先弃良民，谓牧守何！有事，环请当之！"乃分遣县僚洞开六门，纳百姓，而自仗剑帅兵，坐接官亭以遏西路。乡民毕入，良久，而倭始至，所全活甚众。吴民至今尸祝[9]之。

又万历戊午间，无锡某乡构台做戏娱神。有哄于台者，优人不脱衣，仓皇趋避。观剧者亦雨散，口中戏云：“倭子至矣！”此语须臾传遍，且云“亲见锦衣倭贼”。由是城门昼闭，城外人填涌，践踏死者近百人，迄夜始定。此虽近妖，亦有司不练事之过也。大抵兵火之际，但当远其侦探，虽寇果临城，犹当静以镇之，使人心不乱，而后可以议战守；若讹言，又当直以理却之矣。

开元初，民间讹言“上采女子以充掖庭[10]”。上闻之，令选后宫无用者，载还其家。讹言乃息。语曰：“止谤莫如自修”，此又善于止讹者。天启[11]初，吴中讹言“中官来采绣女”，民间若狂，一时婚嫁殆尽。此皆恶少无妻者之所为，有司不加禁缉，男女之失所者多矣。

注释

①建始：西汉成帝刘骜的年号。②王凤：字孝卿，西汉东平陵人，因妹王政君为元帝皇后，官累大司马、大将军（位仅次于丞相），领尚书事等。③王商：字子威，西汉蠡吾人，因父为宣帝舅，父死商嗣为乐昌侯，后拜丞相，卒谥戾。④天圣：北宋仁宗赵祯的年号。⑤汴（biàn）：汴河，即通济渠，古运河，故址大都在河南境内。⑥王曾：字孝先，北宋益都（今属山东省）人，咸平中由乡贡试礼部廷封皆第

一，累拜中书侍郎、同中书门下平章事，封沂国公，卒谥文正。⑦浒墅：关名，故址在今江苏省苏州市西北。⑧任同知环：任环，字应乾，明长治人，嘉靖进士，迁苏州同知，官至山东右参政。⑨尸祝：古人的一种祭祀活动。⑩掖庭：此处指后宫。⑪天启：明熹宗朱由校的年号。

译文

西汉成帝建始年间，关内一连下了四十天大雨，京师百姓无缘无故地惊慌起来，都说“大水到了”。百姓奔逃，互相践踏，老弱呼天喊地，一时间长安城中大乱起来。大将军王凤认为太后和皇上及后宫里的人可乘御船，命令官吏和老百姓上城墙去避水。朝内大臣都听从王凤的安排，只有右将军王商说：“自古以来，再无道的国君当政，洪水尚且不会泛滥到越过城墙，现在为什么会有大水一天之内暴涨进城呢？这一定是谣言惑众，不该命令百姓上城避水，不要老百姓再一次受到惊慌害怕的干扰。”于是成帝下令制止。不久，混乱稍微平定。一问，果然是谣言，大家都赞美王商的镇定有眼光。

北宋仁宗天圣年间（1023—1031）曾有过一场大雨，当时曾谣传汴京北边汴河入黄河口处决口，洪水即将如潮涌而来。京都人民都恐慌起来，想往京都东边去躲避。仁宗皇帝问计于王曾，王曾说：“若黄河决口，奏书应该送到了，可是现在还没有见到奏书，一定是谣言，没必要担心。”过了没几天，果然证实是谣言。

【梦龙评】明朝嘉靖年间，东南倭寇作乱，苏州城戒严。突然有人传说倭寇从西边来，已经到了浒墅。太守率士兵上城，紧急下命关闭城门。避寇的乡民上万人蜂拥于城门之外，呼号声震动天地。同知任环气愤地说：“还未见到倭寇就舍弃百姓，称得上牧守吗？有事情我来担当。”就分派县吏打开六个城门，收容百姓，自己则佩着剑率领士兵，坐镇官府，下令阻断西边的道路，让乡民全数入城。过了很长时间，倭寇才到，救活了很多人，江苏人到现在还在祀奉他。

又：万历年间，无锡某乡筑戏台演戏娱神，有人在戏台上起哄说倭寇来了，演员来不及换下戏服就仓皇逃跑，看戏的人也一哄四散，争相传出倭寇要来的消息。消息很快就传遍全城，且有人说亲眼看见锦衣的倭寇。于是城门白天就关闭起来，城外的人拥挤践踏，死了近百人，到深夜才安定。这虽然近乎妖言惑众，也是由于处事不够练达的缘故。大抵战乱的时候，应当在远方安置侦探，即使盗寇真的逼近城来，仍须镇静地处理，使人心不乱，然后才可以商议决定作战或防御的策略。如若是谣言，应当直接以确切的事实来消除谣言。

唐玄宗开元初年，民间谣传皇帝将选采宫女。玄宗听到这件事，便命人挑选后宫无用的宫女，用车子载返其家，谣言因而平息。俗话说："要停止毁谤，没有比从自我做起更好的方法了。"唐玄宗又是个善于平息谣言的人。

明熹宗天启初年，江苏一带谣传宦官要来选绣女。民间于是紧张得像发狂一般，一时之间，女子都出嫁了。实际这是没有娶妻的恶少所放的谣言，官吏也不加禁止缉捕，造成很多男女在仓促之间嫁娶不当的过失。

经务卷八

本卷主要收集了历代贤臣富国强兵的策略。一是储蓄钱粮，荒年时赈济百姓。唐代刘晏重视国库收入，倡转粜以救灾，以官主船漕而息民困，创常平盐之法以便利于民；北宋的朱熹设社仓以备荒年；明代的周忱创平米法以苏民困……皆是以养民为先的知本之法。二是改革军制，行军屯之法，既解决了军粮匮乏，又减轻了百姓负担。唐代的李泌倡议供给士兵种子、牛、农具让士兵开垦荒田，以恢复府兵制度，就是典型的例子。三是想方设法劝民农桑、助民农桑。张全义奖励蚕、麦善收者；范纯仁令犯罪者植桑除罪；马殷令输税者以帛代钱等，都鼓励了农桑事业的发展。四是节俭。陶侃收集锯木屑、竹子根；明代的郑晓修建宫城利用废料以减少开支；徐杲改用旧砖石以建宫苑，皆是勤俭节约之优良行为。

中流一壶，千金争挈①。宁为铅刀②，毋为楮叶③。错节盘根，利器斯别。识时务者，呼为俊杰。集《经务④》。

注释

①中流一壶，千金争挈：语出《鹖冠子·学问》："贱生于无所用，中流失船，一壶千金。"谓物之价贱是因为它无所用之处。葫芦不能食，价甚贱，但如在河之

中心翻了船，那一个葫芦就价值千金了，因为葫芦可以济人渡水。壶，通“胡”，指葫芦。此处做“千金争挈”，言出价虽至千金，也为众人争着要。这里用“中流一壶”比喻在最危难的境地提供的生路，虽然平时看着凡庸，但却是千金难目的良策。②铅刀：以铅做的刀，极软钝。班固《答宾戏》：“搦朽磨钝，铅皆能一断。”即铅虽钝，但也有能用它的时候。③楮叶：《韩非子》中说，宋人有造假楮叶者，三年而成，可以乱真。列子闻之，曰：“使天地三年而成一叶，则物之有叶者寡矣。”故《砚史》云：“楮叶虽工，无补于宋人之用。”而李商隐有“良工巧费真为累，楮叶成来不值钱”之句。④经务：经国济民之事务。

译文

渡河中卖一壶酒，大家都会出高价；宁可做一把拙钝的刀子，不要成为中看不中用的玩物；碰到盘根错节时，才能分清器具的利钝；识时务的人，才是俊杰。所以，辑有《经务》一卷。

刘晏善做转运使

唐刘晏①为转运使时，兵火之余，百费皆倚办于晏。晏有精神，多机智，变通有无，曲尽其妙。尝以厚值②募善走者，置递相望，觇报四方物价，虽远方，不数日皆达，使食货轻重之权，悉制在掌握，入贱出贵，国家获利，而四方无甚贵、甚贱之病。

晏以王者爱人不在赐与，当使之耕耘织纴，常岁平敛之，荒则蠲救之。诸道各置知院官，每旬月，具州县雨雪丰歉之状。荒歉有端，则计官③取赢，先令蠲④某物、贷某户，民未及困而奏报已行矣。议者或讥晏不直⑤赈救，而多贱出以济民者，则又不然。善治病者，不使至危惫；善救灾者，不使至赈给。故赈给少则不足活人，活人多则阙国用，国用阙则复重敛矣。又赈给多侥幸，吏群为奸，强得之多，弱得之少，虽刀锯在前不可禁——以为“二害”⑥。灾沴之乡，所乏粮耳，他产尚在，贱以出之，易以杂货，因人之力，转于丰处，或官自用，则国计不乏；多出菽粟，资之粜运，散入村闾，下户力农，不能诣市，转相沿逮，自免阻饥——以为“二胜”。

先是，运关东谷入长安者，以河流湍悍，率一斛得八斗[7]，至者则为成劳，受优赏。晏以为江、汴、河、渭，水力不同，各随便宜造运船，江船达扬州，汴船达河阴，河船达渭口，渭船达太仓。其间缘水置仓，转相受给。自是每岁运谷至百余万斛，无升斗沉覆者。又州县初取富人督漕挽。谓之“船头”；主邮递，谓之“捉驿”；税外横取，谓之“白著”。人不堪命，皆去为盗。晏始以官主船漕，而吏主驿事，罢无名之敛，民困以苏，户口繁息。

【梦龙评】晏常言："户口滋多，则赋税自广。"故其理财常以养民为先，可谓知本之论，其去桑、孔远矣！王荆公但知理财，而实无术以理之；亦自附养民，而反多方以害之。故上不能为刘晏，而下且不逮桑、孔。

晏专用榷[8]盐法充军国之用，以为官多则民扰，故但于出盐之乡置盐官，取盐户所煮之盐，转鬻于商人，任其所之，自余州县不复置官。其江岭间去盐乡远者，转官盐于彼贮之；或商绝盐贵，则减价鬻之，谓之“常平盐”，官获其利，而民不困弊。

【梦龙评】常平盐之法所以善者，代商之匮，主于便民故也。若今日行之，必且与商争鬻矣。

注释

①刘晏：唐玄宗时举贤良方正，肃宗、代宗时历任京兆尹、户部侍郎、吏部尚书、同中书门下平章事及度支、盐铁、转运、铸钱等使，掌国家财赋达二十年，为历史上著名理财家，他改进漕运、整顿盐法、稳定物价，改善了安史之乱后财政的困境。德宗初为杨炎构陷，诛死。②厚值：优厚的佣金。③计官：掌会计、统计之官，即前所谓知院官。④蠲：免征。⑤直：直接。⑥二害：于国于民皆有害，故云二害。⑦率一斛得八斗：计入在河中运输的损失，大体上平均运一斛十斗，可以运到八斗。⑧榷：专卖。

译文

唐代大臣刘晏做转运使时，正值安史之乱后，所有的费用全都依靠刘晏筹措办理。刘晏精力充沛，而且机智多谋，能变通有无，曲尽其妙。曾经用重金招募擅长来回奔走之人，设置很多互相可望见、能迅速传递信息的驿站，侦察报告四方的物价，即使是很远的地方，用不了几天也能很快地传送回来。这样，就能使商品价格的高低的平抑之权都控制在自己手中。贱买贵卖，国家还能获得利润，而全国各地也没有哪一个地方物价太高或太低的弊病。

刘晏认为统治者爱民并不在于赏赐给予多少，应当让他们自去种庄稼与纺纱织布，正常年景按照国家规定的标准征收赋，若遇到荒年，全国分为十道，各道各设知院官，每月或旬向中央汇报一次州、县下雨、下雪和丰收、歉收的情况。荒年歉收有个征兆，就让主财务与出纳之官取出盈余，先让蠲免什么物品、谁该救济，百姓还没有到最困难的时候，汇报的情况已批复执行了。议论者有的讥笑刘晏不是直接救济贫困者，而是采用贱卖用来救济百姓，这就又不对了。擅长治病的人，不让病人到疲惫危险的地步；善于救灾的人，也不让灾情严重到必须赈济的程度。所以说救济得少，就满足不了人们维持生命所需，救济人过多，国家费用就短缺，国家费用短缺，反过来就要加重对百姓征收赋税。又比如在救济时，有的也可能灾轻而救济得多，或灾重而救济得少，更为严重者，官吏朋比为奸，以致造成谁强悍就得到救济多，谁软弱就得到救济少，虽然刀割据刖之刑在前，也制止不了于国于民有害的“二害”之事。旧时由于阴阳二气不和而造成的灾害乡村，所缺乏的是粮食，其他的产品往往可维持正常的供应，以低廉的价格卖粮给他们，换回一些日用杂货，借助人的劳力，再转运到丰收地方去卖。有的可供官府自用，这样国家的经济就不会匮乏；国库里多卖出一些谷物，借助那些转运卖粮食的人，直接运到乡村间巷，乡村贫困百姓，不能熟悉市易之事，转而相互直接交换，自然免去市场风险，又保证免于饥荒，这就是利国利民的“二胜”之事。

以前，把函谷关或潼关以东地区的谷物运进都城长安，因为水急浪猛，大约是运一斛得八斗，运到的人则因其成功与辛劳而受到优厚的奖励。刘晏认为长江、汴水、黄河、渭水诸河，水力的大小不同，应该根据各自的不同情况，制造适合某条水系的运输船只，长江之船从江南到达扬州；汴河之船自扬州到河阴；黄河之船自河阴到渭口（渭水入黄河之河口，在今陕西华阴东）；渭河之船自渭口到达京城长安官仓。在各个阶段之间沿岸设置仓库，转相收粮和支粮。从此，每年互相运送粮食达百万斛以上，没有因沉船而使运粮食受到升斗损失过。另外，州县原来抽取富贵之家监督漕粮运输，称之为“船头”；受官府派遣负责邮递工作的人，称作“捉驿”；在正税以外，巧立名目，敲诈百姓叫“白著”。人民都无法承受，所以都去做了强盗。根据这种情况，刘晏开始用州县官去主持船泊漕运粮食之事，用其僚属吏去负责邮递驿站之事，废除不符合国家规定的一切赋税，从此姓的困苦得到一些缓解，人口也逐渐繁衍增多了。

【梦龙评】刘晏常说：“人口多，赋税自然多。”因此他理财常常是先养民，可谓是懂得根本的道理，比汉代理财专家桑弘羊与孔仅好得太多了。王荆公只知道理财，而实际上没有理财的办法，他也自认为在养民，结果反而多方残害人民，因此比上不如刘晏，比下也不及桑、孔。

刘晏实行盐业专卖制度，以充实国家与军队之财用。他认为官多了就会使人民受到侵扰，所以确定只在产盐之乡设置负责盐专卖之官，收取盐户所煮成的盐转卖给专门负责盐的销售的商人，任其到各地去销售。其余州县都不再专门设置盐官。长江及岭南地区离产盐地方远的，把国家收购的盐转运到那里储存起来；有时商人绝迹，盐的价格上涨了，就减价卖给消费者，称为“常平盐”，国家直接获取商业利润，而老百姓的负担也减轻了，并革除了许多弊端。

【梦龙评】“常平盐”的方法之所以理想，在于处在供应短缺时，可补充正常商业行销的不足，而满足人民需求的缘故。如果在当今这种正常的时候推行，必定会造成政府和商人争利。

朱熹创立社仓法

乾道四年，民艰食，熹①请于府，得常平米六百石赈贷。夏受粟于仓，冬则加息以偿歉，蠲其息之半，大饥尽蠲之。凡十四年，以米六百石还府，见储米三千一百石，以为“社仓②”，不复收息。故虽遇歉，民不缺食。诏下熹社仓法于诸路。

【梦龙评】陆象山③曰：社仓固为农之利，然年常丰、田常熟，则其利可久；苟非常熟之田，一遇岁歉，则有散而无敛；来岁秧时缺本，乃无以赈之。莫如兼制平籴一仓，丰时籴之，使无价贱伤农之患；缺时粜之，以摧富民封廪腾价④之计。析所籴为二，每存其一，以备歉岁，代社仓之匮，实为长便也。

听民之便，则为社仓法；强民之从，即为青苗法矣。此主利民，彼主利国故也。

今有司积谷之法，亦社仓遗训，然所积只纸上空言，半为有司干没[5]，半充上官，无碍钱粮之用。一遇荒歉，辄仰屋窃叹，不如留谷于民间之为愈矣。噫！

何良俊《四友斋丛说》[6]云："今之抚按有第一美政所急当举行者：要将各项下赃罚银，督令各府县尽数籴谷；其有罪犯自徒流以下，许其以谷赎罪。大率上县[7]每年要谷一万，下县五千。两直隶巡抚下有县凡一百，则是每年有谷七十余万，积至三年，即有二百余万矣。若遇一县有水旱之灾，则听于无灾县份通融借贷，俟来年丰熟补还，则东南百姓可免于流亡，而朝迁于财赋之地永无南顾之忧矣。善政之大，无过于此！"

注释

①熹：朱熹。②社仓：积谷备荒的义仓。始于隋代，因为乡社所设，并自行经营管理，故名。此为官府所设，而沿用其名。③陆象山：陆九渊，讲学于贵溪之

象山，学者称象山先生。与朱熹同时，而论多不合。④封廪腾价：封住米仓不出售，以抬高米价。⑤干没：吞没。⑥何良俊《四友斋丛说》：何良俊，明嘉靖中以岁贡生入国学，特授南京翰林院孔目。弃官后与张之象、文徵明等交游。博学多闻。所著《四友斋丛说》三十八卷。本条所引在第十三卷。⑦上县：上等富足的县份。

译文

宋孝宗乾道四年，百姓缺乏粮食，朱熹求救于官府，借到常平仓米六百石来施救。夏天从社里的谷仓借米粮，冬天加利息偿还。歉收时免除一半利息，大饥荒时利息全免。十四年后，六百石米如数归还官府，尚有储米三千一百石，作为社仓，不再收利息。所以虽然遭到歉收，百姓也不担心缺乏粮食。因此孝宗下诏，使朱熹的社仓法在各路推行。

【梦龙评】陆象山说："社仓固然是为农民的利益着想，然而要常年丰收，这种制度才可保持长久。如果没有可常年丰收的田地，一遇到歉收，则社仓的米只有借出而没有收入，来年播种时缺少种子，仍旧无法施救。不如同时设立一个平籴仓，丰收时买入米粮，防止价贱伤农的祸害；歉收时出售米粮，以防止富家囤积粮食，抬高价格来获取暴利。把买进来的米粮分存两个仓库，其中一个仓库的存粮保留起来，不随便使用，作为歉收的年头所用，用这种方法来替代动辄匮乏的社仓，显然比较有功效。"

顺从百姓的方便，是社仓法；强制人民听从的，则是青苗法。这是因为前者主张利民，后者主张利国的缘故。如今官吏积存谷物的方法，也是社仓的遗训。然而所积的只是纸上的空言，一半已被负责官吏据为己有，一半变成朝廷非正常调用的钱粮来源。一碰到荒年歉收，除了摇头叹息，毫无办法，不如不要设置，单纯地把谷物留在民间的好。唉！

何良俊《四友斋丛说》中说："当今地方首长的真正德政，当务之急是将各项赃款及罚银，督促各府县隶全数购买谷物。犯徒刑、流放以下的罪犯，准他们用谷物来赎罪。大致上大县每年要买谷一万石，小县要买五千石。两直隶巡抚之下有一百个县，则每年就有七十多万石谷物。累积三年之后，就有两百多万石了。如若遇到一个县有水旱灾，就向无灾害的县通融借贷，等来年丰收的时候补还，则各地百姓就免于流离，而朝廷对那些供应政府财政支出的重点税收地区，也永远不需担忧荒年歉收的问题。这就是最大的德政，没有比这更好的了。"

襄公首创平米法

周文襄公[①]巡抚江南时，苏州逋[②]税七百九十万石。公阅牒大异，询父老，皆言吴中豪富有力者不出耗，并赋之贫民，贫民不能支，尽流徙。公创为平米，官田民田并加耗[③]，苏税额二百九十余万石。公与知府况钟[④]曲算，疏减八十余万。旧例不得团局收粮，公令县立便民仓水次，每乡图里推富有力一人名粮长，收本乡图里夏秋两税，加耗不过十一。又于粮长中差力产厚薄为押运，视远近劳逸为上下，酌量支拨，京、通正米一石支三，临清、淮安、南京等仓以次定支，为舟樯剥转诸费。填出销入，支拨羡余，各存积县仓，号"余米"。米有余，减耗，次年十六征，又次年十五，更有羡。正统初，淮、扬灾，盐课亏，公巡视，奏令苏州等府拨剩余米，县拨一二万石，运贮扬州盐场，准为县明年田租，听灶户上私盐给米。时米贵盐贱，官得积盐，民得食米，公私大济。公在江南二十二年，每遇凶荒，辄便宜从事，补以余米，赋外更无科率。凡百上供，及廨舍、学校、贤祠、古墓、桥梁、河道，修葺浚治，一切取给余米。

【梦龙评】其后户部言济农余米，失于稽考，奏遣曹属，尽括余米归之于官。于是征需杂然，而逋负日多。夫余米备用，本以宽济，一归于官，官不益多而民遂无所恃矣。试思今日两税，耗果止十一乎？征收只十五、十六乎？昔何以薄征而有余？今何以加派而不足？江南百姓安得不尸祝公而追思不置也。

何良俊曰："周文襄巡抚江南一十八年，常操一小舟，沿村逐巷，随处询访。遇一村朴老农，则携之与俱卧于榻下，咨以地方之事。民情土俗，无不周知。故定为论粮加耗之制，而以金花银、粗细布、轻赍[5]等项，裨补重额之田，斟酌损益，尽善尽美。顾文僖谓'循之则治，紊之则乱'，非虚语也！自欧石冈一变为论田加耗之法，遂亏损国课[6]，遗祸无穷。有地方之责者，可无加意哉！"

注释

①周文襄公：周忱，明初名臣，谥号"文襄"。②逋（bū）：拖欠。③耗：耗米，明朝限定老百姓除交纳税米（"正米"）以外，还要多交因为在运输过程中而损失了的"耗米"。④况钟：字伯律，明靖安人，曾任苏州知府。⑤轻赍：明中期以后，税粮、漕粮、马草等折收银两部分。⑥国课：国家规定数额征收的赋税。

译文

明朝人周文襄公任江南巡抚时，苏州地方欠税有七百九十万石。文襄公查阅公文后非常惊异，就询问地方父老。父老都说是吴郡地方有财力的富豪不肯缴纳运送途中折损的耗米，转由贫民负担。贫民交纳不出，只好流离四散。

于是文襄公首创平米的方法，官田、民田一律加征运送折损的数量。苏州的税额有二百九十余万石，文襄公与知府况钟详细计算，宽减八十多万石。依照旧例，团局不可收粮，文襄公命令各县在水边设立便民仓。屯驻所在村里役吏中，每乡推选一个有财力的人，称之为“粮长”，负责征收本乡村里夏秋两季的税，加收耗米比例不得超过十分之一。

另外，又在粮长之中依财力的多寡选派押运的人，视路途的远近与劳动力的分量支付酬劳。运到京师，通州应交米粮的数量一石支付三斗，临清、淮安、南京等仓，按同样标准订支付数目，作为舟船转运的各种费用。整顿支出和收入，支付后所余的米，分别存积在县仓，称之为“余米”。所收得的米粮立刻超出原来折损的部分，第二年超收得十分之六，第三年又超收十分之五，米粮遂剩余更多。

英宗正统初年，淮阳有灾害，盐税亏损。文襄公巡视时，奏报朝廷诏令苏州等府拨付余米，每县拨十二万石，运到扬州盐场，可抵第二年的田租，听任制盐人家缴私盐来换取米。当时米价贵，盐价廉，官府能存盐，而百姓有米吃，公私都得到好处。

文襄公在江南二十二年之间，每遇凶灾荒年，就相机行事，用余米来补救，除了田赋之外，没有征收任何额外的税。凡是各种进贡，及官署、学校、祠堂、古墓、桥梁、河道的修理整治，一切全从余米支付。

【梦龙评】后来户部说救济农民的余米，失于掌理考核，奏请派官吏将余米完全收归官府。因此征税名目繁杂，而人民欠税的情形也越来越多。储备余米，本来是要救济百姓的，完全收归官府后，公家不见得增加多少存粮，而百姓却失去依靠。试想当今春秋两次征收的耗米，真的只收十分之一吗？还是征收十分之五、十分之六呢？从前为什么税收少而有剩余，现今为什么加重税赋反而不够用？江南的百姓怎能不怀念文襄公，而对他祭祀不断呢？

何良俊说：“周文襄公任江南巡抚十八年，经常乘坐一艘小船，沿着村里巷道，到处探访。一次他遇到一个淳朴的老农夫，就将他带回来，安排在榻下，问他地方上的事。民情习俗，没有不问得一清二楚。因而定出论粮征收耗米的制度。而以顾文僖认为顺着民情就会安定，逆着民情则天下大乱，绝不是假话。但是从欧石冈改变为论田征收耗米之后，就败坏了国家的税务，留下了无穷的祸害。治理地方政事的人，能不留意吗？”

李泌恢复府兵制

唐制：府兵①平日皆安居田亩，每府有折冲②领之。折冲以农隙教习战阵，国家有事征发，则以符契下其州及府，参验发之。至所期处，将帅按阅，有教习不精者，则罪其折冲，甚者罪及刺史。军还，则赐勋加赏，便道罢之。行者近不逾时，远不经岁。高宗以刘仁轨[3]为洮河镇守，以图吐蕃，始有久戍之役。武后以来，承平日久，武备渐弛。开元之末，张说始募长征兵，谓之彍骑[4]，其后益为六军。及李林甫为相，诸军皆募人为之；兵不土著，又无宗族，不自重惜，祸乱遂生。边批：近日募兵皆坐此病。德宗与李泌议，欲复旧制，泌对曰："今岁征关东卒戍京西者十七万人，计粟二百四万斛。国家比遭饥乱，经费不充，未暇复府兵也。"上曰："亟减戍卒归之，如何？"对曰："陛下诚能用臣之言，可以不减戍卒，不扰百姓，粮食皆足，粟麦日贱，府兵亦成。"上曰："果能如是乎？"对曰："此须急为之，过旬月不及矣。今吐蕃久居原、兰之间，以牛运粮，粮尽牛无所用。请发左藏恶缯，染为采缬，因党项以市之，每头二三尺，计十八万匹，可致六万余头。又命诸冶铸农器，籴麦种，分赐缘边军镇，募戍卒耕荒田而种之。约明年麦熟，倍偿其种，其余据时价五分增一，官为籴贮，来春种禾亦如之。关中土沃而久荒，所收必厚，戍卒获利，耕者浸多。边居人至少，军士月食官粮，粟麦无以售，其价必贱，名为增价，实比今岁所减多矣。"上曰："卿言府兵亦集，如何？"对曰："戍卒因屯田致富，则安于其土，不复思归。旧制戍卒三年而代，及其将归，下令有愿留者，即以所开田为永业，家人愿来者，本贯给长牒，续食而遣之。据募应之数移报本道，虽河朔诸帅，得免代戍之烦，亦喜闻矣。不过数番，卒皆土著，乃悉以府兵之法理之，是变关中之疲弊为富强也！"

【梦龙评】屯田之议始于赵充国[5]，然羌平，遂罢屯田。又置金城[6]属国以处降羌，则善后之策未尽也。邺侯因戍卒成屯田，因屯田复府兵，其言凿凿可任，不知何以不行。

注释

①府兵：府兵制，西魏始建，唐沿用。②折冲：唐时掌管府兵操演、调度和戍

卫京师事务的官员，称为折冲都尉，副职称左右果毅教尉。③刘仁轨：字正则，唐尉氏人，拜尚书左仆射。④彍（guō）骑：唐玄宗开元年间，朝廷招募府兵和白丁，每年宿卫两番（两个月），免除出征、镇守的负担，故称为“长从宿卫”。不久改称为“彍骑”。⑤赵充国：字翁孙，西汉陇西上邽（今甘肃天水西南）人，武帝、昭帝时，因率军反击匈奴贵族有功，先任后将军，后封营平侯。⑥金城：古郡名，今甘肃省兰州市以西、青海省青海湖以东等地区。

译文

唐朝的制度：府兵平日都安居耕作，每府有折冲领导。

折冲利用农闲的时间教导府兵作战布阵之法。国家有战争须征调，就下符节契券等信物到府、州，验证明确后，发兵到指定的地点，由将帅检阅。有战术不够精练的，就处罚领头折冲，甚至降罪刺史。军队回来时，依功劳加以赏赐，然后在归途中解散。所以外出作战，时间短的不超过一个季节，时间长的也不满一年。

高宗时，派刘仁轨镇守洮河，打算进攻吐蕃，所以才有长久戍守的征役。武后以来，太平的日子长久，军备于是渐渐废弛。

开元末年，张说才招募长期的士兵，称为“彍骑”，后来更增加为六军。到李林甫为宰相时，各路军队都由募兵组成，士兵既不是本土的人，又没有宗族，没有爱乡的观念，祸乱于是发生。边批：今日招募的壮士均得此病。所以德宗与李泌商议，欲恢复往日的制度。

李泌说：“今年征关东军来防守京西的士兵达十七万人，总计米粮要二百四十万斛。国家刚遭逢饥荒战乱，经费不足，一时还无法恢复府兵制。”

德宗说：“赶紧减少戍守的士兵，放他们回去怎样？”

李泌说：“陛下真能采用微臣的建议，可以不必减少戍守的士兵，也不会骚扰人民，粮食可以充足，米麦价格将日渐低廉，府兵制也可以恢复。”

德宗说：“真能这样吗？”

李泌说：“这需要立刻去办，过十天一个月以后就来不及了。目前吐蕃长久居住在原州、兰州之间，他们一直是用牛运粮草，粮食运完后，牛就没有用了。请陛下派人取出库藏的劣质布帛，染成彩色的，借着党项人卖给吐蕃，每头牛只需花费两三匹布，总共十八万匹，可以买到六万余头牛。又下令由公家冶炼铸造农器，买入麦种，配给边境的军队，招募戍卒耕种荒田，规定明年麦子成熟后，加倍偿还麦种，其他的由官府以时价加五分之一买进，存在官设的仓库，明年春天种禾谷时也如此办理。

“关中地方土壤肥沃而长久荒废，耕种之后收成一定很好。戍卒获利后，愿意耕田的人必渐渐增多。边境上居民很少，军士每个月都吃官粮，米麦无法出售，价格必定低廉，表面上是比市价提高五分之一收购，其实定会比今年收购的价格下降。”

德宗说：“你说府兵也可以办成又如何说呢？”

李泌说：“士兵由于屯田而致富，就会在他们所耕的土地上安居下来，不想回乡。旧制戍卒三年以后，就由新的士卒替代。在这批旧的戍卒解甲归去时，由官方下令，愿意留下来的士兵就以所耕的田给他们做永久的产业。他们的家人愿意迁来的，由原籍官府发通牒将他们送来，沿途由官府供给食物，再依据招募的人数报告本道，这样就连河朔各路的元帅也会因免除戍卒替代的麻烦而欣喜万分。用不了几次，戍卒都成为土著，就完全可以用府兵的方法来管理他们，如此就可把关中今日的疲敝化为富强了。”

【梦龙评】屯田的建议始于赵充国。然而在平定羌人以后就废除了，又设置金城郡来安置投降的羌人，处理善后的策略未尽完善。邺侯借着戍卒来屯田，又借着屯田恢复府兵，言论听起来十分可行，不知道为什么不见实行。

张全义处理政事

东都荐[①]经寇乱，其民不满百户。张全义[②]为河南尹，选麾下十八人材器可任者，人给一旗一榜，谓之“屯将”，使诣十八县故墟落中，植旗张榜，招怀流散，劝之树艺，蠲其租税；唯杀人者死，余俱笞杖而已。由是民归如市。数年之后，渐复旧规。

全义每见田畴[③]美者，辄下马与僚佐共观之，召田主，劳以酒食。有蚕、麦善收者，或亲至其家，悉呼出老幼，赐以茶采衣物。民间言：“张公不喜声妓，独见佳麦良蚕乃笑耳！”由是民竞耕、蚕，遂成富庶。

【梦龙评】全义起于群盗，乃其为政，虽良吏不及。彼吏而盗者，不愧死耶！全义一笑而民劝，今则百怒而民不威，何也？

注释

①荐：多次，接连。②张全义：初名言，农民出身，唐末、五代时濮州临（今河南范阳濮城）人，唐末投奔黄巢起义军，巢败，降唐，昭宗李晔赐名全义。③畴（chóu）：已耕过的田地。

译文

五代十国时，东都洛阳多次遭盗寇侵掠，百姓居然不到一百户。

张全义任河南尹时，选了十八个有才能且足以承担任务的部下，每人给一面旗子、一张榜文，称为“屯将”。张全义派他们到十八县的旧村落中，竖立旗帜，张贴榜文，招抚灾民，劝他们回来农耕，并减免他们的租税；对于犯法者除了杀人必须处死，其他的只处以杖刑而已。

从此百姓络绎归来，数年以后，渐渐恢复旧日的模样。

张全义每见到田地肥沃的，常常下马与属下一起观看，并请田主来，用酒菜慰劳他们。有蚕、麦收成好的，张全义有时也会自己到他们家去，把老人幼儿都叫出来，赏给他们茶叶和衣物。民间都知道张全义不爱好声色，只有看见好的麦田才会欢欣、发笑，所以人民争着耕田养蚕。他治理的地方就成为富饶的地方。

【梦龙评】张全义是盗贼出身，但是他处理政事，即使一般良好的官吏也不如他。而那些身为官吏却做盗窃之事的，能不愧死吗？张全义一笑而达到劝诱人民的效果，如今的官吏即使发了上百回的脾气，百姓也不当一回事，这到底是为什么呢？

范公令犯种桑树

范忠宣公知襄城[①]。襄俗不事蚕织，鲜有植桑者。公患之，因民之有罪而情轻者，使植桑于家，多寡随其罪之轻重，后按其所植荣茂与除罪。自此人得其利，公去，民怀之不忘。

【梦龙评】愚于今日军、徒之罪[②]亦有说焉。夫军借以战，徒借以役，非立法之初意乎？今不然矣，或佯死，或借差[3]，或倩代[4]，里甲有佥解之忧[5]，卫所[6]有口粮之费，而罪人之翱翔自如，见者不得而问焉。即所谓徒者，视军较苦，故谚有“活军死徒”之说，然而富者买替，贫者行丐，即驿中牵挽之事，所资几何！又安用此徒为哉！然则宜如何？曰：莫若以屯法行之。方今日议开垦，未有成效，诚酌军卫之远近，徒限[7]之多寡，押赴某处开荒若干亩。俟成熟升科，即与准罪释放；其或愿留，即为世业。行之数年，将旷土渐变为熟土，且奸民俱化为良民，其利顾不大与？若夫安插有法，羁縻有法，稽核有法，劝相有法，是又非可以一言尽也。

注释

①范忠宣公知襄城：范纯仁，谥忠宣。仲淹死后，纯仁始出仕，以著作郎知襄城县。襄城，在今河南省襄城。②军、徒之罪：军，充军。徒，苦役。③借差：以钱雇人替自己服军、徒之刑。④倩代：倩，同“请”，请人代替。⑤里甲有佥解之优：乡里要承担签押、解送犯人的责任。⑥卫所：明时于险要关隘处驻军设卫或所。⑦徒限：徒刑之年限。

译文

宋大臣范纯仁做襄城（今属河南）知县时，襄州的地方风俗是不从事养蚕纺织，所以很少有种桑树的。范纯仁为此而忧虑，于是就让那些犯了罪而罪行轻的人，让他们回去在家种桑树，所种桑树的多少，根据他的罪行轻重而确定，日后按照每个人所种桑树生长繁茂程度来免除他们的罪行。从此以后，襄州百姓都得到了从事养蚕织布的好处。范纯仁离开襄城以后，那里的百姓仍然怀念他，长时间不忘记他给百姓带来的好处。

【梦龙评】我对当今士兵和徒夫的罪行，也有话要说。征兵是为了战争，征徒夫是为了徭役，这不是立法的本意吗？如今却不是这样，有人假死，有的雇人替代，而乡里有押送的麻烦，军中又要负担口粮的耗费，罪人却逍遥自在，见到的人也无法查问。这就是徒夫，认为军旅生活清苦，故有“活的是士兵，死的是徒夫”的谚语。然而，有钱人可以花钱雇人顶替，没钱人可以行乞，用于驿站中的力工之事，又能有几个钱！又怎么能使用这些徒夫呢！然而应该如何办呢？我认为不如用屯田的方法。

当今商议开垦还没有成效时，应该衡量军队的远近，徒夫的多少，抽送到某地去开垦若干田亩。等到成熟后，就准他们抵罪释放。有愿留下来的，就作为永久的产业。实行几年以后，将废弃的田变为有用的田，且奸人都变为良民，此种好处不是很大吗？

高郁布帛代钱币

楚王马殷[①]既得湖南，不征商旅，由是四方商旅辐辏。湖南地多铅铁，军都判官[②]高郁请铸为钱，商旅出境，无所用之，皆易他货而去，国用富饶。边批：只济一境之用，周流不滞亦足矣。湖南民不事蚕桑，郁令输税者皆以帛代钱。未几，民间机杼大盛。

【梦龙评】官府无私，即铅铁尚可行，况铜乎？夫钱法所以壅而不行者，官出而不官入。即入也，以恶钱出而以良钱入，出价厚而入价廉，民谁甘之？故曰："君子平其政。"上下平则政自行矣。

注释

①马殷：字霸图，唐末许州鄢陵人，五代时楚国的创建者。②军都：县名，今北京市昌平区。判官：古官名，由中央特派京官担任地方的临时职务，以资佐理，职位略低于副使。

译文

五代时楚王马殷据有湖南之地后，不向商旅征税，所以各地的商旅都聚集到湖南。湖南盛产铅铁，军府判官高郁请求铸成钱币，商旅出境后此种钱币在其他地方无法适用，只好换其他的货离去，楚国因此而富足。边批：只能用于一境却周转不停，也够了。湖南人不养蚕桑，高郁下令缴税的人可以用布帛代替钱币，不久，民间盛行织布之风。

【梦龙评】官府无私，即使是铅铁钱也能通行，何况是铜钱。钱币法之所以壅闭不通，是因为官府只付出而不回收，即使回收，也用劣质钱币付出，而收入优质钱币。付出价钱高，回收价钱低，百姓哪会甘心。所以说："君子以公正之心处理政事。"上下一律公平，政令自然畅行无阻。

陶侃利用废弃物

陶侃[①]性俭厉，勤于事。作荆州[②]时，敕船官悉录[③]锯木屑，不限多少。咸不解此意。后正会，值积雪始晴，厅事前除雪后犹湿。于是悉用木屑覆之，都无所妨。官用竹，皆令录厚头，积之如山。后桓宣武伐蜀，装船悉以作钉。又尝发所在竹篙，有一官长，连根取之，仍当足[④]，根坚可代铁足，公即超两阶用之。

注释

①陶侃：东晋人。少孤贫，为县吏，积功至荆州刺史。为王敦所忌，转广刺史。苏峻叛晋，建康失守。温峤推侃为盟主，击杀苏峻，封长沙郡公，都督八州军事。②作荆州：任荆州刺史。③录：收而登记之。④仍当足：足，撑船所用竹篙，以铁具装其下。

译文

晋朝人陶侃生性节俭，做事勤快。他任荆州刺史时，让船官要收集锯木屑，不限数量多少。众人都不了解他的用意。后来恰逢积雪融化的时候，官府虽前去除雪，但地面仍很湿滑。陶侃于是下令将锯木屑撒在地上，遂能通行无阻。官方的竹子，陶侃命令要留下粗厚的竹子头，这些竹子头堆积如山。后来桓温伐蜀，竹子头都用来当作造船的竹钉。曾有人挖掘竹子，有一官吏连着竹根挖起，认为竹根部分十分坚硬，可作为竹钉的材料使用，陶侃见了，立刻将此人的官阶提升两阶。

郑晓废料修六科　调度石料省巨款

嘉靖丁巳[①]四月，三殿三楼十五门[②]俱灾。文武大臣会议修建，海盐郑公晓时协理戎政[③]，率营军三万人打扫火焦。郑公白黄司礼[④]："砖瓦木石不必尽数发出，如石全者、半者、一尺以上者，各另团围，就便堆积。白玉石烧成石灰者，亦另堆积。砖瓦皆然。"不数日，工部欲改修端门外廊房为六科并各朝房；午门以里欲修补烧柱墙缺。又于谨身殿后、乾清宫前，隆宗、景运二门中砌高墙一道，拦断内外。内监、工部议从外运砖、运灰、运黄土调灰，一时起小车五千辆，民间骚动。公告黄司礼曰："午门外堆积旧砖石，并石灰无数，可尽与工部修端门[5]外廊房；其在午门以内者，可与内监修理柱空，并砌乾清宫前墙。"黄甚喜。公又曰："修砌必用黄土，今工部起车五千辆，一时不得集，况长安两门[6]、承天[7]、端门、午门止可容军夫出入，再加车辆，阻塞难行。见今大工动作，两阙门外多空地，可挖黄土，用却，命军搬焦土填上，用黄土盖三尺，岂不两便？"黄曰："善！"公曰："午门以里台基坏石，移出长安两门甚远。今厚载门修砌剥岸，若命军搬出右顺门，由启明门前下北甚近，就以此石作剥岸填堵，不须减工部估料，但省军士劳力亦可。"边批：若减估必有梗者。黄又曰："善！"公曰："旧例：火焦木，军搬送琉璃、黑窑二厂，往回四十里。今焦木皆长大，不唯皇城诸门难出，外面房稠路狭，难行难转。况今灾变，各门内臣小房，非毁即折坏，必须修盖，方可容身。莫若将焦木移出左、右顺门外，东西宝善、思善二门前后，并启明、长庚两长街，听各内臣擘取焦皮作炭；木心可用者，任便取去，各修私房。以皇城内物修皇城内房，不出皇城四门，亦省财力。"黄又曰："善！"

锦衣赵千户[8]，持陆锦衣[9]帖来言："军士搬出火焦，俱置长安两门外大街两旁，四夷朝贡人往来，看见不雅。边批：体面话。庆寿寺西夹道有深坑，可将火焦填满。"公曰："三殿灾，朝廷已诏天下，如何说不雅？谁敢将朝廷龙文砖石，填罪废太平侯[10]故宅？况寿宫灾、九庙灾，火焦皆出在长安两门外。军士从长安大街重去空来，人可并行，官可照管。若从两夹道入，必从寺东夹道出，路多一半，三万人只做得一万五千人生活，岂有营军为人填坑？且火焦工部还有用处，待木石料完，要取火焦铺路，直从长安坊牌下，填至奉天殿前，每加五寸，杵碎平实，又加五寸，至三尺许方可在上行大车、旱船、滚石。不然，街道、廊道皆坏矣。见今午门外东西胁下，数万担火焦积堆，若搬出，正虑不久又要搬入耳。"赵复语，公径出[11]。

会议午门台基，及奉天门殿楼台基、阶级、石柱磉、花板、石面，纷纷不决。公欲言，恐众不肯信，特造大匠[12]徐杲请教。杲虽匠艺，亦心服公，即屏左右。公曰：“今有三事：一午门台基，众议将前三面拆去一丈，从新筑土砌石。如此，恐今工作不及国初坚固，万一楼成后旧基不动，新基倾侧，费巨万矣。莫若只将台下龟脚、束腰、墩板等石，除不被火焚坏者留之，其坏者凿出烬余，约深一尺五寸，节做新石补入，内土令坚，仍用木杉板障之，决不圮坏，三面分三工，不过一月可完。唯左右掖门两旁须弥座石[13]最大且厚，难换，必须旁石换齐后，如前凿出约深二尺五寸，做成新石垫上，与旧石空齐，用铁创肩进，亦易为力。”徐曰：“善。”公又曰：“奉天门阶沿石，一块三级，殿上柱礎[14]，大者方二丈，如此重大，不比往时皇城无门限隔，可拽进。近年九庙[15]灾，木石诸料不能进，拆去承天门东墙方进得。今料比九庙又进三重门，尤难为力。莫若起开焦土，将旧阶沿礎石、地面花板石，逐一番转，尚有坚厚可用，番取下面，加工用之。至于殿上三级台基，并楼门台基，俱如午门挖补皆可。公能力主此议，省夫力万万，银粮何至数百万，驴骡车辆又不知几，莫大功德也。”徐甚喜。后三日再议，悉如前说。

注释

①嘉靖丁巳：嘉靖三十六年（1557 年）。②三殿三楼十五门：明皇宫有三殿三楼十五门，此概指内廷以外的全部建筑。③郑公晓时协理戎政：郑晓，嘉靖进士，时任兵部侍郎，总督漕运，故云“协理戎政”，后因御倭功，官至兵部尚书。为严嵩所恶，落职归。卒溢端简。④黄司礼：司礼太监之黄姓者。明代内官设司礼监，简称司礼，由宦官任职，负责宫廷礼节，内外奏章。⑤端门：今天安门之后、午门之前的城楼。⑥长安两门：在今长安街上，天安门两侧，东边有长安左门，西边有长安右门。⑦承天：承天门，即今之天安门。⑧锦衣赵千户：明锦衣卫设千户一官。⑨陆锦衣：陆炳，其母为明世宗乳母，炳从入宫。嘉靖中授锦衣副千户，从世宗幸次卫辉，行宫夜失火，炳负世宗出，由此大得爱幸。此时为锦衣卫帅。与严嵩、夏言均交好，官至太保，权势倾天下。史称其“未尝构陷一人”。⑩罪废太平侯：英国公张辅弟张軏，天顺初封太平侯，二瑾袭位，于成化间以罪废。⑪径出：不理睬而径自走了。⑫大匠：将作大匠，管理皇族宫庙工程建筑的官。⑬须弥座石：须弥座，本

指佛座，此处指古建筑中的台座形石料。⑭柱磉：柱下之础石。⑮九庙：皇帝的宗庙，即太庙。明世宗于嘉靖十鸭砰，庙同堂异室之制，锐意复古，重建太庙为九庙。

译文

明嘉靖三十六年（1557年）四月，明皇宫有三殿（皇极殿、中极殿、建极殿）三楼十五门都被火烧毁。满朝文武大臣都集中在一起讨论重新修建之事，海盐人郑晓时任兵部侍郎总督漕运，率领京营士兵三万人打扫被火烧焦宫室。郑晓把这事禀报给姓黄的司礼大监说："被烧毁的室砖瓦木石废物不一定要全部运走扔掉，如石材有完整的，有一半的，在一尺以上的，分别聚集到一定的地方，就近堆积起来。白玉石被火烧成石灰的，也要单独堆积在一起。砖与瓦按上述被烧毁的不同情况，分别堆积起来。"几天后，工部想改修端门外的廊房为六科办公地点及各朝房，午门以里也想修补被烧毁的柱子与断墙，又在谨身殿后、乾清宫前、隆宗及景运二门中间砌一道高墙，把皇宫分为内外两部分。宦官、工部官讨论要从外面运砖、运石灰、运黄土调拌石灰，一下子要调用五千辆小车，引起民间动乱不安。郑晓告诉黄司礼说："午门外堆积了大量的旧砖及石料，还有无数的石灰，把这些材料可以全用于修建端门外廊房；在午门以内的，可以给宦官修理墙柱，并砌乾清宫前的墙。"黄司礼很高兴，郑晓又说："修砌一定要用黄土，现在工部要起用五千部车子，一时之间可能无法凑齐，况且长安左门与长安右门、承门、端门、午门都是只能容纳下部队士卒的出入，如果再加上车辆，一定会阻塞难行。现在大兴土木工程马上就要开始了，两阙门外有很多的空地方，可在那里挖黄土，用完以后，令部队士卒把烧焦的废土运来填上，在焦土上面再覆盖三尺厚的新土，难道这不是一举两得吗？"黄司礼称赞说："好！"郑晓接着又说："午门以里的台基被烧坏的石料，把它运到离长安左、右门以外就显得太远了。剥落损坏部分，命令士卒把它搬运出右顺门，出了启明门往北很近便。就用些石料，把剥落损坏部分填补整修好，不用削减原工部估算的用料，只要能节省卫戍部队士卒劳力就可以了。"边批：若减估必有人作梗。黄司礼又称赞说："好！"郑晓又说："按照旧例：被火烧焦的木料，士卒把它搬运到琉璃、黑窑二厂，往返一共有四十里路。现在被烧焦的木料都是又长又大，不仅皇宫各个城门难出去，而且皇宫外面的房很稠密，道路也非常狭窄，既难往前走，更难左右转弯。况且此次火灾把皇宫毁坏严重，各个门内供内臣使用的小房，都毁坏了，必须重新修盖，才有容身之处。还不如将被火烧焦的木料转运到左、右顺门外，东西宝善、思善两门的前后，与启明、长庚两条长街，任凭内臣们各自剥去尚未完全燃烧的焦木做木炭；对于那些木心仍然完好无损的木料，谁想要谁就去拿，拿回去后可供他们修理自己的房子用。用皇城以内的各种建筑材料，来修建皇城以内的私人用房，都没有拿出皇城四门以外，这同样也是节省了官府的财力。”黄司礼又称赞说：“好！”

锦衣卫赵千户，拿着锦衣卫指挥使陆炳的名帖来说：“京营卒搬运出的被火烧坏的木料，都堆放在长安左、右门外，启、长庚两街旁，四面八方的属国来朝贡往返经过看见了，多不雅观。边批：休面活。庆寿寺西边夹道那边有个深坑，可将被火烧焦的废物都填入深坑里差不多可以填满。”郑晓说：“三殿遭受火灾，皇帝已诏告天下，天下人都知道了，有什么可说不雅观呢？有谁敢将带有龙文图案的砖与石料，填在因罪被废除的太平侯张轨的旧宅呢？况且寿宫、九庙都遭受火灾，被烧焦的砖石木料都要运出到长安左、右门以外。士卒从长安大街载着重东西出去，空着车回来，人可并行，官可以管理。如果从两个狭窄的道路进来，一定要从庆寿寺东边窄道出，路程要比运到启明、长庚两长街那里多一半，原来安排的三万人一齐干活，现在只能容纳下一万五千人干活，哪有用军营的士卒去给别人填坑的呢？并且被火烧焦的材料，工部计划有些材料还要用，等被火烧的木石材料运完，要用火烧的土料铺路面，往南直接通到长安左、右门牌楼下，往北填到奉天殿前，路的两边各增宽五寸，用杵把新铺到路面上的东西还要铺平夯实，然后再加五寸，宽达三尺多，这样才可以路面行大车、旱船、滚石，如果不是这样，街道、廊道被车轧、滚石轧就要被弄坏了。现在午门外两侧的地方，堆积着被火烧焦的材料数万担，如果要搬运出的话，也许正在考虑不久又要搬回来呢。”赵千户又要说话，郑晓毫不理睬地径直走了。

朝中集会论论午门外台基以及奉天殿楼的台基、台阶、石下柱、花板、石面等修复问题，众说纷纭，无法确定。郑晓想发表自己的意见，但又怕大家不肯相信他，特地造访将作大匠徐杲请教。徐杲虽然建筑技术高超，也非常佩服郑晓，于是就屏退左右密谈。郑晓说：“我现在有三件事向你请教：一是午门台基，大家的意见是将午门前三面各拆去一丈，重新筑土砌石。如果这样做，恐怕现在建筑赶不上国初所建的坚固，万一新城楼建成后旧的楼基不动，新建的楼基下面不坚实，基面倾斜，又要耗资达巨万。还不如只将台基下龟脚、束腰、墩板等石，凡是没有被火烧坏的都留下，凡是被火烧坏的凿出残余部分，大约凿一尺五寸深，截好新补入被烧毁地方，下面垫土一定要坚实，外面用杉木板把补的部分掩盖住，绝不会再塌毁，三面分别用三块板卡住，用不了一月就可以完工。只有左右掖门两旁的须弥座石最大，而且也最厚，要换难度也最大，必须等其他需要的石料都换完以后，按照上述方法凿出大约深二尺五寸，按尺寸做好一块新石垫上，跟旧石所留空隙一样大，用铁撞击新做成的石垫，使新石垫像肩膀一样，一点一点挤进去，这样做也比较省力。”徐杲称赞说：“好。”郑晓又说：“奉天门台阶石，一块石头要做成三级阶梯，还有奉天门殿上的柱下石，大的方两丈，如此重大的基石，又不比过去皇城没有门槛阻隔时那样，可以用合力拖拉的方式拽进去施工。近些年来，九庙也遭火灾，木石等各种建筑材料运不进去，只有拆了奉天门东墙才能把建筑材料运进去。现在这些建筑材料又要比九庙多越过三重宫门，因此运进去就更加困难了。还不如将上面这一层被烧焦的土起掉，把旧台阶石、柱下基石、地面花板石，一个一个地翻转过来，还有好多非常坚实而非常厚的都可用，把背面翻成正面，重新加工后再用。至于奉天门殿上的三级台阶石与门楼台基，都可按照午门挖补的办法进行修理。你如果能极力坚持这一施工方案，节省劳动力可达万万，节省财政开支何止数百万，节省驴骡车辆就无法计算了，其功德没有比这再大的了。”徐杲听了后非常高兴。三天后再次讨论时，郑晓就按跟徐杲商量的意见，又重新说了一遍，终于获得通过。

徐杲重建万寿宫

嘉靖间，上勤于醮事①，移幸西苑，建万寿宫为斋居所。未几，万寿宫灾，阁臣请上还乾清宫，上以修玄不宜近宫闱，谕工部尚书雷礼兴工重建，礼以匠师徐杲有智，专委经营，皆取用于工部营缮司原收赎工等银，及台基、山西二厂原存木料，与夫西苑旧砖旧石，稍新改用，并不于各省派办。其夫力则以歇操军夫充之，时加犒赏，及雇募在京贫寒乞丐之民，因济其饥。是以中外不扰，军民踊跃，而功易成。杲历升通政侍郎[2]及工部尚书职衔。

注释

①醮（jiào）事：一种为禳除灾祟而祷神的祭礼。②通政侍郎：明代设通政使司，简称通政司，掌管内外章奏、封驳和臣民密封申诉之事。

译文

明朝嘉靖年间（1522—1566），世宗勤于祈祷祭祀，移驾西苑，兴建万寿宫作为斋戒的住所。不久之后万寿宫失火，内阁大臣请世宗回乾清宫。世宗认为修道时期不应接近后妃，告示工部尚书雷礼要开工重建万寿宫。雷礼认为匠师徐杲很有才智，就交给他经办，所需费用皆从工部营缮司领取。徐杲将原先所收罪犯抵罪的银两，及台基、山西二厂所存的原料，加上西苑的旧砖石，稍加修饰后使用，不让各省分摊办理。同时以操练空档的军士担任运夫，给予犒赏作为酬劳。又招募在京师的贫民乞丐，以此让他们得到收入。因此全国上下都不觉有负担，军民协力，事情很容易办妥。雷礼后来也升任通政侍郎及工部尚书。

察智部

得情卷九

本卷收集了古人神明断狱的故事。得情，即探究事情的原委。故事大致可分为三类。第一类为雪冤辨诬。唐朝某御史以前后两状不同断定告事者诬陷李靖谋反；张楚金投反书于水中而知江琛割取刺史裴光书字合成文理以陷害良臣……他们都能明察秋毫，善于用智，平定冤狱。第二类为惩治元凶。北宋的欧阳晔由囚犯以左手持羹匙而被害者伤在右肋推知囚犯为元凶；明代的殷云霁通过对比字迹查出真正的凶手……他们都能见微知著，善于推理，可谓神明难欺。第三类为断家务事，如李若谷断叔侄分财、裴子云断舅甥争牛案等，皆能利用人情以行法令，情理法兼顾，可谓智者仁者。

口变缁素①，权移马鹿；山鬼昼舞，愁魂夜哭；如得其情，片言折狱②；唯参与由③，吾是私淑④。集《得情》。

注释

①缁素：缁为黑色的布，素为白色的布，此处指颜色的黑白。②折狱：判断诉讼。③参与由：曾参与仲由，孔子的两个学生，于政事善明察。④私淑：不能当面得到教诲，只能心里景仰。

译文

有口才的人，可以把黑的说成白的；有权势的人，却能够指着鹿却说是马。但在有才智的人眼中，只要只言片语就能察出实情。所以，辑有《得情》一卷。

御史揭穿诬告者

李靖为岐州刺史[1]，或告其谋反，高祖命一御史案之。御史知其诬罔[2]，边批：此御史恨失其名。请与告事者偕。行数驿，诈称失去原状，惊惧异常，鞭挞行典[3]，乃祈求告事者别疏一状。比验，与原状不同，即日还以闻。高祖大惊，告事者伏诛。

注释

①李靖：本名药师，京兆府三原人，唐初杰出的军事家。岐（qí）州：州名，治所在雍县（今陕西凤翔县），辖境相当于今陕西周至、宝鸡等地。②诬罔（wǎng）：蒙蔽，诬欺。③行典：掌管行装的人。

译文

唐朝大将李靖做岐州（治今陕西凤翔县东南义坞堡）刺史时，有人向唐高祖告发他要谋反。高祖派一名御史前去调查此事。御史知道是有人诬告李靖，边批：此御史恨遗失他的名字。坚持请求和告发的人同行。走过了几个驿站，御史假说丢了原告的状子，惊恐异常，鞭打随行的典吏，于是恳求告状的人再重写一张状子。等拿到新写的状子和原来写的状子一验证，内容并不相同。御史当天回到朝中，报告给高祖，高祖大吃一惊，诬告的人被处以死刑。

张楚金发现诬告信

湖州佐史江琛，取刺史裴光书，割取其字，合成文理，诈为与徐敬业反书，以告。差御史往推之，款[1]云："书是光书，语非光语。"前后三使并不能决。则天令张楚金[2]勘之，仍如前款。楚金忧懑，仰卧西窗，日光穿透，因取反书向日视之，其书乃是补葺而成。因唤州官俱集，索一瓮水，令琛取书投水中，字字解散。琛叩头伏罪。

注释

①款：指被审讯者服罪之词。②张楚金：时官秋官尚书（刑部尚书）。

译文

唐朝湖州佐使江琛，将刺史裴光的信，选取信中的文字，组合成文字，伪称裴光与徐敬业谋反而提出控告。武则天派御史去审理，他们都回复说："信是裴光的笔迹，词句却不是裴光的文辞。"前后派三个人都不能判断。武则天命令张楚金再去调查，还是查不出实情。张楚金很忧虑，仰卧在西窗下，太阳透过窗子射进来，于是他拿出信对着阳光看，才看出信都是修剪缀补而成的。因而他把州官都请来，要一瓮水，命令江琛把信投入水中，信纸果然一字一字地分开，江琛才叩头认罪。

崔思竞设计破疑案

崔思竞，则天朝或告其再从兄宣[①]谋反，付御史张行岌按[②]之。告者先诱藏宣妾，而云："妾将发其谋，宣乃杀之，投尸洛水。"行岌按略[③]无状。则天怒，令重按，奏如初。则天怒曰："崔宣若实曾杀妾，反状自明矣。不获妾，如何自雪？"行岌惧，逼思竞访妾。思竞乃于中桥南北多置钱帛，募匿妾者。数日略无所闻，而其家每窃议事，则告者[④]辄知之。思竞揣家中有同谋者，乃佯谓宣妻曰："须绢三百匹雇刺客杀告者。"而侵晨伏于台前。宣家有馆客，姓舒，婺州[⑤]人，为宣家服役，边批：便非端士。宣委之同于子弟。须臾见其人至台，赂阍人[⑥]以通于告者，告者遂称"崔家欲刺我"。思竞要馆客于天津桥，骂曰："无赖险獠[⑦]，崔家破家，必引汝同谋，何路自雪！汝幸能出崔家妾，我遗汝五百缣[⑧]，归乡足成百年之业；不然，亦杀汝必矣！"其人悔谢，乃引至告者之家，搜获其妾，宣乃得免。

【梦龙评】一个馆客尚然，彼食客三千者何如哉！虽然，鸡鸣狗盗，因时效用则有之，皆非甘为服役者也，故相士以廉耻为重。

注释

①从兄：同曾祖父的哥哥。宣：崔宣，武则天的驸马。②按：审查。③略：考察，核实。④告者：古时为了查明案情，防止被告人诬告或加害原告，在某些重大案件中，将原告人也暂时监禁起来。⑤婺（wù）州：州名，治所在今浙江省金华市。⑥阍（hūn）人：守门人。⑦险獠（lǎo）：很阴险的无赖。獠，恶人，恶物。⑧遗：给予。缣（jiān）：细绢。

译文

武则天时，有人告崔思竞的堂兄崔宣谋反，当时由御史张行岌审判。原告先引诱崔宣的姨太太，把她藏匿起来，反而说崔宣由于小老婆要揭发他的阴谋而杀害她，将她的尸体投入洛水。张行岌审判却没有结果。

武则天很气愤，命令他重审，回复依旧。

武则天大怒，说："假如崔宣真的杀死姨太太，谋反的实情自然明显。没有找到他的姨太太，怎样使案情明朗呢？"

张行岌害怕，逼着崔思竞去找。崔思竞在中桥南北张贴告示，悬赏藏匿崔宣姨太太的人，但很多天都没有结果。而崔宣家每天私下讨论的事，原告往往都知道。

崔思竞猜想家中必定有内奸，就假装对崔宣的妻子说："准备二百匹绢，我要去雇刺客杀原告。"然后他在清晨埋伏于门前高台。

崔宣家有个寄宿的客人，姓舒，婺州人，为崔宣家服役，边批：并非端正之人。崔宣待他如同子弟。不久，崔思竞看见这个人走到门前，贿赂看门的人去通报原告，崔思竞一路跟踪到原告家，听见原告说："崔家要刺杀我。"

崔思竞拉着舒姓客人至天津桥，在桥上大骂道："狡猾阴险的家伙，崔家要是被抄家，也一定拉你做同谋，你哪有办法洗清罪过。你最好交出崔家的姨太太，我可以送你五百匹缣，回乡去足以建立百年的事业，不然一定杀了你。"

舒姓客人后悔谢罪，就带领崔思竞去原告家，搜出崔宣的姨太太，崔宣因而无罪。

【梦龙评】一个寄宿的客人尚且如此，那些有三千食客的人怎么办呢？虽然鸡鸣狗盗，在适当的时机可能有用，但都不是甘心效劳的人，因此鉴别人才要以廉耻为重。

欧阳晔巧辨凶手

欧阳晔[1]治鄂州，民有争舟相殴至死者，狱久不决。晔自临其狱，出囚坐庭中，去其桎梏而饮食。讫，悉劳而还之狱，独留一人于庭，留者色动惶顾。公曰："杀人者，汝也！"囚不知所以。曰："吾观食者皆以右手持匕[2]，而汝独以左。今死者伤在右肋，此汝杀之明验也！"囚涕泣服罪。

注释

①欧阳晔：宋真宗时进士，历桂阳监，善决狱。②匕：筷子。

译文

北宋的欧阳晔在鄂州为官时，有一次当地的老百姓由于互相争抢船只而打架，出了人命案。事后，官府虽然抓了几个人，但案子悬了很长时间没有审判。欧阳晔亲自到监狱，把囚犯带出来，让他们坐在大厅中，除去他们的手铐与脚镣，给他们食物吃，善加慰问后再送回监狱，只留一个人在大厅上。这个人显得十分惶恐不安。欧阳晔说："杀人的就是你。"这个人不承认，欧阳晔说："我观察饮食的人都使用右手，只有你用左手，被杀的人伤在右边胸部，这就是你杀人的罪证。"这个人才哭着认罪。

知县验尸明断案

民有利侄之富者，醉而拉杀[1]之于家。其长男与妻相恶，欲借奸名并除之，乃操刃入室，斩妇首，并取拉杀者之首以报官。时知县尹见心方于二十里外迎上官，闻报时夜已三鼓。见心从灯下视其首，一首皮肉上缩，一首不然，即诘之曰："两人是一时杀否？"答曰："然。"曰："妇有子女乎？"曰："有一女方数岁。"见心曰："汝且寄狱，俟旦鞫之。"别发一票，速取某女来。女至，则携入衙，以果食之，好言细问，竟得其情。父子服罪。

注释

①拉杀：弄死。

译文

有个人贪图侄儿的财富，借侄儿喝醉时将他杀死。他的长子与媳妇不睦，想假装自己的太太与那位被父亲杀死的表兄弟通奸，就趁机拿着刀子进入卧室，斩下妻子的首级，连同被父亲杀死的表兄弟的首级去报告官府。

当时的知县尹见心正在二十里外迎接上司，听到报告时已是半夜三更。

尹见心在灯下观察首级，一个皮肉已经紧缩，一个没有。于是他问报案的长子说："这两个人是同时杀的吗？"回答说："是的。"

尹见心问："你和你老婆有儿女吗？"

"有一个女儿，才几岁。"

尹见心说："你姑且留在监狱，等天亮以后再查办。"

尹见心立即派人将他的女儿带来。女孩来到后被带入衙门，尹见心给她糖果吃，很和善地细问她，才了解实情。于是父子都俯首认罪。

知县核实匿名信

正德中，殷云霁，字近夫，知清江。县民朱铠死于文庙西庑中，莫知杀之者。忽得匿名书，曰："杀铠者某也，某系素仇。"众谓不诬。云霁曰："此嫁贼以缓治①也。"问左右："与铠狎②者谁？"对曰："胥姚。"云霁乃集群胥于堂，曰："吾欲写书，各呈名字。"有姚明者，字类匿名书，诘之曰："尔何杀铠？"明大惊曰："铠将贩于苏，独吾侯之，利其赀，故杀之耳。"

注 释

①缓治：延缓破案。②狎：亲近。

译 文

明武宗正德年间（1506—1521），殷云霁（"霁"当为"霄"，字近夫，寿张人。官南工科给事中）做清江（今属江西）知县，有一个叫朱铠的人死于文庙西廊下，不知杀人凶手是谁。一天，殷云霄忽然收到一封匿名信，信中说："杀朱铠的人是某某，某某一向跟朱铠有仇。"众人都说这封信说的是实情。殷云霄却说："这是凶手嫁祸于人，以拖延案件的处理。"殷云霄又问其左右："谁和朱铠平时关系密切？"左右回答说："是一个姓姚的小吏。"于是殷云霄就把所有吏卒召集在公堂，说："我想写一件文书，请你们各自草拟一份送来。"有一个叫姚明的人，写的字和匿名信的字体类似，殷云霄把他叫来追问说："你为什么把朱铠杀了？"姚明大吃一惊，说："朱铠将要去苏州贩卖东西，只有我一人知道这件事情，因为贪图他的钱财，所以我把他杀了。"

若谷巧断叔侄案

李若谷守并州，民有讼叔不认其为侄者，欲擅其财，累鞫[1]不实。李令民还家殴其叔，叔果讼侄殴逆，因而正其罪，分其财。

注 释

①鞫（jū）：鞫讯，审问犯人。

译 文

宋朝人李若谷镇守并州时，有百姓控告叔叔不认他为侄子，欲霸占他的财产。

经多次审查，但仍查不出事实。李若谷于是命令此人回家殴打他的叔叔，叔叔果然来告侄子忤逆，殴打叔父，因此确定叔侄关系。由于叔叔确实有侵占意图，于是李若谷给他们分了家产。

吕陶充当和事佬

吕陶为铜梁令[1]，邑民庞氏者，姊妹三人共隐幼弟田，弟壮，讼之官，不得直，贫甚，至为人佣奴。陶至，一讯而三人皆服罪吐田。弟泣拜，愿以田之半作佛事为报。陶晓之曰："三姊皆汝同气，方汝幼时，非若为汝主，不几为他人鱼肉乎？与其捐米供佛，孰若分遗三姊？"弟泣拜听命。

【梦龙评】分遗而姊弟之好不伤，可谓善于敦睦[2]，若出自官断，便不妙矣。

注释

①吕陶：字元钧，号净德，宋成都（今成都市）人，皇祐进士，官累梓州知府。铜梁：县名，在今四川省。②敦睦：亲密和睦。

译文

宋朝人吕陶任铜梁县令时，城中有庞氏三姊妹，一同吞没幼弟的田地。弟弟长大以后，向官府控告，但都败诉，因此生活非常贫困，沦落为仆人。吕陶到任后一审问，三个人都服罪并且交出田地，弟弟感动得哭泣跪拜，愿意出让一半田地做佛事来报答。吕陶告诉他说："三个姐姐都是你的同胞，在你幼小时，假如不是她们为你做主，难道你不会被他人欺负吗？与其捐一半田产做佛事，还不如分给三位姐姐。"弟弟心服听命，弟弟哭着听从了吕陶的建议。

【梦龙评】分送田产而不伤姐弟之间的和睦，可说是善于敦亲。假如依法令来决断就不妙了。

裴子云诈舅还牛　赵县令哄出口供

新乡县人王敬戍边，留牸牛[1]六头于舅李进处，养五年，产犊三十头。敬自戍所还，索牛，进云“两头已死”，只还四头老牛，余不肯还。敬忿之，投县陈牒。县令裴子云令送敬付狱[2]，叫追盗牛贼李进。进惶怖至县，叱之曰：“贼引汝同盗牛三十头，藏于汝家！”唤贼共对，乃以布衫笼敬头，立南墙之下。进急，乃吐款[3]云：“三十头牛总是外甥牸牛所生，实非盗得。”云遣去布衫，进见，曰：“此外甥也！”云曰：“若是，即还他牛。”但念五年养牛辛苦，令以数头谢之。一县称快。边批：一作武阳令张允济事。

咸通[4]初，楚州淮阴县东邻之民，以庄券[5]质于西邻，贷得千缗，约来年加子钱[6]赎取。及期，先纳八百缗，约明日偿足方取券。两姓素通家[7]，且止隔信宿，谓必无他，因不征纳缗之籍[8]。明日，赍余镪至，西邻讳不认。诉于县，县以无证，不直之；复诉于州，亦然。东邻不胜其愤，闻天水赵和令江阴，片言折狱，乃越江而南[9]诉焉。赵宰以县官卑，且非境内，固却之。东邻称冤不已，赵曰：“且止吾舍。”思之经宿，曰：“得之矣！”召捕贼之干者数辈，赍牒至淮壖口，言“获得截江大盗，供称有同恶某，请械送来。”唐法：唯持刀截江，邻州不得庇护。果擒西邻人至，然自恃农家，实无他迹，应对颇不惧。赵胁以严刑，囚始泣叩不已。赵乃曰：“所盗幸多金宝锦彩，非农家物，汝宜籍舍中所有辩之。”囚意稍解，且不虞东邻之越讼，遂详开钱谷金帛之数，并疏所自来，而东邻赎契八百缗在焉。赵阅之，笑曰：“若果非江寇，何为讳东邻八百缗？”遂出诉邻面质，于是惭惧服罪。押回本土，令吐契而后罚之。

注释

①牸牛：母牛。②付狱：送入监狱关押。③吐款：招供。④咸通：唐懿宗李漼年号。⑤庄券：田庄之地契。⑥子钱：利息。⑦通家：世代有交谊之家。⑧不征纳缗之籍：没有签立交钱的凭据。⑨越江而南：江阴在长江南岸。淮阴与之相距近千里，越数县。

译文

河南新乡县人王敬服兵役戍守边疆，留下六头母牛在舅舅李进家里，李进饲养五年，母牛产下三十头牛犊。王敬从边地回来到舅舅家要牛，李进说："有两头牛已经死了。"只还了四头老牛，其余的不肯还给他。王敬很气愤，到县里具状投诉。县令裴子云把王敬送进监狱，命令衙役去逮捕盗牛贼李进。李进胆战心惊地来到县衙公堂上，县令裴子云怒斥说："偷牛贼说同你盗窃三十头牛，藏在你家里。"于是，唤那个偷牛贼当面对质，就用布衫把王敬的头蒙住，让他站在南墙下。李进急了，便把真实情况说了出来，他说："三十头牛都是外甥母牛所生，并不是我偷窃来的。"裴子云派人把王敬头上蒙的布衫去掉，李进看了，说："这是我外甥。"裴子云说："要是你外甥，你就把牛给他。"只是考虑李进养牛五年的辛苦，让王敬给李进几头牛，作为答谢。县人听到这件事情后，都拍手叫好。边批：一说是武阳令张允济事。

唐懿宗咸通（860—875）初年，楚州淮阴县（治今江苏淮阴西南甘罗镇）有个东边的邻居，用田庄地契做抵押向西邻那家借钱一千缗，约定第二年加利息赎回地契。到了期限，东邻先付西邻八百缗，说好第二天把剩余的数目凑够，交钱取回地契。两家关系一向很友好，况且只隔一个夜晚，认为不会发生其他变故，所以东邻没向西邻要八百缗的收据。第二天，东邻带着剩余的钱到西邻家，西邻拒不承认东邻已交了八百缗钱。东邻告到县衙，因为没有证据，无法证明其说真实。又上诉到州里，也是如此。东邻不胜气愤，听说天水赵和做江阴县令，只言片语就可定一个案子，于是就渡江到江阴去告状。赵县令因为县官职位低微，而且事情又不是发生在本县，因此拒绝接受其诉状。东邻喊冤不止，赵和说："你暂且到我家来。"赵和苦思了一夜，说："有办法了。"于是召集几个能干的捕快，带着江阴县的公文到淮阴县，说："江阴县抓获一名截江大盗，供出淮阴的某某人，请把他带上刑具，遣送到江阴县来。"唐律规定：邻近的州郡不得庇护。用这个办法，果然把西邻捉到了江阴县。然而西邻却依仗自己是个庄户人家，确实也没有别的犯罪行为，所以应答时一点也不害怕。赵和用严刑威胁他，他才哭泣着磕头不止。赵和于是说："所幸强盗抢劫的大都是金银珠宝，锦绸彩缎，不是农家用的东西，你暂且把你家的东西开列一张清单，进行辩白。"西邻听了这话，紧张恐惧的心情才稍稍平静了，而且没想到东邻越县告状，于是就详细地开列出了钱粮金银丝绸数目，并一样一样陈述其来历，东邻的地契和所还八百缗钱全写在里边。赵和看了他写的清单，笑着说："如果你真不是截江大盗，为什么不承认东邻还的八百缗钱？"随即叫出东邻当面对质，西邻于是惭愧服罪，被押回本地，命令他把地契还给东邻，然后处罚了他。

诘奸卷十

本卷收集了明断奸盗之案的故事。诘，辩诘，明辨。对付奸诈盗劫不法之徒，其法有五。一曰明察。如陈霁岩分拣文书革职书办；董行成由驴行急而汗推测驴为盗驴，皆明察秋毫，奸诈无以遁形。二曰推理。苏涣以见功则自取之常理推知弓手见血衣必为假等，皆能揆诸情理，使疑难迎刃而解。三曰以盗治盗。张敞以偷盗酋长为吏穷治盗贼、王世贞以横行不法之部民雷龄擒大盗，皆为善于用人，所以治盗不费吹灰之力。四曰诈吓。胡汲仲以牟麦置群妪掌中令合掌绕佛诵经称盗衣者手中麦当芽，诈出窃衣之人等，皆可谓善以诈治奸盗者。五曰将计就计。汪旦饰二妓谎称注寺中求子指出寺僧之淫恶、王恺和少熟豆于生豆中让盗劫去从而查出盗贼，都是善于用谋，出奇制胜。

王轨不端[①]，司寇溺职[②]，吏偷俗弊[③]，竞作淫慝[④]。我思老农，剪彼蟊贼，摘伏发奸，即威即德。集《诘奸》。

注释

①王轨不端：王轨，喻指朝廷的法度。不端，不正，偏离正轨。②司寇溺职：司寇，古代六官之一，掌刑法治安。溺职，失职。③吏偷俗弊：官吏苟且而不尽职，风俗日益弊坏。④淫慝：邪恶不正。

译文

国家法令不正，执法官吏渎职；狼狈为奸互庇，淫乱邪恶环生。要像老农除害，剪除社会蠹虫。揭露邪恶坏蛋。重振圣上威德。所以，辑有《诘奸》一卷。

齐严惩办文书官

陈雾岩为楚中督学。初到任，江夏县送进文书千余角[①]，书办[②]先将"照详""照验"分作两处。公夙闻先辈云："前道有驳提[③]文书难以报完者，必乘后道初到时，贿嘱吏书，从'照验'中混交。"公乃费半日功，将"照验"文书逐一亲查，中有一件驳提，该吏者混入其中；先暗记之，命书办细查，戒勿草草。书办受贿，径以无弊对。公摘此一件而质之，重责问罪革役。后"照验"文书更不敢欺。

注释

①角：量词，古时称一封文书为一角文书。②书办：古代衙门里的文职官员。③驳提：辨正是非，列举理由，否定别人错误的意见。

译文

陈雾岩任楚中督学。刚到任上，江夏县送来一千件文书，管理文书档案的书办先按"照详""照验"将文书分作两处。陈雾岩曾听前辈说过，前任学道有提出异议驱回的文书而难以汇报完结的，一定利用后任学道刚来上任的时机，私下买通书办，把提出异议驳回的文书混在"照验"中交收。陈雾岩就花费了半天工夫，亲自将"照验"类文书逐一检查了一遍，其中有一份提出异议驱回的文书，书办将它混在了"照验"文书中。陈雾岩暗中记下，命令书办仔细检查，告诫他不要草草了事。书办受了贿不加检查，直接回答说没有差错。陈雾岩就把那份文书挑出来，质问书办，重加斥责，将其革职查办。此后，"照验"文书再不敢蒙混过关了。

张敞任用盗贼头　虞诩起用众无赖

长安市多偷盗，百贾[1]苦之。张敞[2]既视事，求问长安父老。偷盗酋长[3]数人，居皆温厚，出从童骑[4]，闾里以为长者。敞皆召见责问，因贳[5]其罪，把其宿负[6]，令致诸偷以自赎。偷长曰："今一旦召诣府，恐诸偷惊骇，愿一切受署[7]。"敞皆以为吏，遣归休。置酒，小偷悉来贺，且饮醉，偷长以赭污其衣裾。吏坐里闾阅出者[8]，见污赭，辄收缚，一日捕得数百人。穷治所犯，市盗遂绝。

朝歌贼宁季等数千人攻杀长吏[9]，屯聚连年，州郡不能禁，乃以诩为朝歌长[10]。始到，谒河内太守马棱，愿假辔策[11]，勿令有所拘阂[12]。边批：要紧。及到官，设三科[13]以募壮士，自掾史而下，各举所知：其攻劫者为上，伤人偷盗者次之，不事家业者为下。收得百余人，诩为飨会，悉贳其罪，使入贼中，诱令劫掠，乃伏兵以待之，遂杀贼数百人。又潜遣贫人能缝者佣作贼衣，以彩线缝其裾为识，有出市里者，吏辄擒之，贼由是骇散。

注释

①百贾：诸行商贾。②张敞：汉宣帝初为豫州刺史，旋征为太中大夫。为胶东相，有能名。代黄霸为京兆尹，略循赵广汉之法而颇杂儒雅。③酋长：偷盗集团头目。④出从童骑：童，与"僮"通。其出门时僮奴皆骑马以从。⑤贳：赦免，此有暂缓治罪以观后效意。⑥把其宿负：持其以往之罪以控制之。⑦愿一切受署：言愿担任吏职。⑧吏坐里闾阅出者：坐于闾里之门而检验出来者。⑨"朝歌贼"句：此东汉安帝永初四年（110年）事。朝歌，在今河南省淇县。⑩乃以诩为朝歌长：时虞诩因对大将军邓骘放弃凉州持异议，骘欲置诩于死地，故以诩为朝歌县长。⑪假辔策：宽假，放松。辔，马辔；策，马鞭。意谓请太守不要过严地约束和迫促自己。⑫拘阂：阂，与"碍"同。拘阂，约束、阻挠。⑬三科：下文之"攻劫者为上"等三种犯罪人物。

译文

汉朝时，长安一带盗贼横行，商人们个个苦不堪言。张敞出任京兆尹以后，在长安父老的帮助下，打听出几个盗贼头目。结果发现他们都长相温厚，外出时还随身带有几名随从，在城中俨然是一副长者的姿态。

于是张敞传他们来问话，表示愿意赦免他们的罪行，交换条件是须协助官长清剿盗匪，并且立刻改邪归正，戴罪立功。

土匪头目共同请愿说："今天我们被传讯，很可能使我们的手下惊慌。为了能顺利清剿，请大人务必要相信我们。"

于是张敞分别任命土匪头目们官职，要他们各自在家中举行庆功酒宴，通知所有手下前来祝贺。当大伙喝到醉醺醺时，土匪头就偷偷在手下的衣襟上做上红色记号，随后通知城内衙役见到衣襟上有红色记号者就予以抓捕。

结果，在一天之内竟逮捕到几百名盗匪。张敞分别照各人所犯罪状的轻重处刑，从此长安城内盗匪绝迹。

朝歌县贼宁季率几千贼人攻杀长吏，为害地方数年，州郡却无可奈何。朝廷于是派虞诩出任朝歌县令。他在上任前特地拜见河内太守马棱，希望马棱能让自己放手剿匪。边批：要紧。

等到虞诩上任后，先招募壮士，设置上中下三种衙役标准，并且通令属官以下各自推荐人选。因抢夺财物而置人于死者入选为上役；因偷盗而伤人者为中役；凡不事生产荒废家业者为下役。总计募集一百多人。

虞诩首先设盛宴款待他们，当场宣布赦免他们的罪状，交换条件是他们必须潜伏贼营中，诱使贼人出营抢掠。这些罪犯果真策动成功，贼人纷纷出营，虞诩却在一旁派兵埋伏守候，终于剿灭贼匪数百人。

此外，他又派会缝制衣服的密探混入穷人堆，原来有很多穷人被匪徒雇用缝制衣服。密探就在衣襟上偷偷地缝上彩线为记号，随后通知官兵，见到有印记者就逮捕，贼徒最终瓦解。

王世贞以贼治贼

王世贞备兵青州，部民雷龄以捕盗横莱、潍[①]间，海道宋[②]购之急而遁，以属世贞。世贞得其处，方欲掩取，而微露其语于王捕尉者，还报又遁矣。世贞阳曰："置之。"又旬月，而王尉擒得他盗，世贞知其为龄力[③]

也，忽屏左右，召王尉诘之："若奈何匿雷龄？往立阶下，闻捕龄者非汝邪！"王惊谢，以飞骑取龄自赎。俄龄至，世贞曰："汝当死，然汝能执所善某某盗来，汝生矣。"而令王尉与俱，果得盗。世贞遂言于宋而宽之。边批：留之有用。

官校[3]捕七盗，逸其一。盗首妄言逸者姓名，俄缚一人至，称冤。乃令置盗首庭下差远，而呼缚者跽[4]阶上，其足蹑丝履，盗数后窥之。世贞密呼一隶，蒙缚者首，使隶肖之，而易其履以入。盗不知其易也，即指丝履者。世贞大笑曰："尔乃以吾隶为盗！"即释缚者。

注释

①莱、潍：莱州和潍州，即今山东蓬莱和潍坊。②海道宋：姓宋的海道。明代各省下设守道，莱州、青州和潍州为山东布政使属下的临海地区，所以叫海道。③为龄力：为雷龄效力。

译文

明朝王世贞统兵青州时，当地部落中有个叫雷龄的盗匪横行潍间海道，朝廷派官军追捕，雷龄见风声紧张，就赶快逃跑。因此朝廷把捉拿雷龄的任务交给王世贞。

王世贞打听出雷龄藏匿的住所，正计划偷袭，不小心露了口风让王捕尉知道，结果密探报告雷龄，雷龄又逃得无影无踪。

于是王世贞故意说："既然他逃走，那就算了，等下次机会吧！"

过了十多天，王捕尉擒获一名盗匪，王世贞知道他是得自雷龄的帮助。

一天，王世贞命手下退下后，召来王尉，质问他说："你为何要替雷龄通风报信呢？那天站在台阶下偷听我们谈论缉捕雷龄计划的不是你吗？"

王尉马上认错谢罪，请求带领捕役亲自缉捕雷龄，以赎前罪。

很快雷龄果然被擒，王世贞对雷龄说："按你所犯罪行理应处死，但如若你能替我擒获某盗，将功赎罪我就放你一条活路。"

说完，王世贞命王尉与雷龄一同前去捕盗，果然将盗贼顺利擒获。于是王世贞上奏朝廷，请求赦免雷龄。边批：留之有用。

有一次官府擒获七名盗匪，但仍有十名匪徒在逃，土匪头故意谎报逃逸者的姓名。不久，依据土匪头的供述抓来一名犯人，但那人一直大喊冤枉。

于是王世贞下令把土匪头带到庭下较远处，而要那名喊冤者跪在府阶上受审，土匪头不断地偷窥那名喊冤者脚上穿着的一双丝鞋，这时王世贞暗中要一名属吏脸上蒙着布罩，而且换上丝鞋，打扮成那名喊冤者的模样。然而土匪头并不知道人已调包，仍指称穿丝鞋者即是同伙人。

王世贞大笑说："你竟敢称我的属吏是匪盗，看来你前面所招供的，皆是一派胡言！"

说完，他立刻释放那名喊冤者。

行成一眼能辨贼

唐怀州[①]河内县董行成能策[②]贼。有一人从河阳长店盗行人驴一头并皮袋，天欲晓至怀州。行成至街中一见，呵之曰："个贼在！"即下驴承伏。人问何以知之，行成曰："此驴行急而汗，非长行也，见人则引驴远过，怯也。以此知之。"有顷，驴主已踪至矣。

注释

①怀州：古州名，在今河南沁阳市。②策："册"，拘捕，捕禁。

译文

唐朝怀州河内县有一个叫董行成的人，善于捉贼。有一人在河阳长店偷盗过路人的一头毛驴和一个皮袋，天快亮的时候到了怀州城。董行成在街上，一眼就认出此人乃是盗贼，大声呵斥道："好你个毛贼，哪里去！"那人慌忙跳下驴子，低头认罪。有人问董行成怎么知道那人是贼，董行成道："这头驴子走得很急，身上有汗，不是走远路的。那人见了人，就赶着驴子远远躲过，这是胆怯。因此知道那人是偷驴子的。"过了不久，驴子的主人已跟踪追来了。

苏涣推理识奸细

苏涣[①]知衡州时，耒阳民为盗所杀而盗不获。尉执一人指为盗。涣察而疑之，问所从得，曰："弓手见血衣草中，呼其侪视之，得其人以献。"涣曰："弓手见血衣，当自取之以为功，尚肯呼他人？此必为奸！"讯之而服。他日果得真盗。

注释

①苏涣：唐广德间进士，累迁御史，湖南崔瓘辟为从事。

译文

苏涣治理衡州时，有位来自耒阳的百姓被盗贼所杀，但一直没抓到凶手。一天捕役抓来一人，指称他是凶手。苏涣侦讯后，发觉有许多疑点，于是招来捕役，问他擒获凶手的经过。捕役说："弓箭手首先发现草堆中有件血衣，继而招来同伴检视，发现这人在离血衣不远处，于是大伙一同擒下他。"苏涣低吟道："按常理，弓箭手在看到血衣后，会自己抢先擒获凶手领功，怎么可能引来同伴呢？这名弓箭手一定是贼人奸细。"苏涣将弓箭手抓来询问后，没多久果然抓到真凶。

胡汲仲借麦诈盗贼

胡汲仲在宁海日[①]，有群妪聚佛庵诵经，一妪失其衣。适汲仲出行，讼于前。汲仲以牟麦[②]置群妪掌中，令合掌绕佛诵经如故。汲仲闭目端坐，且曰："吾令神督之，盗衣者行数周，麦当芽。"中一妪屡开视其掌，遂命缚之，果窃衣者。

注释

①胡汲仲：胡长孺，宋永康人，至元中授扬州教授，转宁海主簿，后隐居不复仕，门人私谥纯节先生。宁海：州名，治所在牟平（故址在今福山县境），辖境相当今山东省大姑河以东地区。②牟麦：“麰”，大麦。

译文

胡汲仲在元朝至元年担任宁海主簿，当时有一群老太太聚集在尼姑庵诵读佛经，其中一个老太太的衣服被人偷走了，刚好胡汲仲外出，这帮老太太就让胡汲仲公断。胡汲仲在每个老太太手中放一粒大麦，让她们握紧大麦，绕着佛像行走，和

往常一样边走边诵经。胡汲仲闭目严肃地坐在一旁，并且说："我请求神明在天上监督诸位，凡盗取衣物的人在绕佛几圈后，手中的大麦就会发芽。"其中有一老太太不住地伸开手掌看，汲仲就命人把这个老太太抓起来，一问，果然正是偷衣服的。

王恺用豆捕盗匪

王恺为平原令[①]，有麦商夜经村寺被劫，陈牒于县。恺故匿其事，阴令贩豆者，和少熟豆其中，夜过寺门，复劫去。令捕兵易服，就寺僧货豆。中有熟者，遂收捕，不待讯而服，自是群盗屏迹。

注释

①王恺：字君夫，司马昭的内弟，西晋东海郯县（今山东郯城）人，官至后军将军。平原：古县名，今属山东省。

译文

王恺当平原令时，有位麦商在夜晚路过一所寺庙时遭人抢劫，于是到县府报案。王恺故意不张扬此事，暗中命手下假扮成卖黄豆的贩子，且在生豆中掺杂少许的熟豆，故意在夜晚路过寺庙，果然又遭抢掠。接着，王恺下令衙役换上便衣扮成商人到僧寺购货，果然发现其中有掺杂熟豆的生豆。因此他下令擒下寺僧，寺僧未经侦讯就认罪了。从此县内盗匪绝迹。

汪旦设计除恶僧

广西南宁府永淳县宝莲寺有"子孙堂"，傍多净室[①]，相传祈嗣[②]颇验，布施[③]山积。凡妇女祈嗣，须年壮无疾者，先期斋戒，得圣笤[④]方许止宿。其妇女或言梦佛送子，或言罗汉[⑤]，或不言，或一宿不再，或屡宿屡往。因净室严密无隙，而夫男居户外，故人皆信焉。闽人汪旦初莅县，疑其事，乃饰二妓以往，属云："夜有至者，勿拒，但以朱墨汁密涂其顶[⑥]。"次日黎明，伏兵众寺外，而亲往点视。众僧仓惶出谒，凡百余人。令去帽，则红头墨头者各二，令缚之，而出二妓使证其状，云：“钟定后，两僧更至，赠调经种子丸一包。”汪令拘讯他求嗣妇女，皆云“无有”。搜之，各得种子丸如妓，乃纵去不问，而召兵众入。众僧慑不敢动，一一就缚。究其故，则地平或床下悉有暗道可通，盖所污妇女不知几何矣。既置狱，狱为之盈。住持名佛显，谓禁子凌志曰：“我掌寺四十年，积金无算，自知必死，能私释我等暂归取来，以半相赠。”凌许三僧从显往，而自与八辈随之。既至寺，则窖中黄白灿然，恣其所取。僧阳束卧具，而阴收寺中刀斧之属。期三更斩门而出。汪方秉烛，构申详稿[7]，忽心动，念百僧一狱，卒有变莫支，乃密召快手持械入宿。甫集，而僧乱起。僧所用皆短兵，众以长枪御之，僧不能敌，多死。显知事不谐，扬言曰：“吾侪好丑区别，相公不一一细鞫，以此激变。然反者不过数人，今已诛死，吾侪当面诉相公。”汪令刑房吏谕曰：“相公亦知汝曹非尽反者，然反者已死，可尽纳器械，明当庭鞫分别之。”器械既出，于是召僧人每十人一鞫，以次诛绝。至明，百僧歼焉。究器械入狱之故，始知凌志等弊窦，而志等则已死于兵矣。

【梦龙评】万历乙未岁，西吴许孚远[8]巡抚八闽[9]，断某寺绛衣真人从大殿蒲团下出，事略同。

黄绂[10]，封丘人，为四川参政[11]时，过崇庆，忽旋风起舆前。公曰：“即有冤，且散，吾为若理！”风遂止。抵州，沐[12]而祷于城隍[13]，梦中若有神言州西寺者。公密访州西四十里，有寺当孔道[14]，倚山为巢。公旦起，率吏民急抵寺，尽系诸僧。中一僧少而状甚狞恶，诘之，无祠牒[15]，即涂醋垩额上，晒洗之，隐有巾[16]痕。公曰：“是盗也！”即讯诸僧，不能隐，尽得其奸状。盖寺西有巨塘，夜杀投宿人沉塘中，众共分其赀；有妻女，则又分其妻女，匿之窖中，恣淫毒久矣。公尽按律杀僧，毁其寺。

注释

①净室：寺院中的居室。②祈嗣：祈求后嗣。③布施：施舍给僧院的财物。④圣筶：筶，即“珓”，庙中掷以占吉凶者。⑤罗汉：或作“阿罗汉”。达到一定修

行境地的僧徒，释迦牟尼弟子中称阿罗汉的有十六人，后遂增至十八、一百零八、五百之数。⑥顶：头顶。⑦构申详稿：构思起草申报上司此案详情。⑧许孚远：德清人，嘉靖进士。神宗时知建昌府，寻以右佥都御史巡抚福建。后官至兵部左侍郎。在闽时，没收僧寺田产，募民垦地，聚兵抗倭，多有善政。⑨闽：元代分福建为福州、兴化、建宁、延平、汀州、邵武、泉州、漳州八路，明改称福建为八闽。⑩黄绂：明正统进士。为人刚廉，人称之曰“硬黄”。⑪参政：明代于各省布政使下设左、右参政。⑫沐：沐浴，祭神前沐浴以示敬。⑬城隍：神名，卫护城邑安全。明太祖下令于各府、州、县均为立庙。⑭当孔道：正当交通要道。⑮祠牒：由祠部所发之度牒，有之可免赋役，实际上成为合法僧人的身份证。⑯巾：头巾。

译文

广西南宁府永淳县宝莲寺，有一个“子孙堂”，旁边有许多干净的房间，相传祈祷子嗣很灵验，施舍的财物堆积如山。凡是妇女来祈求子嗣，来祈求前沐浴身，戒荤食素，得到一种叫筶的圣花才可以在那些干净的房里住宿。住在那里的妇女或者说梦见佛来送子，或者说梦见罗汉送子，或者不说，或是住了一晚就不再来往，或是经常在那里住宿。因为那些干净的房间严密无缝，而陪同妻子来求子的丈夫住在净室门外，所以人们都相信“子孙堂”能够赐人子嗣。福建人汪旦刚来永淳县任县令，怀疑“子孙堂”之事，就让两个妓女装扮一番之后前去打探，并嘱咐她们说：“夜里有人进的话，不要拒绝他们，只是用红色和黑色的墨水悄悄地抹在他们头顶上。”第二天黎明，汪旦把士兵埋伏在寺外，自己亲自到寺中检查。寺中众僧人仓皇出来谒见，共有一百多人。汪旦令众僧去掉帽子，发现头上有红墨水和黑墨水的僧人各有两个，令人将他们捆起来，命二妓女出来做证，述说他们的罪行。两个妓女说：“夜深人静之后，又来了两个僧人，赠给调经种子丸一包。”汪旦令将其他来求子嗣的妇女押来审讯，都说没有僧人赠药。令人搜查，每人都搜出了药丸一包，和两个妓女的一样。于是就把求子嗣的妇女放出，不再审问，接着把埋伏在寺外的士兵召进来，僧惧怕，都不敢动，一个一个都被抓了起来。寻找妇人被侮的原因，发现净室地面或床下都有暗道通向僧房，被僧人玷污的妇女不知有多少了！把僧人押进监狱，监狱都被他们占满了。白莲寺的住持名叫佛显，对狱卒凌志说：“我执掌白莲寺四十年，积攒无数的金钱。我知道这一次是死定了，你若能私下放我们暂时回去，把银子取来，送一半银子给你。”凌志允许三个僧人跟随佛显回寺取银子，自己则和八个人跟随他们后边。到了白莲寺之后，只见窖中金子银子耀眼夺目，僧人任凌志他们去拿，僧人则假装收拾床铺，暗中将寺中的刀斧一类的东西收藏起来，约定在三更时分动手，杀出监狱。这天夜里，汪旦正在灯下草拟此案的报文稿，心中忽然一动，想起一百多名僧人同关在一个监狱，如果突然发生变故，难以对付，就秘密地命令捕快携带武器到监狱休息。捕快刚刚集合起来，狱中的僧人就发生了暴乱。僧人用的都是短兵器，众捕快用长枪防御，僧人不能抵挡，多被杀死。佛显知道事情难以成功，扬言说：“我们这些僧人好坏不一样，相公不一一详加审问，所以激起这场变故。然而，叛乱者不过只有几人，如今都已被杀死，我们当面向相公诉说。”汪旦命刑房吏员告诉僧人说：“相公也知道你们不是都要叛乱，既然叛乱者都已被诛杀，你们可以把武器都缴上来，明天当堂审理分辨是不是反贼。”僧人交出武器之后，每次召来十名僧人审讯，依次斩杀，到天亮，百名僧人全部被杀死。追究武器流入监狱的原因，才知道凌志等人徇私舞弊的事情，而凌志等人已在僧人暴乱中被士兵杀死了。

【梦龙评】这事与明朝万历年间，西吴人许孚远在福建任巡抚时所发生的寺庙中绛衣真人利用大殿蒲团下秘道作恶的案情相同。

黄绂，封丘县人，明代正统进士，官至左都御史。在他担任四川参政时，途经崇庆，车前忽然刮起一阵旋风。黄绂说：“有冤情的话，暂且散去，我替你们申冤！”旋风于是散去。到达州衙，沐浴焚香，在城隍庙中祈祷，求神灵明示凶手所在。夜里做了一梦，似有神灵说凶手在州西边某寺中，黄绂秘密查访，州西四十里处有一寺院，面对过山通道，倚山筑寺。黄绂黎明即起，率领吏卒百姓急忙赶到寺院，把寺中的僧人全部抓了起来。其中有一年轻僧人，相貌十分狰狞凶恶，询问之后，发现此僧人没有度牒。当即把醋和白土涂在他的额头上，晒干后洗掉，额上隐约有戴巾帻的印痕。黄绂说：“这个人就是强盗！”当即审讯寺中的僧人，僧人不能隐瞒，把那人的犯罪事实全部招供出来。原来，寺院西边有一个很大的水塘，僧人夜里把前来投宿的人杀死，沉入塘中，众人共分其财物。有妻子女儿的，又将妻子女儿分给众人，藏在地窖中，肆意奸淫摧残。这样的事已发生很久了。黄绂根据法律，把僧人全部杀死，捣毁了这座寺院。

胆智部

威克卷十一

本卷收集了以威慑服不法的故事。克，克服，制伏，威服即以威力制服。于非常时期，不能死守成规，而应果断行事，以威、武取胜，如朱亥锥杀大将晋鄙而使信陵君得以将兵救赵，可谓英明果决，胆量过人。

履虎不咥[①]，鞭龙得珠，岂曰溟涬[②]，厥[③]有奇谋。集《威克》。

注释

①咥：咬。②溟涬：混沌，这里指盲目的行为。③厥：乃。

译文

踏住老虎的尾巴，它就不能再伤人；鞭打大龙的身躯，它就会吐出腹中的宝珠。智者并不需要神仙相助，由于他懂得运用智慧。所以，辑有《威克》一卷。

信陵君得符救赵

夷门监者[①]侯嬴，年七十余，好奇计。秦伐赵急[②]，魏王使晋鄙救赵[③]，畏秦，戒勿战。平原君以书责信陵君，信陵君欲约客赴秦军，与赵俱死。谋之侯生，生乃屏人语曰："嬴闻晋鄙兵符[④]在王卧内，而如姬最幸，力能窃之。昔如姬父为人所杀，公子使客斩其仇头进如姬。如姬欲为公子死无所辞，顾未有路耳。公子诚一开口，如姬必许诺，则得虎符，夺

晋鄙军，北救赵而西却秦，此五霸[5]之功也！”公子从其计，请如姬。如姬果盗符与公子。公子行，侯生曰：“将在外，主令有所不受。公子即合符，而晋鄙不授公子兵而复请之[6]，事必危矣！臣客屠者朱亥可与俱，此人力士，晋鄙听，大善，不听，可使击之！”于是公子请朱亥，朱亥笑曰：“臣乃市井鼓刀屠者，而公子亲数存[7]之，所以不报谢者，以小礼无所用。今公子有急，此乃臣效命之秋也！”遂与公子俱。公子至邺，矫魏王令代晋鄙兵，晋鄙合符，果疑之，欲无听。朱亥袖四十斤铁椎椎杀晋鄙。边批：既矫其令，必责以逗留之罪，非漫然为无名之谋。公子遂将晋鄙兵进，大破秦军。

【梦龙评】信陵邯郸之胜，决于椎晋鄙；项羽巨鹿之胜，决于斩宋义[8]。夫大将且以拥兵逗留[9]被诛，三军有不股栗[10]愿死者乎？不待战而力已破矣。儒者犹以擅杀议刑，是乌知扼要[11]之策乎？

注释

①夷门：战国时魏都大梁（今河南省开封）的东门。监者：监守城门的人。②秦伐赵急：前 260 年，秦在长平大破赵军，赵兵死者前后四十五万。次年，秦复命王陵攻赵，攻邯郸不能拔，后又命王龁代王陵攻邯郸，锣仍不能拔。秦遂命郑安平代王鸵。赵被攻急，一面顽强抵抗，一面求救于楚、魏等国。③“魏王使晋鄙救赵”句：魏王，魏安釐王。魏王派将军晋鄙率十万人救赵，秦王闻讯，派使者告魏

王曰："吾攻赵旦暮。而诸侯敢救者，拔赵后，必移兵先击之。"魏王恐，使人止晋鄙，驻军于邺，名为救赵，实两端以观望。④兵符：征调军队的凭证。⑤五霸：春秋五霸。齐桓公，晋文公，秦穆公，楚庄王，宋襄公。⑥请之：请示于魏王。⑦存：存问、关怀。⑧项羽巨鹿之胜，决于斩宋义：秦二世二年（前208年），秦将章邯破项梁，乃逛黄河北击，平邯郸。赵王歇与张耳逃入巨鹿城，秦将王离围之。赵请救于楚，楚怀王心以宋义为上军，项羽为次将救赵。宋义行至安阳，留四十六日不进，饮酒高会，而不问士卒冻饥。于是，大破秦军。⑨逗留：逗留观望而不进。⑩股栗：两腿颤抖，形容恐惧。⑪扼要：治其要害，抓其关键。

译文

战国时期，魏国都城大梁（今河南开封）夷门的守门小吏侯嬴，已经七十多岁了，好用奇谋。秦军讨伐赵国，赵国危急，向魏国求救，魏王派晋鄙率军救赵，但因惧怕秦国，告诫晋鄙不要和秦军交战。赵国公子平原君赵胜写信，责怪信陵君。信陵君想聚集门客去与秦军交战，与赵国共存亡，于是去和侯嬴商议，侯嬴屏退众人，对信陵君说："我听说晋鄙所持的兵符的另一半在魏王的卧房内，如姬最得魏王的宠幸，她可以把兵符偷出来。当初如姬的父亲被人杀死，公子派门客把仇人的头砍下来送给如姬，为如姬报了父仇。如姬想为公子效命，虽死亦不会推辞，只是没有找到机会罢了。公子真的能够开口求助于如姬，如姬必定答应。这样就可以得到虎符，夺取晋鄙的军权，向北救援赵国，向西打败秦军，这是春秋五霸的功业啊！"公子采纳侯嬴的计谋，请求如姬盗取魏王的兵符，如姬果然盗出兵符给信陵君。魏公子无忌准备动身，侯嬴说："将军在外，主上的命令有些也可以不接受。公子到军中，即便合上了虎符，而晋鄙不把兵权交给公子，而重新向魏王请示，这样的话，事情就危险了！我有个朋友，是个屠夫，名叫朱亥，可以和公子一道前往军中。这人是个大力士，晋鄙若听令的话，当然最好了。如果不听从命令，就让朱亥杀掉他！"于是，魏公子无忌去邀请朱亥一同前往，朱亥笑着说："我只是市井中一个操刀的屠夫，公子多次亲自照顾我，我之所以没有报答，是因为小的礼物没有什么用处。如今公子有急难，这正是我为公子效命的时候！"就和魏公子无忌一同前往军中。公子到了邺城，假称魏王的旨令，取代晋鄙的兵权。晋鄙既合兵符，果然怀疑此事，不想听从命令。朱亥从袖取中出重四十斤的铁锤，用铁锤将晋鄙打杀。边批：即假传旨令，必以逗留治罪，非随意为无名之谋。魏公子无忌于是带领晋鄙的兵马进军，大败秦国军队。

【梦龙评】信陵君之所以能完成救赵使命，关键在于当机立断，椎杀晋鄙；而项羽之所以能在巨鹿取得胜利，关键在于毅然决定杀死宋义。大将拥重兵而逡巡不前，势将招来杀身之祸，三军将士的战志激昂，不必交战敌人就会闻风丧胆。有些儒者认为信陵君、项羽的做法，未免有些草菅人命，因此主张应该论以刑责。其实，这些儒者哪里懂得掌握先机的关键策略呢？

哥舒翰怒斩张擢

唐哥舒翰为安西节度使，差都兵马使张擢上都奏事，逗留不返，纳贿交结杨国忠。翰适入朝，擢惧，求国忠除擢御史大夫兼剑南西川节度使。敕下，就第[①]谒翰。翰命部下捽于庭，数其罪，杖杀之，然后奏闻。帝下诏褒奖，仍赐擢尸，更令翰决尸[②]一百。边批：圣主。

太原节度王承业，军政不修。诏御史崔众交兵于河东。众侮易承业，或裹甲持枪突入承业厅事，玩谑之。李光弼[③]闻之，素不平。至是交众兵于光弼。众以麾下来，光弼出迎，旌旗相接而不避[④]。光弼怒其无礼，又不即交兵，令收系之。顷中使[⑤]至，除[⑥]众御史中丞，怀其敕，问众所在。光弼曰："众有罪，系之矣！"中使以敕示光弼。光弼曰："今只斩御史！若宣制命，即斩中丞；若拜宰相，亦斩宰相！"中使惧，遂寝之而还。翼日，以兵杖围众至碑堂下，斩之，威震三军，命其亲属吊之。

【梦龙评】或问擢与众诚有罪，然已除西川节度使及御史中丞矣，其如王命何？盖军事尚速，当用兵之际而逗留不返、拥兵不交，皆死法也。二人之除命必皆夤缘[⑦]得之，而非出天子之意者，故二将得伸其权，而无人议其后耳。然在今日，莫可问矣。

注释

①就第：到哥舒翰府上。②决尸：鞭尸。③李光弼：唐代大将，当时任河东节度使。肃宗时曾平安史之乱，与郭子仪齐名，为唐室中兴名将。④旌旗相接而不

避：御史的官职低于节度使，所以崔众的旌旗仪仗应该避让李光弼的。⑤中使：皇帝的使者，由宦官担任。⑥除：提升。⑦夤（yín）缘：攀附权贵，以求仕进。

译文

唐朝名将哥舒翰出任安西节度使时，有一次派都兵马使张擢进京奏事。不料张擢竟久留不归，而且贿赂杨国忠，两人互相勾结。

不久，哥舒翰有事要入朝奏报。张擢心虚害怕，就要求杨国忠任命他为御史大夫兼剑南西川节度使。当正式任命的诏命下达后，张擢得意扬扬地去见哥舒翰，哥舒翰一见张擢来，就立即下令将他逮捕，接着一一陈述他的罪状，随后再将他处斩。

事后，哥舒翰把处死张擢的经过奏报朝廷，玄宗不但没有责怪他，甚至还下诏褒奖他处理得当，最后更把张擢的尸首赐还他，让他亲手再鞭尸一百下。边批：圣明的君主。

太原节度使王承业治军散漫，当御史崔众奉诏到河东敦睦各军时，很轻视王承业，甚至纵容自己的部下全副武装地闯进王承业的府衙。

李光弼初听这件事，并不觉得奇怪，不料崔众的部众竟也闯进他的营帐。由于崔众是打着御史的旗号而来，因此李光弼只有出营迎接，然而崔众却连招呼都不打，就调头离去。

所以李光弼非常气愤，认为崔众仗恃诏命傲慢无礼，于是将崔众逮捕问罪。

此时，皇宫宦官来到河东，要任命崔众为御史中丞，手持敕书问李光弼崔众的行踪。

李光弼答道："崔众犯法，我已经将他逮捕治罪了。"

宦官把敕书拿给李光弼看，李光弼说："现今只杀了一位侍御史，如按诏命，那就等于杀了一位御史中丞；如果他被任命为宰相，那就等于杀死一位宰相。"

宦官一听这话不敢再多言，只好带着敕书回京。

次日，李光弼派兵保卫崔众，当众把他杀死在碑堂下，从此李光弼威权震三军。事后，李光弼命崔众的亲属来祭吊。

【梦龙评】或许有人会问："张擢和崔众确实有罪，但张擢已经被朝廷任命为西川节度使，而崔众也被任命为御史中丞，这时杀死他二人，算不算漠视朝廷诏命呢？"

其实用兵最重要的就是讲求神速，张擢有公务在身，竟然滞留京师不归，这在军法上就已经犯了死罪。而崔众明知自己的使命是联络各部队感情，竟带兵到处耀武扬威，这也触犯了违抗君命的死罪。再说这两人之所以会被任命为高位，都是出于人情的请托和贿赂，根本不是皇帝的原意。因此，哥舒翰和李光弼伸张公权，而没有人敢在他们背后议论！若事件发生在今天，我看根本没有人敢做这类事！

吕公弼严惩小吏　张咏勇斩官员

公弼[①]，夷简子，其治成都，治尚宽，人嫌其少威断。适有营卒犯法，当杖，扞不受，曰："宁以剑死！"公弼曰："杖者国法，剑者自请。"为杖而后斩之，军府肃然。

张咏在崇阳[②]，一吏自库中出，视其鬓旁下有一钱，诘之，乃库中钱也。咏命杖之，吏勃然曰："一钱何足道，乃杖我耶！尔能杖我，不能斩我也！"咏笔判云："一日一钱，千日千钱。绳锯木断，水滴石穿！"自仗剑下阶斩其首，申府自劾。崇阳人至今传之。

咏知益州时，尝有小吏忤咏，咏械其颈。吏恚曰："枷即易，脱即难！"咏曰："脱亦何难！"即就枷斩之，吏俱悚惧。

【梦龙评】若无此等胆决，强横小人，何所不至！

贼有杀耕牛逃亡者，公许自首。拘其母，十日不出，释之；再拘其妻，一宿而来。公断曰："拘母十夜，留妻一宿，倚门之望何疏！结发之情何厚！"就市斩之。于是首身者继至，并遣归业。

【梦龙评】袁了凡曰："宋世驭守令之宽，每以格外行事，法外杀人。故不肖者或纵其恶，而豪杰亦往往得借以行其志。今守令之权渐消，自笞十至杖百仅得专决，而徒一年以上，必申请待报，往返详驳，经旬累月。于是文案益繁，而狴犴[③]之淹系者亦多矣！"子犹曰："自雕虫取士，资格困人，原未尝搜豪杰而汰不肖，安得不轻其权乎？吾于是益思汉治之善也。"

注释

①公弼：吕公弼，字宝臣，北宋寿州人，官累枢密副使，卒谥惠穆。②崇阳：

县名，在今属湖北省。③狴犴（bì àn）：原为传说中的兽名，古时牢狱门上得其形状，故又为牢狱的代称。

译文

宋朝人吕公弼是吕夷简的儿子。他治理成都时，因为为政宽松，人们讥讽他处理政务不够威严果决。

正巧有一名小吏耍赖，说："我宁可被杀，也不愿挨打。"

吕公弼说："鞭打是按国法，处死是你自愿。"

因此下令先打后斩，从此再也没人敢批评吕公弼无能。

宋朝人张咏在崇阳为官时，有一次一名官员自府库中走出。张咏见他鬓发下夹带一枚钱币，经质问后，官员承认钱币取自府库。

张咏命人鞭打这名官员，官员生气地说："一枚钱币有什么了不起，竟然要鞭打我，谅你也只敢打我，总不能杀我吧！"

张咏提笔判道："一天取钱一枚，千日后就已取得千枚，长时间地累积，即便绳索也能锯断木条，滴水也能贯穿石块。"

写完，他亲自提着剑走下台阶，斩下那名官员的头，随后再到府衙自我弹劾陈述罪状。崇阳百姓至今仍津津乐道这件事。

张咏任益州知府时，有一名小吏冒犯张咏，张咏命人替他戴上刑具，小吏生气地叫道："你要我戴上刑具容易，但要我脱下就难了。"

张咏说："我看不出要你脱下有什么难处。"

说完他就砍下仍戴着枷锁的小吏脑袋，令其他官吏大惊。

【梦龙评】世上若少了这些有胆量、能果断的官员，强横小人更会无所不在了。

有名贼人在误杀耕牛后畏罪逃逸。张咏答允贼人如果出面自首就不再追究，但贼人却一直不肯投案。张咏拘留贼人的母亲十天，见贼人仍不出面，就下令释放他母亲，又拘留他妻子，仅只一夜，贼人就出面投案。

张咏判道："拘留母亲十天不及妻子被捕一夜，母亲养儿之恩，竟不如夫妻结发之情。"

因此张咏在市集处斩贼人。其他被判死罪者听说这事后，纷纷出面自首，张咏也实践诺言，命他们各自返乡为良民。

【梦龙评】袁了凡曾说："宋朝时，官员有很大的权限，所以常能视当时状况，不按律法行事。固然，不好的官员往往会仗权横行；然而廉正的官员却也往往能借权伸张正义。时至今日，官员权限日益削减，对于犯人只能判处十到一百的鞭打，至于一年以上的徒刑，就必定申报上级，公文的往返又得耗上数十天，甚至好几个月，于是文书更加繁重，而狱中也就人满为患了。"我认为：自从以八股取士后，用官的资格受到种种限制，但并没有因此而拔取英才、淘汰不肖者，所以怎么不日益削减官吏的权限呢？看到这种情形，我更加怀念汉朝盛世了！

识断卷十二

本卷收集了古人能识善断的故事。识，即有识见，遇事不糊涂；断，即行事果断，不优柔寡断。无论做何事都离不开识、断二字。如用人，一旦知某人有才，当大胆任用，否则很容易造成人才流失，或为敌所用，反成对自己的威胁。齐桓公听宁戚和角而歌，知为贤者，马上奉火爵之上卿，可谓识人善断。又如战争中，一旦认清局势，就应把握时机，果敢而行，三国时孙权听周瑜之分析，采取正确策略，才有赤壁之战的胜利。

智生识，识生断。当断不断[①]，反受其乱。集《识断》。

注释

①断：判断。

译文

能对事物有更深入的观察与了解，才能做出正确的推断。但是在应该当机立断时，千万不能因为观察、了解而延迟、拖宕。所以，辑有《识断》一卷。

齐桓公大度得宁戚

宁戚①，卫人，饭牛车下②，扣角③而歌。齐桓公异之，将任以政。群臣曰："卫去齐不远，可使人问之，果贤，用未晚也。"公曰："问之，患其有小过，以小弃大，此世所以失天下士也！"乃举火而爵之上卿。

【梦龙评】韩范已知张、李二生有用之才，其不敢用者，直是无胆耳。孔明深知魏延④之才，而又知其才之必不为人下，故未免虑之太深，防之太过，持之太严，宁使有余才，而不欲尽其用，其不听子午谷之计者，胆为识掩也。呜呼，胆盖难言之矣！边批：魏以夏侯楙镇长安。丞相亮伐魏，魏延献策曰："楙怯而无谋，今假延精兵五千，直从褒中出，循秦岭而东，当子午而北，不过十日，可到长安，楙闻延奄至，必弃城走，比东方相合，尚二十许日。而公从斜谷来，亦足以达。如此则一举而咸阳以西可定矣！"亮以为危计，不用。

任登⑤为中牟令，荐士于襄主⑥曰瞻胥已⑦，襄主以为中大夫。相室⑧谏曰："君其耳而未之目也？为中大夫若此其易也！"襄子曰："我取登，既耳而目之矣，登之所取，又耳而目之，是耳目人终无已也。"此亦齐桓公之智也。

注释

①宁戚：春秋时卫国人，家贫，为人挽车，自卫至齐，为桓公识用，拜上卿，后迁国相。②饭牛车下：在牛车下用饭。又说，喂牛于车下。③扣角：敲着牛角。④魏延：三国蜀汉大将，累迁征西大将军，封南郑侯。每随诸葛亮出师，辄欲请兵与亮异道，亮不许，延常叹已才用之不尽。及亮死，魏延有二心，为杨仪遣马岱杀之。⑤任登：春秋时晋国赵氏的家臣。《吕氏春秋·知度》作"任登"，而《韩非子·外储说左上》作王登。按王当为"壬"字之误，而"壬"、"任"古通。⑥襄主：赵襄子，名无恤，赵简子之子。战国初，与韩、魏二氏共灭智氏，三分晋国。⑦瞻胥已：《吕氏春秋》作瞻胥已，《韩非子》作"中章、胥已"，则为二人。⑧相室：执政之臣，即相国、丞相。

译文

宁戚，卫国人。宁戚在牛车下用饭，敲着牛角唱起歌来。齐桓公看到后，觉得宁戚与常人不同，准备把国政交给他管理。群臣都说："卫国离齐国不远，可派人去问问他的情况，如果他果然是个贤才的话，再用他也不迟。"齐桓公说："如果去问他的情况，担心他有小的过失，而因小失大。这就是世人失去天下贤才的原因啊！"于是就生火做饭，款待宁戚，封宁戚为上卿。

【梦龙评】明朝的韩范虽然知道张、李二人是可重用的人才，却不敢用，缘故是胆小。三国时的诸葛亮虽深知魏延的才干，同时也知道以魏延之才不会居人之下，所以顾虑太深，防范太多，戒备太严，宁可只借重魏延的余才，却不敢让他完全发挥。当初孔明不肯采纳魏延所提子午谷的计谋，就是由于孔明的胆气被识虑所蒙蔽，唉！看来"胆"这个字，还真不是三言两语就可说得清楚的。边批：魏国让夏侯楙镇守长安，蜀汉丞相诸葛亮准备讨伐魏国。魏延献策说："夏侯楙胆小而无谋，如果给我五千精兵，从褒中出发，沿秦岭东进，在子午处向北，用不了十日，便可到达长安。夏侯楙听说魏延攻来，一定会丢弃长安城逃跑。如果从东面走，尚须二十日。而公从斜谷来，也可以到达。如此这样，一举可使咸阳以西安定！"诸葛亮以为是危险的计谋，没有采纳。

当任登出任中牟令时，他曾向襄王举荐一个人，并说这个人叫"瞻胥已"，襄王想任命这人为中大夫，一旁的王后却劝阻说："大王只是听别人说这人有才干，自己并没有亲眼看见，怎么能轻易相信而草率任用呢？"襄王说："我之所以任用他，既是根据耳闻，也是根据眼见。因为王登推荐他，就是根据耳闻和眼见。假如一切事情都要靠我亲眼看见，那事情永远没有做成的时候。"

襄王和齐桓公具有同样的智慧。

高洋快刀斩乱麻

高洋[①]内明而外晦，众莫知也。独欢异之，曰："此儿识虑过吾！"时欢欲观诸子意识，使各治乱丝，洋独持刀斩之，曰："乱者必斩！"

注释

①高洋：北齐文宣帝，北齐的建立者。

译文

高洋内心聪明，外表木讷，众人都不知道这一点，只有高欢认为他不同凡俗，说："这个儿子的见识超过了我！"当时，高欢想考查一下他的几个儿子的胆识，让他们各自梳理纷乱的丝线，只有高洋拿起刀来斩断乱丝，说："对付纷乱必须刀斩！"

周瑜大败曹孟德　寇准诱驾上前线

曹操既得荆州[1]，顺流东下，遗孙权[2]书，言"治水军八十万众，与将军会猎于吴"。张昭[3]等曰："长江之险，已与敌共，且众寡不敌，不如迎之。"鲁肃独不然，劝权召周瑜于鄱阳[4]。瑜至，谓权曰："操托名汉相，实汉贼也。将军割据江东，兵精粮足，当为汉家除残去秽，况操自送死而可迎之耶？请为将军筹之：今北土未平，马超、韩遂[5]尚在关西，为操后患；而操舍鞍马，仗舟楫，与吴越争衡；又今盛寒，马无藁草；中国士众，远涉江湖之险，不习水土，必生疾病。——此数者，用兵之患也。瑜请得精兵五万人，保为将军破之！"权曰："孤与老贼誓不两立！"因拔刀砍案曰："诸将敢复言迎操者，与此案同！"竟败操于赤壁。

契丹寇澶州，边书告急，一夕五至，中外震骇。寇准不发，饮笑自如。真宗闻之，召准问计。准曰："陛下欲了此，不过五日。边批：大言。愿驾幸澶州。"帝难之，欲还内。准请毋还而行，乃召群臣议之，王钦若临江人，请幸金陵；陈尧叟[6]阆州人，请幸成都。准曰："陛下神武，将臣协和，若大驾亲征，敌当自遁，奈何弃庙社远幸楚、蜀？所在人心崩溃，敌乘势深入，天下可复保耶？"帝乃决策幸澶州。准曰："陛下若入宫，臣不得到，又不得见，则大事去矣！请毋还内。"驾遂发。六军、有司追而及之。临河未渡，是夕内人相泣。上遣人瞷准，方饮酒鼾睡。明日又有言金陵之谋者，上意动，准固请渡河，议数日不决。准出见高烈武王琼[7]，谓之曰："子为上将，视国危不一言耶？"琼谢之，乃复入，请召问从官，至皆嘿然。上欲南下，准曰："是弃中原也！"又欲断桥因河而守，准曰："是弃河北也！"上摇首曰："儒者不知兵！"准因请召诸将。琼至，曰："蜀远，钦若之议是也。上与后宫御楼船，浮汴而下，数日可至。”众皆以为然，准大惊，色脱。琼又徐进曰：“臣言亦死，不言亦死，与其事至而死，不若言而死。今陛下去都城一步，则城中别有主矣。吏卒皆北人，家在都下，将归事其主，谁肯送陛下者？金陵亦不可到也！”准又喜过望，曰：“琼知此，何不为上驾？”琼乃大呼“逍遥子[8]”，准掖上以升，遂渡河，幸澶渊之北门。远近望见黄盖，诸军皆踊跃呼万岁，声闻数十里。契丹气夺，来薄城，射杀其帅顺国王挞览。敌惧，遂请和。

【梦龙评】按：是役，准先奏请：乘契丹兵未逼镇、定，先起定州军马三万南来镇州，又令河东兵出土门路会合，渐至邢[9]洺，使大名有恃，然后圣驾顺动。又遣将向东旁城塞牵拽，又募强壮入虏界，扰其乡村，俾虏有内顾之忧。又檄令州县坚壁，乡村入保，金币自随，谷不徙者，随在瘗藏。寇至勿战，故虏虽深入而无得。方破德清一城，而得不补失，未战而困。若无许多经略，则渡河真孤注矣。

金主亮[10]南侵，王权师溃昭关[11]，帝命杨存中就陈康伯[12]议，欲航海避敌。康伯延之入，解衣置酒。帝闻之，已自宽。明日，康伯入奏曰：“闻有劝陛下幸海趋闽者，审尔，大事去矣！盍静以待之？”一日，帝忽降手诏曰：“如敌未退，散百官。”康伯焚诏而后奏曰：“百官散，主势孤矣！”帝意始坚，康伯乃劝帝亲征。

【梦龙评】迟魏之帝者，一周瑜也；保宋之帝者，一寇准也；延宋之帝者，一陈康伯也。

注释

①荆州：州名，今湖北、湖南、河南、贵州，以及两广的一部分。②孙权：字仲谋，三国吴郡富春人，孙坚之子，吴国的开国君王。③张昭：字子布，三国吴郡彭城人，官累抚军中郎将、辅吴将军。④周瑜：字公瑾，三国东吴庐舒县人，士族出身，官累前部大都督等。鄱阳：郡名，今江西省鄱阳湖东岸等地。⑤韩遂：字文向，东汉金城人，先投北宫伯玉起义军。⑥陈尧叟：字唐夫，北宋初阆州人，端拱进士，授秘书丞，历广南西路转运使、同平章事、右仆射，卒谥文惠。⑦高烈武王琼：高琼，北宋萝城人，官累御龙直指挥使、殿前都指挥使等。⑧逍遥子：逍遥辇，

宋代帝王坐的轿名。⑨邢：邢州，州名，今河北巨鹿、广宗以西等地。⑩金主亮：完颜亮，即金废帝，本名迭古乃，被废后降为海陵庶人，金太祖孙，熙宗时任宰相。⑪昭关：关名，故址在今安徽省含山县北小岘山。⑫陈康伯：字长卿，南宋信州弋阳人，宣和进士，官累吏部尚书、宰相、枢密使等，封鲁国公，谥文正。

译文

曹操取得荆州后，就有顺流而下、攻取东吴的念头。因此他写了一封信给孙权，大意是说自己将带领八十万水兵，约孙权在吴会战。

当时以张昭为首的文臣，已被曹操八十万大军的声势吓得魂飞魄散，张昭说：“我们所凭借的只有长江天险，在曹操取得荆州后，长江天险已经成为敌我双方所共有；再说敌众我寡，双方兵力悬殊，我个人认为当今之计不如迎接曹公的到来。”

坐在一旁的鲁肃，却不认为归顺曹操是上策。因此他向孙权建议，不如立即派人召回在鄱阳的周瑜商议大计。

周瑜赶回后，激动地对孙权说道：

“曹操虽名为汉朝丞相，其实却是汉朝的奸贼。主公据有江东，地域辽阔，兵精将广，应当为汉室除去奸贼。再说曹操现在正在自掘死路，我们哪有归顺他的道理？请主公听我详说平曹的计划。现在北方并未完全平定，关西的马超和韩遂是曹操的祸患；现在曹操竟舍弃善战的骑兵，而将要与长于水战的吴兵决战，难道不是自取败亡？再加上现在正值隆冬季节，马草军粮的补给都不方便；而曹军远来南方，水土不服定会生病，这些都是曹操用兵的不利情况。因此主公想要生擒曹操，现在恰好是千载良机。请求主公给我精兵五万人，我保证击败曹操！”

孙权听了周瑜这番话后，说道：“我与曹操这老贼势不两立！”

说完抽出宝刀，一刀砍断案桌道：“诸位再有敢说归顺曹操的，就会和这案桌一样的下场！”

后来，东吴果然打败曹操于赤壁。

宋真宗时，契丹人出兵攻打澶州，一时边情紧急，一夜之间竟连发五道紧急文书。消息传到京师，朝廷震惊。当时宰相寇准却不慌不忙，仿佛平常般谈笑饮酒。

真宗接获军情紧急的报告，就招来寇准，与他商讨大计。

寇准说："想要解除这种危急的情况，只要五天的时间就够了。边批：大气之言，臣恳请陛下幸驾澶州。"

真宗听了略感为难，欲直接返回京师，寇准却再三恳求。真宗一时拿不定主意，因此召集群臣商议。临江人王钦若建议真宗避难金陵，阆州人陈尧叟则建议前往成都。

寇准奏道："陛下英明睿智，才使得群臣齐心效命。假如陛下能御驾亲征，敌军必会闻风丧胆，为何要舍弃宗庙，逃往他地呢？陛下无论幸临金陵或成都，一则路途太过遥远，二则将导致人心溃散，给予敌兵可乘之机，那又怎么能指望能保住大宋江山呢？"

真宗听了这些话，才下定决心前往澶州。

寇准说："请陛下立刻启程，不要再转回宫内。陛下若入宫，臣进出不便，恐误了大事。"因此真宗下令立刻启驾。

这时有大臣欲加阻拦，所以临河未渡。这天晚上，嫔妃个个哭成一团，真宗又派人询问寇准意见，不料寇准因喝醉了，竟酣睡不醒。次日，又有大臣向真宗建议迁都金陵，真宗有些心动，所以虽然寇准一再恳求真宗渡江，但一连几天真宗仍下不了决心。

一天，寇准碰到烈武王高琼，对他说："你身为大将军，见国家的情势已到这样危急的地步，难道不会向皇上说句话吗？"

高琼向寇准谢罪，于是寇准再次入宫，建议真宗不妨问问其他官员的意思，没想到在朝的官员竟然个个无言以对。

这时真宗表示希望南下，寇准说："这种做法就是舍弃中原。"

真宗又想毁坏桥梁，凭借江河天险来防守。

寇准说："这样河北一地就拱手送敌了。"

真宗不由得摇头说："你是文人，不懂得用兵之道。"

因此寇准建议真宗询问各将军的意见。

高琼却说："我赞同王钦若的看法，蜀地远，但陛下若乘坐宫廷楼船，顺着汴江而下，几天的行程，就可抵达成都。"

在场的大臣纷纷表示赞同，寇准不由大惊失色。只见高琼不慌不忙地接着又说："臣直言也是死，不说也是死，与其到事情发生时丧命，不如今天直言而死。

今日只要陛下离开京师一步，那么整个天下就要改朝换代了。士兵们全是北方人，家小都在京师附近，如果京师保不住，他们都会回乡保护妻小，到时有谁肯护送陛下？即使近如金陵，陛下也到不了。”

寇准听高琼如此说，一下子又面露喜色，说：“你能明白这道理，为何不自请为皇上跟前的御前将军呢？”

高琼大喊一声，让轿夫起轿；寇准立即将真宗请入轿中，全军于是顺利渡河。

真宗抵达澶州北门时，远近的士兵们看见皇帝的车驾，不由欢声雷动，高呼万岁，数十里外都听得到阵阵的欢呼声。

契丹人见宋真宗御驾亲征，气势大减，等攻城时，元帅顺国王挞览又遭宋兵射杀，更是胆战心惊，因此向宋请和。

【梦龙评】这场战役，寇准事先曾奏请真宗在契丹兵马尚未调派妥当前，先征调定州三万兵马南下镇守，又命河东兵由王门路前来会合，一切部署完毕才劝请真宗亲征。同时寇准也曾招募强壮的丁兵混入契丹境内，骚扰契丹村庄，使契丹有内忧的困扰。此外寇准也发文各州县，要他们各自加强守御，各乡村民组织自卫民团，金币财物随身携带，至于无法运走的米粮则要妥善深藏，契丹兵至，千万不可与他们交手，这样一来，契丹人虽是深入内地却毫无所获，往往只攻下一座空城，得不偿失；在未与宋兵交战前已是军需窘困，因此澶州之役宋军获胜并非侥幸，若事先没有这许多部署，那么真宗的渡河亲征，可就真的是孤注一掷了！

宋朝时金主完颜亮南侵，王权师败于昭关。高宗命杨存中到陈康伯家中共商渡海避敌的大计。陈康伯见了杨存中，立刻请他入屋，两人便饮起酒来。高宗听说两人还有心情喝酒，不觉宽心不少。

次日，陈康伯入宫奏道：“臣听说有人劝陛下渡海往福建，这事万望要审慎，敌兵大势已去，请陛下静心等待。”

一日，高宗突然颁下手谕：“如果无法击退金兵，文武百官可各自避难他去。”

陈康伯一见，立即将诏书焚毁，然兵启奏说：“百官一旦离散，陛下的势力将更加孤单，到时大宋江山也完了。”

高宗听了才又重拾信心，于是陈康伯借机力劝高宗亲征。

【梦龙评】周瑜拖延了曹魏称帝的野心；寇准保住了真宗皇帝的宝位；而陈康伯却是延续了宋代江山。

术智部

委蛇卷十三

本卷收集了古人虚与委蛇而全身远祸或成就大事的故事。委蛇，即随顺，虽明于是非，但为利害关系而暂泯是非。有委蛇而全身者，如箕子装醉辞以不知时日而避祸，王戎劝其弟王敦称誉孙秀而获救。有委蛇而除奸救国者，如北宋王曾对丁谓一切委顺才得以独见皇上揭丁谓之罪；周忱以绒毯馈赠王振而使江南百姓得福。另外，如叔孙通服短衣楚制得为刘邦接纳，王守仁令门下习之博以亲近王畿，皆可谓得委蛇之真髓。

道固委蛇①，大成若缺②。如莲在泥，入垢出洁。先号后笑③，吉生凶灭。集《委蛇》。

注释

①道固委蛇：《史记·叔孙通传》："叔孙通希世度务，制礼进退，与时变化，卒为汉儒宗。大直若诎，道固委蛇，盖为是乎？"按此"委蛇"，有柔顺之意。②大成若缺：《老子》："大成若缺，其用不敝。"与"大智若愚"句意同。③先号后笑：《易》："先号咷而后笑。"

译文

逶迤曲折之道，完满之中似有缺陷。正同生长在污泥中的莲蓬，经过洗涤才得显出本来面目。先是哭号，后是微笑，运用得法，就能趋吉避凶。所以，辑有《委蛇》一卷。

箕子装醉避灾祸

纣为长夜之饮而失日①，问其左右，尽不知也。使问箕子，箕子谓其徒曰："为天下主，而一国皆失日，天下共危矣！一国皆不知，而我独知之，吾其危矣！"辞以醉而不知。

【梦龙评】凡无道之世，名为天醉。夫天且醉矣，箕子何必独醒？观箕子之智，便觉屈原之愚②。

注释

①失日：弄不清是什么日子。②屈原之愚：屈原，战国时期楚怀王大夫，为奸邪谗毁，放逐江滨，而怀王为秦人愚弄，克死异国。屈原行吟大泽之畔，有"天下皆醉我独醒"之句，故此言其"愚"。

译文

殷纣王彻夜饮酒作乐，忘记了时日，问身边的人，也不知道日期。殷纣王派人去问箕子，箕子对他的弟子说："作为天下的主宰，而整个国家的人都忘记了日期，天下人都危险了。整个国家的人都不知道时日，而只有我一人知道，我也就危险了。"于是假装喝醉了酒，说不知道日期。

【梦龙评】昏庸无道的时代，那可以称为天醉。天都喝醉了，那箕子又何必独自清醒呢？看箕子的智，就觉得屈原够傻——他非要来个"举世皆醉我独醒"。

叔孙通深谋远虑

叔孙通[①]初以儒服见，汉王憎之。通即变服，服短衣楚制，王喜。时从弟子百许，通无所言，独言诸故群盗壮士进。诸儒皆怨。通闻之，曰："诸生宁无闻乎？且待我，毋遽[②]！"

注释

①叔孙通：汉初薛县人，曾为秦博士，为项羽部属。②遽（jù）：着急，仓促。

译文

叔孙通当初穿着儒生的衣服见汉王刘邦，汉王看了觉得很讨厌。叔孙通立即换了一身服装，穿着短短的楚地服装，刘邦见了很高兴。当时，跟从他的弟子有一百来人，叔孙通对别的人没说什么，只是推荐了过去曾当过盗贼的壮士给刘邦任用。众儒生都埋怨叔孙通，叔孙通听到后，说："你们难道会默默无闻吗？暂且等待一下，不要心急，有机会的话我会推荐你们的。"

守仁以赌结王畿

王龙溪[①]少年任侠[②]，日日在酒肆博场中，阳明亟欲一会不能也。阳明却，日令门弟子六博[③]投壶[④]，歌呼饮酒。久之，密遣一弟子瞯龙溪，随至酒肆家，索与共赌。龙溪笑曰："腐儒亦能博乎？"曰："吾师门下，日日如此。”龙溪乃大惊，求见阳明，一睹眉宇，便称弟子。

【梦龙评】才如龙溪，阳明所必欲收也，然非阳明，亦何能得龙溪乎？使遇今之讲学者，且以酒肆博场获罪矣。耿楚侗欲收李卓吾而不能[5]，遂为勍敌，方知阳明之妙用。

注释

①王龙溪：王畿，号龙溪，受业王守仁之门，嘉靖壬辰进士，历官兵部武选司郎中。夏言斥为伪学，谢病归，益务讲学。传阳明之学，而渐失其本旨，史称其“杂以禅机”。②任侠：负气仗义，为侠客之举。③六博：古代一种博戏，共十二棋子，六黑六百，两人相博，故名。④投壶：古人宴饮时的一种游戏，设特制之壶，宾主以次投矢其中，中多者为胜，负者饮。⑤“耿楚侗欲收李卓吾”句：耿楚侗，即耿定向。李卓吾，即李贽。李贽初与耿定向相善，定向欲以道学束缚之，贽与其往返辩论，其语多载于《焚书》中。

译文

明朝的王畿年轻时豪放率性，每日都涉足酒楼茶馆和赌场，王守仁很早就想结识他，但是始终没有适当的机会。

于是，王守仁每天命弟子勤练各种赌技及唱歌喝酒，然后暗暗派一名弟子尾随王龙溪到酒楼，对王龙溪表明愿意与他赌一局。

王畿笑着说：“只会读死书的书生也会赌博吗？”

王守仁的弟子说：“我们师生每日都在赌。”

王畿不由大感奇怪，就要求会见王守仁，而一见王守仁的面，立刻表示愿意成为王守仁门下弟子。

【梦龙评】王畿这样的人才，是王守仁一定要收罗的。然而不是王守仁这样的人才，又哪能笼络到王畿呢？要是碰到现在的讲学先生，王畿甚至难免因为混酒肆赌场而获罪呢！当年的耿定向也想网罗叛逆型的人才李贽，不过他只知道正面说服，随后双方成了辩论的对手而已。由此看来，王守仁的智术真有不可说的妙用。

王曾借机贬丁谓

丁晋公执政，不许同列留身[①]奏事，唯王文正[②]一切委顺，未尝忤其意。一日，文正谓丁曰："曾无子，欲以弟之子为后，欲面求恩泽，又不敢留身。"丁曰："如公不妨。"文正因独对，进文字一卷，具道丁事[③]。丁去数步，大悔之。不数日，丁遂有珠崖之行[④]。

【梦龙评】王曾独委顺丁谓，而卒以出谓。蔡京首奉行司马光[⑤]，而竟以叛光。一则君子之苦心，一则小人之狡态。

注释

①留身：独留于皇帝身边。②王文正：王曾，谥文正。③丁事：指丁谓所行奸恶事。④珠崖之行：指丁谓罢相，谪于崖夕。珠崖，崖州古称。⑤蔡京首奉行司马光：元祐时，司马光秉政，复差役法限期五日，同列诸官均嫌太迫，京独如期恢复旧法："使人人奉法如君，何坏可行之有！"后蔡京擅政，元祐诸臣贬窜略尽，意犹未尽，乃列"奸党"之目，以司马光为首，刻石颁布全国。

译文

丁谓（封爵晋公）执政，不许同朝官员独自一人留在皇帝身边奏事，只有王曾一个一切都听从丁谓的，不曾违忤丁谓的意思。一天，王曾对丁谓说："我没有儿子，想以弟弟的儿子继嗣，因而想当面请求皇帝开恩，但又不敢独自一人留在皇上身边。"丁谓说："像你这样的人，独自一人留下也无妨！"王曾因而单独进见皇上，进呈一卷文字，详细述说丁谓所做的坏事。丁谓刚离开几步，就非常后悔让王曾留下来。过了没几天，丁谓就被罢免宰相之职，贬到崖州。

【梦龙评】只有王曾对丁谓顺从有加，最后却是他将丁谓贬至崖州。蔡京率先行司马光的政策，最后背叛司马光的也是他。一个是君子的苦心，一个是小人的狡诈。道德评判不同，手法却没什么区别。

周忱献毯求福泽

周文襄巡抚江南日，巨珰[1]王振当权，虑其挠己也。时振初作居第，公预令人度其斋阁，使松江作剪绒毯遗之，不失尺寸。边批：传奇移此事于赵文华名下，遂为千古笑端。振益喜，凡公上利便是[2]，振悉从中赞之。江南至今赖焉。

【梦龙评】秦桧构格天阁。有某官任江南，思出奇媚之。乃重赂工人，得其尺寸，作绒毯以进，铺之恰合。桧谓其调己内事，大怒，因寻事斥之。所献同而喜怒相反，何也？谓忠佞意殊[3]，彼苍者[4]阴使各食其报，此恐未然。大抵振暴而骄，其机浅，桧险而狡，其机深；振乐于招君子以沽名，桧严于防小人以虑祸。此所以异与？

世之訾文襄者，不过以媚王振，及出粟千石旌其门[5]，又为子纳马得官二事，皆非高明之举。愚谓此二事亦有深意。时四方灾伤荐告[6]，司农[7]患贫，而公复奏免江南苛税若千万，唯是劝输援纳为便宜之二策，公故以身先之。明示旌门之为荣，而纳官之不为辱，欲以风励百姓。此亦卜式助边[8]之遗意，未可轻议也。

倭躏姑苏，戟婴儿[9]为戏。唐公顺之[10]时家居，一见痛心，愤不俱生。时督师海上者赵文华，严分宜幸客也。公挺身往谒，与陈机略，且言非专任胡梅林[11]不可。赵乃首荐起职方郎中，视师浙直，因任胡宗宪。宗宪亦厚馈严相以结其欢，故无掣肘之虞，始得展布，以除倭患。

【梦龙评】焦弱侯[12]曰：应德晚年为分宜所荐，至今以为诟病。尝观《易》之《否》[13]，以"包承小人"为大人吉，甚且包畜不辞。洁一身而委大计于沟渎，固志天下者所不忍也。汉人[14]有言，中世[15]选士，务于清悫谨慎，此妇女之检柙[16]，乡曲之常人耳。呜呼！世多隐情，惜己[17]之人，殆难与道此也。正德时逆瑾[18]鸱张[19]，刘健、谢迁[20]皆逐去，而李东阳独留，益务沉逊，时时调剂其间，缙绅之祸，往往恃以获免。人皆责东阳不去为非，不思孝宗大惭时，刘、谢、李同在榻前，承受顾命，亲以少主付之。使李公又随二人而去，则国事将至于不可言，宁不负先帝之托耶？则李义不可去，有万万不得已者。李晚年，有人谈及此，辄痛哭不能已。呜呼！大臣心事，不见谅于拘儒者多矣，岂独应德哉！

注释

①巨珰：为权宦官。②上利便是：上书言江南兴利除弊诸建议。③意殊：用意不同。④彼苍者：指神化的“天”。⑤旌其门：周忱于里第为牌坊以旌表自己。⑥荐告：相继告灾。⑦司农：大司农，掌天下财赋者，此指户部。⑧卜式助边：汉武帝时多征伐，卜式献财帛以助边用，为武帝所旌赏。⑨戟婴儿：把婴儿用利刃挑起。⑩唐公顺之：唐顺之，明嘉靖时状元。以郎中视师浙江，屡破倭寇，擢右佥都御史，巡抚凤阳，途中疾死。于学无所不窥，文章为一宗。学者称荆川先生。⑪梅林：胡宗宪。严嵩败后，以严党而被逮自杀。⑫焦弱侯：焦竑，字弱侯，万历状元。早有盛名。性愎刚直，官翰林修撰时为执政者所恶，谪福宁州同知。博极群书。为文典正驯雅，为时名家。著书存世者甚多。⑬“《易》之《否》”句：《易》中《否》卦言：“包承，小人吉，大人否，亨。”孔颖达《正义》云：“包承者，居否之世，而得其位，用其志，顺包承于上。小人吉者，否毕之时，小人路通，故于小人为吉也。大人否亨者，若大人用此包承之德，能否闭小人之吉，其道乃亨。”包承，容纳。焦弱侯释此句略与《正义》不同。⑭汉人：指仲长统，所著有《昌言》。⑮中世：将衰之世。⑯检柙：行为举止检点，有约束。⑰惜己：顾惜自己名声。⑱逆瑾：刘瑾。⑲鸱张：鸱鸟张翼，喻猖狂、嚣张。⑳刘健、谢迁：刘健，明孝宗时为文渊阁大学士，代徐溥为首辅。武宗时刘瑾导帝盘游，健屡谏不听，致仕归，瑾复以他事削其籍为民。谢迁，孝宗时为太子少保、兵部尚书、东阁大学士，与刘健、李东阳同心辅政，而见事尤敏，时称贤相。武宗时，以请诛刘瑾不纳，致仕归。

译文

明朝的周忱（谥文襄）任江南巡抚的时候，大宦官王振当权，周忱担心王振跟自己过不去。正好当时王振家里盖房子，周忱预先派人量好了他各间房屋尺寸，然后到松江定做剪绒地毯送过去，尺寸大小丝毫不差。边批：传奇移此事于赵文华名下，遂为千古笑端。王振非常高兴，以后凡是周文襄所呈报的公文，都在王振的赞同下顺利通过，江南的百姓到今天还蒙受这种福泽。

【梦龙评】秦桧曾经修建格天阁。当时也有个任职江南的官员，想出新奇的办法巴结秦桧，定做了绒毯献给秦桧，铺上去也是严丝合缝。但秦桧认为这官员打探他的隐私，非常生气，找机会贬斥了他。呈现绒毯的事情乃至经过都如出一辙，结果喜怒相反，为什么呢？有人说忠臣奸臣用心不同，老天爷暗中给他们相应的报应，这种说法恐怕不够准确。简单地说，王振是个暴戾骄横的没文化的宦官，心机比较浅；秦桧则阴险狡诈心机重；王振喜欢交君子来获取声誉，秦桧却总在提防小人的暗算。这才是两件事结果不同的原因吧。

世间对周忱的批评，不过是说他巴结王振，用粟米千石在家乡给自己立牌，又捐了马匹给自己的儿子求官，这都不是高明的举动。我认为这两件事都有深意。当时天下灾祸不断，国库空虚，让户部十分头疼，而周忱又上奏朝廷免除江南大量的苛捐杂税，因此，鼓励百姓积极纳税，同时由朝廷提拔录用其弟为具体手段，可以说是因时制宜的经济策略。所以周忱率先垂范，告诉百姓可耻的，想借此给百姓树立一个导向。这也和西汉时候卜式捐出家财，支持国家开疆拓土的用意相近，不宜随便评论。

倭寇蹂躏苏州城，把婴儿挑在枪尖上取乐。唐顺之当时正在家中，见到这种惨状，十分痛心，怒火万丈。当时，赵文华任水军督师，是严嵩宠幸的门客。唐顺之挺身而出，前去拜见赵文华，向赵文华陈说平定倭寇的方略，并且说不任命胡梅林率领军队就不能平定倭患。赵文华就首先推荐唐顺之，朝廷起用唐顺之任职方郎中，到浙江视察军队，因而任命胡宗宪为抗倭将领。胡宗宪也给宰相严嵩送去丰厚的礼物，结交严嵩，求得严嵩的欢心，所以不用担心受严嵩的牵制，这才得以大展手脚，清除倭患。

【梦龙评】焦弱侯说：唐顺之（字应德）晚年接受严嵩举荐，至今仍遭人讥评。曾读《周易》的否卦，说“包承小人”是大人的吉兆，甚至可以不惜做到忍耻包羞的容忍。为了一己的高洁清誉，把国家大计都丢弃不顾，那是有志于天下人所不忍心做的。汉朝有人说：将衰之世选拔人才，一定要求清白谨慎，这是妇人的规矩，只能招来乡里的凡俗常人。唉，世事复杂，多有隐情，那些爱惜自己的人，很难跟他们谈论其中的道理。正德年间，太监刘瑾权势熏天，刘健、谢迁都被逐出朝廷，只有李东阳留了下来，他越发谨慎低调，常常在刘瑾和众大臣之间进行协调，很多人因此免祸。然而人们都责备李东阳不辞官是错误的，却不想想当年孝宗驾崩前，刘健、谢迁、李东阳三人就在床前，是接受先皇亲托孤之命的三位老臣，如果李东阳也跟着他们二人一走了之，那国事将败坏到什么程度更不堪设想，这岂不是辜负先帝的重托吗？那么，从大义上说，李东阳不能走，也有他万不得已的苦衷。李东阳晚年时，有人谈起这段往事，他总会痛哭不已。唉！大臣的良苦用心不能被浅陋的儒生体谅，也是屡见不鲜的事，又何止唐顺之呢？

王戎远虑免杀身

戎[①]族弟敦，有高名。戎恶之。边批：先见。每候[②]戎，辄托疾不见。孙秀[③]为琅玡郡吏，求品于戎从弟衍。衍将不许，戎劝品[④]之。边批：更先见。及秀得志，有夙怨者皆被诛，而戎、衍[⑤]并获济焉。

【梦龙评】借人虚名，输[⑥]我实祸，此便知衍不及戎处。

注释

①戎：王戎，幼颖悟，与阮籍为友，常为竹林之游。晋惠帝时附贾后，官至司徒。性极贪吝。②候：看望、问候。③孙秀：初为琅琊郡外史，谄事赵王司马伦，与伦同谋杀贾后，逼惠帝禅位。为侍中监，多杀忠良，威权震朝廷。④品：品第、品评。魏晋时士大夫崇尚品评人物，一为名流所品，则声誉百倍。⑤衍：王衍，字夷甫，为晋时名士，善清谈，名倾当龟，信口品评，朝野翕然，时谓之“一世龙门”。⑥输：送。

译文

王戎的同宗兄弟王敦，名气很大。王戎讨厌他。边批：有先见。每次王敦来看他的时候，他就假称有病不见。孙秀在琅琊郡做官时，请求王戎的堂弟王衍称誉他的品行。王衍打算拒绝，王戎劝他称誉孙秀的品行。边批：更有先见。等到孙秀得志的时候，和孙秀过去有仇恨的人都被杀了，而王戎、王衍却得到了孙秀的帮助。

【梦龙评】满足别人的虚荣，以免除日后的杀身之祸，由这件事，就可看出王衍不及王戎。

谬数卷十四

本卷主要收集了古人以出人意料之计策处理各类事情的故事。谬，即反常，不同寻常，出人意料，令人难测。以谬数对敌者，如宋太祖选少年僧人有口辩者南渡与南唐后主论性命之学以使其怠惰国事、战国时赵国宁越主张归尸齐国以内攻之，皆是“去其昭昭，用其冥冥”。有以谬数平乱者，如段秀实延长漏刻而败王童作乱之谋。

似石而玉，以錞①为刃。去其昭昭，用其冥冥。仲父②有言，事可以隐。集《谬数》。

注释

①錞：矛戟下端以金属包之，平底者曰錞。②仲父：齐桓公称管仲为仲父。

译文

宝玉有时看上去像石头，戈戟的柄套有时也能作为兵刃。去掉明显可见的一面，运用幽深隐秘的一面。管仲曾说过：成事要有所隐蔽。因此集《谬数》卷。

宋祖派僧惑唐主

宋祖闻唐主酷嗜佛法，乃选少年僧有口辩者，南渡见唐主，论性命之说①。唐主信重，谓之“一佛出世②”，由是不复以治国守边为意。

【梦龙评】茅元仪③曰：“与越之西子④何异，天下岂独色能惑人哉！”

注释

①性命之说：关于人的本性及命运的宿命论学说。②一佛出世：活佛出世。

③茅元仪：明末人，崇祯时佐孙承宗军务，历官副总兵，守觉华岛。旋以兵哗变遣戍漳浦。边事集，请募死士勤王，为庸奸所忌，悲愤而卒。④越之西子：指越王勾践献西施于吴王夫差，使其沉湎酒色，堕其心志，终以灭吴。

译文

宋太祖赵匡胤听说南唐李后主酷爱谈佛理，就挑选能言善辩的少年僧侣，渡江去见李后主，讨论性命之说。李后主十分看重少年僧侣，称之为“一佛出世”，因此不再把治理国家和防卫边境放在心上。

【梦龙评】茅元仪说：“宋太祖派和尚去南唐一事，跟越国派西施迷惑吴王夫差有什么不一样呢？天下岂止美色才能迷惑人。”

武王借役收谷粟

武王[①]立重泉之戍[②]，令曰：“民有百鼓之粟者不行[③]。”民举所最[④]粟以避重泉之戍，而国谷二十倍。见《管子》。

【梦龙评】假设戍名，欲人惮役而竟收粟，倘亦权宜之术，而或谓圣王不应为术以愚民，固矣！至若《韩非子》[⑤]谓：汤放桀[⑥]欲自立，而恐人议其贪也，让于务光[⑦]，又虞其受，使人谓光曰：“汤弑其君，而欲以恶名予子。”光因自投于河。文王资费仲[⑧]而游于纣之旁，令之间纣以乱其心。此则孟氏[⑨]所谓“好事者为之”，非其例也。

注释

①武王：周武王姬发。②立重泉之戍：要在重泉一带设立戍防。③有百鼓之粟者不行：能捐与国家百鼓之粟者，可不去服役。鼓，此做量词。④最：积累。⑤《韩非子》：战国末年法家思想家韩非所著，共五十五篇。⑥汤放桀：汤灭夏，放桀于南巢。⑦务光：当时隐士。⑧文王资费仲：周文王送资财给费仲。费仲，商纣王之佞臣。⑨孟氏：孟轲。引句见《孟子·万章上》。

译文

周武王在重泉设立戍防，发布命令说：“能够捐出一百鼓粮食的百姓，可以不去戍边。”老百姓就把积聚的粮食捐出来，以躲避到重泉去戍边，国家的粮食因此而增加了二十倍。

【梦龙评】武王假借征调百姓戍守远地为名，想借百姓恐惧离乡的心理，征收谷粟充实国库，这只是一时权宜之计，有人却批评圣贤的君王不可用权术来欺骗百姓。

《韩非子》中曾记载：商汤讨伐夏桀后想自立为帝，又怕世人讥评他是因称王的贪念才伐桀，于是故意推举务光为王；但又怕务光真的接受，就故意派人对务光说：“汤杀他的君主，却想将杀君的罪名嫁祸给你。”务光听了，就投河自尽。另外，文王也曾用重金贿赂费仲，要他日夜在纣王身边谗言谄媚，迷惑纣王心智，我认为这才是孟子所谓喜欢捏造假语生事之人。

宁越归还齐兵尸

齐攻廪丘[①]。赵使孔青将死士而救之，与齐人战，大败之，齐将死，得车二千，得尸三万，以为二京[②]。宁越[③]谓孔青曰：“惜矣！不如归尸以内攻之，使车甲尽于战，府库尽于葬。”孔青曰：“齐不延尸，如何？”宁越曰：“战而不胜，其罪一。与人出而不与人入，其罪二。与之尸而弗取，其罪三。民以此三者怨上，上无以使下，下无以事上，是之谓重攻之。”

【梦龙评】宁越可谓知用文武矣。武以力胜，文以德胜。

注释

①廪（lǐn）丘：古邑名，春秋时赵地，在今山东郓城西北。②京：人工筑起的高土堆。这里指坟墓。③宁越：战国时赵国人，原为中牟农民，因努力学习，而成为周威公之师。

译文

战国初年，齐国进攻廪丘。赵国派遣孔青带领敢死队救援廪丘，和齐国的军队交战，大败齐军，杀死齐军的将领，得到战车两千辆，斩敌首级三万，聚敌尸骸，封土为二京观。赵国谋臣宁越对孔青说：“可惜啊！不如把尸首留给齐国，从内部攻击齐国，让他们的战车兵甲在战争中消耗尽，府库中的财物在办丧事时消耗尽。”孔青说：“齐国人若不收取这些尸骨，怎么办？”宁越说：“发动战争而不能取胜，这是第一个罪过；让人出去而不让人回来，这是第二个罪过；给他们尸首而不来取，这是第三个罪过。齐国的百姓因为这三点而埋怨他们的国君，国君就没有办法使令他们的子民，百姓就没有理由侍奉国君，这就是所说的双重攻击。”

【梦龙评】宁越可谓精通文武，战争要以力取胜，文治要以德取胜。

王忠嗣会安禄山

王忠嗣①，唐名将也。安禄山城雄武②，扼飞狐塞③，谋为乱，请忠嗣助役，欲留其兵。忠嗣先期④至，不见禄山而还。

注释

①王忠嗣：唐玄宗时，以战功累官河西、陇右节度使，权朔方、河东节度使，佩四将印，控制万里。为李林甫所忌，诬以罪，当死，哥舒翰请以官爵赎罪，贬汉阳太守。②雄武：在今河北省蓟州区东北。天宝六载，禄山筑城于此。③飞狐塞：又称飞狐关，在今河北涞源县北，跨蔚县界。两崖峭立，一线微通，迤逦蜿蜒，百有余里。南通紫荆、倒马二关，西入大同。④先期：先于约定之期。

译文

王忠嗣是唐朝的名将。当初安禄山在雄武筑城，扼守飞狐塞，准备叛乱，想请王忠嗣帮忙，并且利用王忠嗣的兵力。王忠嗣也没有拒绝安禄山，只是故意提前赴约，当然没见到安禄山，于是就独自回去了。

段秀实延缓报更　冯瓒缩短每更时

泾川王童之谋作乱，期以辛酉旦①警严而发。前夕有告之者，段秀实阳召掌漏②者怒之，以其失节③，令每更来白，辄延之数刻。遂四更而曙，童之不果发④。

【梦龙评】吕翰据嘉州叛⑤。曹翰⑥夺其城。贼约三更复来攻。翰觇知，密诫司更使缓，向晨犹二鼓。贼众不集而溃，因而破之。

冯瓒[⑦]知梓州，才数日，会伪蜀[⑧]军将上官进啸聚亡命三千余众，劫村民，夜攻州城。瓒曰："贼乘夜掩至，此乌合之众，以棰梃相击[⑨]耳。可持重以镇之，待旦自溃矣！"城中止有骑兵三百，使守诸门。瓒坐城楼，密令促其更筹，未夜分，击五鼓，贼惊遁。因纵兵追之，擒进斩于市，郡境以安。

【梦龙评】孙膑减灶[⑩]，虞诩增之[⑪]；段秀实延更，冯瓒促之。事反功同，用之不穷。

注 释

①辛酉旦：辛酉日之晨。②掌漏：掌管铜壶滴露以报时者。③失节：报时失误。④童之不果发：童之起事，以五更为期。四更而曙，则未及发而天明，事遂败。⑤吕翰据嘉州叛：宋初乾德间，曹翰与王全斌合师平成都。军校吕翰杀守将武怀节，据嘉州以叛。⑥曹翰：后周时历任枢密承旨、之雄州等官。入宋，平蜀、征太原。史称其"阴狡多智术，好夸诞，贪冒货赂"。⑦冯瓒：五代时历仕后唐、后汉、后周。汉时为监察御史，周时至祠部郎中、充集贤院直学士。入宋，太祖甚宠之，历知舒、庐、梓等州，为赵普所忌，以罪削籍，流沙门岛。⑧伪蜀："十国"之后蜀。⑨以棰梃相击：《宋史·冯瓒传》原文为"以棰梃相击，必无固志"，言亡命互相以棰梃相击。此处删略不当，易致误解。⑩孙膑减灶：孙膑，战国时仕于齐。魏与赵攻韩，韩告急于齐。齐使田忌为将救韩，孙膑为师，随军行。齐军直趋魏都大梁，魏将庞涓闻之，去韩而归，逐齐军。孙膑谓田忌曰："齐军入魏地为十万灶，明日为五万灶，又明日为三万灶。"庞涓行三日，大喜曰："我固知齐军怯，入吾地三日，士卒逃亡过半矣！"于是弃步军，以轻锐兼程逐齐军，至马陵，为齐伏兵所击，庞涓败死。⑪虞诩增之：虞诩为武都太守，赴任时，羌人闻之，率众数千，遮诩于陈仓、崤谷。诩即停车不进，扬言上书请兵，待援军到后再行。羌人闻之，乃抄掠附近各县。诩见其兵力分散，日夜兼程行百余里，令吏士人各做两灶，次日倍之，再次日又倍之。羌不敢追。或问曰："孙膑减灶而君增之，何也？"诩曰："虏见吾灶日增，必谓郡兵来迎。孙膑见弱，吾今示强，势有不同故也。"

译 文

泾州王童之图谋作乱，约定在辛酉日清晨鸣警戒严时暴动。但先天傍晚，有人告密。段秀实假装对打更者大发脾气，让他到每更之前，向他通报，往往都要拖延一些时间。因此，四更时分，天已大亮。王童之耽误了作乱时间。

【梦龙评】宋时候的军校吕翰占据嘉州叛乱，将军曹翰攻下了嘉州。吕翰一伙打算三更时分聚兵再夺回嘉州，曹翰侦知了这一情报，密令更夫延迟报更，天都快亮了才报二更，贼兵失去了集合时间，成了一盘散沙，曹翰得以将其一举击溃。

北宋初年，冯瓒任梓州知州，上任没几天，就碰到伪蜀将军上官进啸率三千亡命之徒，抢劫村民，又趁夜攻打州城。冯瓒闻报，说："这班贼人趁夜而来，不过是一群扛着棍子的乌合之众，小心防守，等到天亮后，他们自然就散去了。"城里只有三百名骑兵，冯瓒命他们镇守各城门，自己坐在城楼上，暗中命令更夫压缩报更的时间间隔，没到半夜就已打到五更，贼人以为天快亮，便开始惊慌逃窜。冯瓒趁势下令出兵追击，活捉上官进啸，将其斩首市集，这一带又重新恢复了平静。

【梦龙评】孙膑用减灶之计，虞诩反用增灶；段秀实延滞报更，冯瓒反而压缩更次。做法相反，效果相同，其中的妙用无穷无尽。

权奇卷十五

本卷主要收集了以权变出奇取胜的故事。权，即权变；奇，即出奇制胜。一曰大信不信，在危急关头，不得已可与敌人妥协结盟，一旦危难消除可以违背被胁迫而订的盟誓，决不能执着于小信小义而造成危难。如孔子负蒲人之盟、淮南王相赚得兵权后即不守应至之诺而使淮南得以保全、王敬则与自首之劫帅结盟又借神之名义斩贼帅，皆能明于大义而不拘于小信。一曰文敌以弱，麻痹敌意，如司马懿装病而得以诛杀曹爽；孙坚装病而斩张咨，皆是此类。一曰利用流言与疑心，如秦桧以五千当二钱犒镊工、假称变钱法而使现钱得以流通；令狐楚假称定价出粜而使富户竞发所蓄比平米价……权变之智，不一而足。

智者出奇谋智取

尧趋禹步，父传师导。三人言虎，逾垣叫跳[①]，亦念非仪，虞其我暴[②]。诞信递君[③]，正奇争效。嗤彼迂儒，漫云立教[④]。集《权奇》。

注 释

①三人言虎，逾垣叫跳：《史记·甘茂传》：昔鲁人有与曾参同姓名者杀人，人告曾母曰："曾参杀人。"其母织自若。顷之一人又告之，其母仍织自若。又一人告之，其母投杼而逾墙走。后有乐府诗云："三夫成市虎，慈母投杼趋。"②亦念非仪，虞其我暴：当然也要顾念对人的礼仪，但更要防备对方对我施行的横暴。③诞信递君：荒诞与真诚递相为主。④立教：确立教化。

译 文

老虎进城，本来没有此事；三人成虎，叫你不信也难。由于诡诈的环境，为达目的，智者只有出奇谋、以智取。所以，辑有《权奇》一卷。

孔子大信不信

孔子居陈[①]，去，过蒲[②]，会公叔氏[③]以蒲叛。蒲人止[④]孔子，谓之曰："苟无适卫，吾出子。"与之盟，出[⑤]孔子东门。孔子遂适卫。子贡曰："盟可负耶？"孔子曰："要盟[⑥]也，神不听。"

【梦龙评】大信不信。

注 释

①陈：陈国，在今河南省淮阳及安徽省亳县一带。鲁哀公初年，孔子曾居陈三年。②去，过蒲：时晋、楚争雄，陈处两强之中，屡被兵，后吴王夫差亦侵陈（陈为楚之与国），孔子遂离陈适合卫，中途经蒲。蒲，卫地，在今河南省长垣境内。

③公叔氏：公叔氏，卫之公族。卫献公之少子发，国人谓之公叔，其后裔遂以公叔为氏。④止：拘留。⑤出：释放出蒲。⑥要盟：胁迫之盟。

译文

孔子曾经在陈国待了三年，后来离开了，路上经过卫国的蒲这个地方，正碰上卫国贵族公叔氏叛乱。蒲人将孔子一行截住，对他们说："只要你们不去卫国，我们就放你们过去。"于是孔子就跟蒲人盟约，蒲人把孔子从东门放了出去。一出门，孔子就往卫国赶。子贡说："订下的盟约，可以反悔吗？"孔子说："受到要挟而订下的盟约，在神明那里是作不得数的。"

【梦龙评】孔子宣扬"王道"主张大信。孔子认为对蒲人的承诺是小信，因此大信是不受小信约束的。

淮南王欺王不害信

孝景三年[①]，七国反[②]。吴使者至淮南，淮南王[③]欲发兵应之，其相曰："王必欲应吴，臣愿为将。"王乃属[④]之。相已将兵，因城守，不听王而为汉。边批：败王不害为信。淮南王以故得完。

【梦龙评】若腐儒必痛言切谏，如以水投石，何益？此事比郦寄卖友、嫁太尉[⑤]于北军同一轴，而更觉撇脱[⑥]。

注释

①孝景三年：公元前154年。孝景：汉景帝刘启。②七国反：吴楚等七国发动的武装叛乱。为首的是吴王刘濞，其余的有楚王刘戊，胶西王刘昂，胶东王刘雄渠，菑川王刘贤，济南王刘辟光，赵王刘遂。经过三个月的战争，七国军队失败，吴王刘濞自杀，其他六王也受到诛戮。③淮南王：汉高帝七子刘长之子刘安，建都寿春（今寿县），治今安徽省淮河以南一带。④属（zhǔ）：委托，托付。⑤郦（lì）寄：西汉陈留高阳（今河南杞县）人，西汉初右丞相郦商之子，谋士郦食其为其伯父。寄曾与吕禄友好，后屈于周勃压力，害吕禄，天下称其卖友。景帝时为将军，嗣侯。嫁：转移。太尉：指周勃。⑥撇脱：洒脱，干净利落。

译文

汉景帝三年，七个诸侯国造反，史称七国之乱。叛乱的首领吴王派使者到七国之外的淮南请求协助，淮南王刘安想发兵响应。淮南王的相国说："大王一定要出兵响应吴王的话，臣愿率兵前往。"淮南王就把兵权交给了他。相国拿到了兵权，并没有出征，而是据守自己的领地。边批：败王不害为信。七国之乱很快被平定了，淮南王因为没有参与叛逆而未受株连。

【梦龙评】假如是迂腐的儒生，一定会极力劝阻，然而这如同把石头扔到水里，有什么用呢？淮南相处理此事与当年郦寄出卖朋友，而使太尉周勃轻易地入掌北军是同一手法，但手段更为高明。

王敬则智服土匪

王敬则①尝任南沙县②。时方兵荒，县有劫贼，群聚匿山中，为民患，官捕之不得。敬则遣人致劫帅曰："若能自出首，当为申白，请盟之庙神，定无负。"盖县有庙神，甚酷烈③，乡民多信之，故云。劫帅许之，即设宴庙中致帅。帅至，即席收之，曰："吾业启神矣：若负誓，当还神十牛。"遂④杀十牛享神，而竟斩帅，贼遂散。

注释

①王敬则：南朝人，初仕刘宋为南沙县县令。②南沙县：古县名，故址在今江苏省常熟市。③酷烈：猛烈，强烈。④遂：于是。

译文

王敬则曾任南沙县县令。当时正值兵荒马乱，县里有一伙强盗聚拢在一起，藏身山中，为害百姓，官军搜捕却没有抓到。王敬则派人对强盗头子说："假如你们能够自首，我会为你们申辩洗刷。请在庙神面前盟誓，一定不会相负。"原来县里有一庙神，十分残酷刚烈，乡里百姓都敬信他，所以王敬则说在庙神前盟誓。就在庙中设宴，请他前来。强盗头子一到，王敬则当场就把他抓了起来，说："我已经启奏神灵了，如果背弃盟誓，应当还给神十头牛。”于是就杀了十头牛祭祀神灵，而竟然将强盗头子斩首，强盗于是作鸟兽散。

小人无才非小人

京下[1]忽阙现钱，市间颇皇皇[2]。忽一日，秦相桧呼一镊工[3]栉发，以五千当二钱[4]犒之，边批：示以贱征。谕曰：“此钱数日有旨不使，可早用也。”镊工遂与外人言之。不三日，京下现钱顿出。又都下货壅，乏现镪[5]。府尹以闻，桧笑曰：“易耳！”即召文思院官，未至，促者络绎。奔而来，谕之曰：“适得旨，欲变钱法。可铸样钱一缗进呈。废现镪不用。”既而样钱上省，寂无闻矣。

【梦龙评】贼桧亦尽有应变之才可喜。然小人无才，亦不能为小人。

注释

①京下：京师地面。②皇皇：扰动不安。③镊工：理发匠。古时理发用镊子去白发，故云。④五千当二钱：五千，五千枚。当二钱，一枚抵两枚的截钱。⑤镪：钱。

译文

南宋时候，京城中突然发生货币短缺，在集市上造成了一定的影响。一天，丞相秦桧突然叫来一个镊工服务之后，赏了他五千当二钱。边批：用来作为贱的象征。秦桧还特地关照说：“这钱没几天就要下旨停用了，你要花可得赶紧。”镊工把这话传了出去，没两三天，京城里的现钱就在市场上涌出。

又有一次，京城中的货物滞销囤积，因为缺少流动资金。地方官上报后，秦桧笑道：“容易。”立即召见文思院（掌管铸造金银等事务的部门）的官员，人还没到，又派了好几拨人去催。院官气喘吁吁跑来了，秦桧告诉他说：“刚接圣旨，要改变币制，你赶紧去造一缗样钱呈上，现在的钱要停止使用了。”并叮嘱这事情务必于第二天中午完成。院官连声答应，离开相府就招工人做样钱。有钱人家听说此事，连忙将家中藏的钱拿出来换成金银首饰，结果物价上涨，市场上资金充裕。院官造的样钱如期呈上，但再也没有下文。

【梦龙评】奸臣秦桧尚有应变之才，也算可取。然而小人若没有一些聪明才智，也不能成其为小人了。

令狐楚平米价

令狐楚[①]除守兖州，州方旱俭，米价甚高。迓[②]使至，公首问米价几何？州有几仓？仓有几石？屈指独语曰："旧价若干，诸仓出米若干，定价出粜，则可赈救。"左右窃听，语达郡中，富人竞发所蓄，米价顿平。

注释

①令狐楚：字壳士，唐宜州平原（今陕西铜川市耀州区）人，贞元进士，宪宗时官至中书舍人、知制诰，敬宗时官至尚书仆射，历任诸镇节度使。②迓（yà）：迎接。

译文

唐朝大臣令狐楚任兖州刺史，正赶上兖州大旱歉收，米价很高。迎接使者到来时，令狐楚先问米什么价，州中有几座粮仓，每一座粮仓贮备多少石粮食，自己屈指自言自语地说："原来米价是多少多少，各个粮仓拿出米多少，限定价格卖出，就可以赈济灾民。"旁边的人偷偷听到了，告诉郡中的人，富户竞相把蓄积的米卖出，米的价格立时平抑下来了。

装病瞒敌遂己愿

曹爽擅政，懿[①]谋诛之，惧事泄，乃诈称疾笃。会河南尹李胜[②]将莅荆州，来候懿。懿使两婢侍持衣，指口言渴，婢进粥，粥皆流出沾胸。胜曰："外间谓公旧风发动耳，何意乃尔！"懿微举声言："君今屈并州，并州近胡，好为之备。吾死在旦夕，恐不复相见，以子师、昭为托。"胜曰："当忝本州，非并州。"懿故乱其词曰："君方到并州？"胜复曰："忝荆州。"懿

曰："年老意荒，不解君语。"胜退告爽曰："司马公尸居余气③，形神已离，不足复虑！"于是爽遂不设备。寻诛爽。

安仁义、朱延寿，皆吴王杨行密将也。延寿又行密朱夫人之弟。淮徐已定，二人颇骄恣，且谋叛。行密思除之，乃阳为目疾。每接延寿使者，必错乱其所见以示之，行则故触柱而仆。朱夫人挟之，良久乃苏，泣曰："吾业成而丧明④，此天废我也！诸儿皆不足任事，得延寿付之，吾无恨矣！"朱夫人喜，急召延寿。延寿至，行密迎之寝门，刺杀之。即出⑤朱夫人，而执斩仁义。

孙坚举兵诛董卓，至南阳，众数万人，檄南阳太守张咨，请军粮。咨曰："坚，邻二千石耳，与我等，不应调发！"竟不与。坚欲见之，又不肯见。坚曰："吾方举兵而遂见阻，何以威后？"遂诈称急疾，举军震惶，迎呼巫医，祷祠山川，而遣所亲人说咨，言欲以兵付咨。咨心利其兵，即将步骑五百人，持米酒诣坚营。坚卧见，亡何起，设酒饮咨。酒酣，长沙主簿入白："前移南阳，道路不治，军资不具，太守咨稽停义兵，使贼不时讨，请收按军法！"咨大惧，欲去，兵阵四围，不得出，遂缚于军门斩之。一郡震栗，无求不获。所过郡县皆陈糗粮以待坚军。君子谓："坚能用法矣！法者，国之植也，是以能开东国[6]。”

正德五年，安化王寘鐇反，游击仇钺陷贼中，京师讹言钺从贼，兴武营守备保勋为之外应。李文正[7]曰：“钺必不从贼！勋以贼姻家，遂疑不用，则诸与贼通者皆惧，不复归正矣！”乃举勋为参将，钺为副戎[8]，责以讨贼。勋感激自奋。钺称病卧，阴约游兵壮士，候勋兵至河上，乃从中发为内应。俄得勋信，即嗾人谓贼党何锦：“宜急出守渡口，防决河灌城；遏东岸兵，勿使渡河！”锦果出，而留贼周昂守城。钺又称病亟。昂来问病，钺犹坚卧呻吟，言旦夕且死。苍头卒起，捶杀昂，斩首。钺起披甲仗剑，跨马出门一呼，诸游兵将士皆集，遂夺城门，擒寘鐇。

注释

①懿：司马懿，三国魏人，有雄才，杀曹爽后，代为丞相，专朝政，父子擅权，至其孙司马炎终代魏政。②李胜：曹爽心腹，李胜是南阳人，属荆州，所以下文说“当忝本州”。③尸居余气：形如死尸，只是还有一口气在。④丧明：丧失视力。⑤出：抛弃妻子。⑥开东国：在东方创立国家，指建吴国。⑦李文正：李东阳，谥文正，官至文渊阁大学士。⑧副戎：副总兵。

译文

三国时候，魏国大将军曹爽专权，司马懿想诛杀他，又恐事情泄密，于是对外宣称得了重病。正好曹爽的心腹河南令尹李胜准备去做荆州刺史，临行前就来探望司马懿。司马懿让两个婢女服侍着拿着衣服，指着嘴说自己口渴。婢拿来一碗粥，司马懿喝得满身都是。李胜说：“外面传闻您风病发作，没想到这么严重！”司马懿发出微弱的声音道：“听说你屈居并州，并州地近胡人，要小心防备啊。我快死了，以后恐怕再也见不到了，小儿司马师、司马昭，就拜托你了。”李胜说：“我要去荆州，不是并州。”司马懿故意打岔说：“你刚到并州啊？”李胜又说：“去荆州任职。”司马懿说：“老了，糊涂了，完全不明白你在说什么。”李胜回去告诉曹爽说：“司马懿已经是行尸走肉，魂都不在身上了，大可不必担心。”于是曹爽对司马懿不再防备。最后，司马懿诛杀了曹爽。

安仁义、朱延寿都是唐末的吴王杨行密的将军，朱延寿又是杨行密朱夫人的弟弟。自从淮南各州平定后，安、朱二人做事张扬，并且准备谋反。杨行密想除去二人，于是假装得了眼病。每次接见朱延寿的使者，都把看到的东西胡乱描述、指点，走路时还故意撞到柱子上跌倒。朱夫人把他扶起来，过了很久才醒过来，哭着说："我大事已成却失明了，这是老天要废我啊！我的几个儿子都不足以托付大事，要是能让朱延寿继续我的事业，这辈子也没有什么可遗憾的了。"朱夫人听了很高兴，连忙召朱延寿商议。朱延寿一到，杨行密在内室门口迎接，手起一剑杀了他。随后废黜了朱夫人，又抓住安仁义斩首。

东汉末年，孙坚举兵讨伐董卓，兵马有数万之多。孙坚发文请南阳太守张咨支援军粮。张咨说："孙坚和我一样是二千石的太守，没权力向我征调军需！"于是不加理会。孙坚想见他，张咨又推辞不见。孙坚说："我刚起兵就受到阻碍，以后怎么建立威信呢？"于是假称得了急病，全军士兵都非常惊慌，又是请医生诊治，又是焚香祝祷山川神灵，同时派亲信告诉张咨，说准备将大军交由张咨统领。张咨很想得到孙坚这些兵，于是率领五百兵士，带着牛羊美酒来到孙坚的营地探望。孙坚躺在床上见他，不一会儿就起身了，设酒款待张咨。二人喝得正高兴时，长沙主簿进来禀告，说："日前发文到南阳，前行的道路没修好，军需物资也没准备好，太守张咨有意滞留大军，使得讨贼大事无法及时推进，请按军法处置。"张咨十分惊惶，想逃出去，但四周已经被孙坚的部队包围，逃不出去了，于是张咨被绑至军门斩首。一郡上下大为震惊，从此对孙坚的要求无不照办，凡孙坚大军所到之处，都准备好充足的军粮供应。有君子说，孙坚善于用法。法是国家的根本，所以后来孙坚能开创吴国。

明正德五年，安化王寘鐇造反，游击仇钺被滞留在贼营。京师谣传仇钺降贼，而兴武营守备保勋则是外应。李东阳说："仇钺一定不会投降贼人。保勋和寘鐇有姻亲关系，就此怀疑他的话，那凡是和贼人有过交往的就都会害怕，再也不敢投诚了。"于是推荐保勋为参将，仇钺为副总兵，将讨贼的任务交给他们。保勋十分感激，暗自发愤。仇钺在贼营中假称生病，暗中约集属下士兵，单等保勋部队到了河上，便从营中起兵接应。很快得到保勋传来的消息，仇钺便指使人对贼将何锦说："要赶紧出兵把守渡口，防止敌人决堤灌城。同时要拦截东岸来敌，不要让他们过河。"何锦果然出城，留下周昂守城。仇钺假称病情加重，周昂前去探视，仇钺躺在床上呻吟，说了些自己快死了之类的话。说话间，暗中埋伏的仆人突然跳起捶杀了周昂，并将其斩首。仇钺起身披上盔甲拿着剑，骑上快马冲出营门，高呼一声，先前召集好的士兵立刻聚拢起来，占据了城门，擒获了寘鐇。

杜畿妙计除卫固

高干举并州反[①]，前河东太守王邑被征[②]，掾卫固、范先以请邑为名，实与干通谋。曹操拜杜畿[③]为河东太守。固等以兵绝陕津[④]，畿不得渡。或谓宜须大兵，畿曰："河东三万户，非皆欲为乱也。今兵迫之急，必惧而听于固。固等势专，必以死战。讨之不胜，为难未已。讨之而胜，是残一郡之民也。边批：惟省念及此！吾单车直往，出其不意。固为人多计而无断，边批：贼已在掌中。必伪受吾[⑤]，得居郡一月，以计縻[⑥]之足矣！"遂诡道[⑦]从郖津渡。范先欲杀畿，固曰："杀之何益？徒有恶名。且制之在我。"遂奉之。畿谓固、先曰："卫、范，河东之望也[⑧]，吾仰成而已。然君臣有定[⑨]义，成败同之，大事当共平议。"以固为都督，行丞事。将校吏兵三千余人，皆范先督之。边批：使之不疑。固等喜，虽阳事畿，不以为意。固欲大发兵[⑩]，畿患之，说固曰："夫欲为非常之事，不可动众心。今大发兵众，必扰，不如徐以资募兵。"固以为然，从之。调发[⑪]数十日乃定，诸将贪多应募而少遣兵[⑫]。又入喻固等曰："人情顾家，诸将掾吏可分遣休息，急缓召之不难。"固等恶逆众心，又从之。时善人在外，阴为己援，恶人分散，各还其家，则众离矣。会高干入濩泽[⑬]，上党诸县杀长吏，弘农执郡守。固等密调兵，未至。畿知诸县附己，因出单将[⑭]数十骑，赴张辟拒守，吏民多举城助畿者，比数十日，得四千馀人。固等与干、晟[⑮]共攻畿，不下，略诸县，无所得。会大兵至，干、晟败，固等伏诛，其余党与皆赦之。

注释

①高干举并州反：高干，袁绍外甥，能文武，绍用为并州刺史。袁氏败，高干降曹操，仍为并州刺史。建安十年，曹操平河北，高干复叛。②被征：被征调入朝。③杜畿：汉末举孝廉，除汉中府丞，天，弃官客荆州。建安中，曹操用为司空

司直，迁护羌校尉，领西平太守。幸高干后，在河东十六年，治行常为天下最。魏文帝时官至尚书仆射。④陕津：陕县之黄河渡口，在今河南省三门峡市附近。时河东郡治在安邑，杜畿须北渡黄河方能抵任。⑤受吾：接我。⑥縻：羁縻、束缚。⑦诡道：绕道。⑧卫、范，河东之望也：卫、范二氏，是河东郡的名门望族。⑨君臣有定：君臣之间有确定的名分。此君臣指太鲁与掾吏之间的主从关系。⑩大发兵：大批征发百姓为兵卒。⑪调发：谓以钱征募兵士。⑫贪多应募而少遣兵：多报应募名额而少调用兵卒，应募多则可多专领军资，少调发则可扣印留余额以饱私囊。⑬濩泽：县名，在今山西省阳城县，以境内有濩泽得名。⑭单将：犹言“仅率领”。一张，当系郡治附近地名。辟，同“壁”，壁垒。⑮干、晟：干，高干。晟，张晟，时张晟寇于崤、渑之间，南通刘表，为曹操之患。

译文

后汉时高干以并州为根据地举兵叛变，并扣押河东太守王邑。卫固、范先都是王邑的部下，便以保护河东安全为理由，要求朝中授以河东的官职来防止盗贼，事实上却是和高干暗中勾结。

曹操任命杜畿为新任河东太守。由于卫固等人占据河口，杜畿无法渡河上任，有人便建议派军强行渡河。

杜畿说：“河东三万户百姓，并非人人都愿意跟随高干作乱。若调派军队，百姓必会惊恐，转而听从卫固等人的指挥，而卫固若得到百姓的支持，一定会拼死抵抗。双方交战，若我方败了，乱事就会继续扩大；即便胜了，也会伤及无辜的百姓。边批：谁肯念及此。不如我单身进城，他们一定料想不到。卫固这个人尽管计多聪明，但做事下不了决心，边批：贼已在掌中。一定会假意接待我，我先待上一个月，再见机行事，一定能瓦解他们。”

因此杜畿由小道渡河到达河东。

范先见到杜畿后，本想杀他以绝后患，卫固却说：“杀杜畿对我们目前的情势没有多大帮助，只不过多了个杀人罪名，再说，他已完全在我们的掌握之中。”

因此两人尊杜畿为太守。

一日，杜畿对卫固、范先说：“你们两人是河东百姓所仰望依靠的人，虽说由我治理河东，其实完全依靠两位。我们三人虽名分有别，但成败的责任是一体的，以后所有大事应当三人一起商议。”

因此，杜畿任命卫固为都督，行使太守副职的权责，至于统率将领则交由范先，边批：使之不疑。卫固等人十分满意这种安排，也就不再防备杜畿。

有一次，卫固想大规模征发河东百姓为兵起事准备。杜畿暗中着急，便对卫固说：“想成就大事业的人最忌讳的就是轻易惊扰人心，现在你全面召集河东百姓为兵，一定会引起百姓的惊恐。依我之见，不如化整为零，用长期募兵的方式来代替。”

卫固觉得有理，便着手办理。因此，发兵的事拖延了好几十天才完成；而且，手下的将领贪财，每每以少报多，实际上募集的士兵远不如预期。

一段时日后，杜畿又对卫固等人说：“想家是人之常情，如今一时还没什么状况，不妨让兵士们轮流回家，他们一定非常感激；一旦有什么状况，再召集也不迟。”

卫固等人怕违逆人心，又依计行事。于是整个河东情势是：亲附卫固的部队都暂时解散回家，而真正防卫河东的部队却是听命于杜畿。

这时高干已归附蜀汉，上党县民杀了地方官，弘农郡则绑架了郡守，而卫固等人想征调各县的军队一起举事，却发现军队迟迟不来。

杜畿知道自己已完全掌握河东各县的民心，就带着手下几十个亲信到张辟县防御卫固等人起兵，河东百姓绝大多数站在杜畿这一边，才十几天工夫，杜畿的军队已扩张至四千多人。

卫固与干、晟联手围攻杜畿，却屡攻不下；想纵兵劫掠各县以补充粮草物资，也遭县人坚壁清野而毫无所得。这时，曹操的大军已开到，干、晟投降，卫固等人被杀，其余部众则尽数免罪。

捷智部

灵变卷十六

本卷收集了灵活应变的故事。于极其危急之时机智地采取行动以全身者，如晋明帝遗七宝鞭使追骑传玩稽留而逃免、尔朱敞与游戏小儿换衣而逃脱、韦孝宽令驿将备酒肴招待尉迟迥之迫骑而已得免等，皆更见机智。于军心动荡，情势危急之时，灵活地安定军心，制住动乱，需胆识具备。吕颐浩以利止卫士怀家流言、黄震开州帑发放赏钱而止兵变，皆是临危不乱，轻易成功。

一日百战，成败如丝[①]。三年造车，覆于临时。去凶即吉，匪夷所思[②]。集《灵变》。

注释

①成败如丝：胜与败的关键时刻只是一刹那。丝，形容时间的短暂，或机会的一瞬即逝。②匪夷所思：不是根据常理所能想到的。匪，同“非”。夷，平常。

译文

一天之内虽上百次作战，但成败的机会往往只在一瞬间。用三年的时间造好一辆马车，往往会因一时的疏忽而颠覆。叠祸趋吉，并非按常理思考就能做到。因此集《灵变》卷。

汉王伤而不伤

楚、汉久相持未决。项羽谓汉王曰："天下汹汹[①]，徒以我两人，愿与王挑战决雌雄，毋徒罢[②]天下父子为也！"汉王笑谢曰："吾宁斗智，不能斗力！"项王乃与汉王相与临广武[③]间而语。汉王数羽罪十，项王大怒，伏弩射中汉王。汉王伤胸，乃扪足曰："虏中吾指！"汉王病创卧，张良强起行劳军，以安士卒，毋令楚乘胜下汉。汉王出行军，病甚，因驰入成皋[④]。

【梦龙评】小白不僵而僵，汉王伤而不伤，一时之计，俱造百世之业。

注释

①汹汹：动荡不安。②罢：同"疲"。③广武：今河南省荥阳之北。有山名三皇山，上有二城，东曰东广武，西曰西广武，各在一山头，相去二百余步，中隔深涧，即刘邦与项羽对话处。④成皋：在广武之西不足百里。

译文

楚汉相持很久，未决胜负。项羽对汉王刘邦说："只是因为我们两个人，天下动荡不安。愿和汉王挑战，以决雌雄，不要白白地劳累天下人为我们丧命。"刘邦笑着拒绝了："我宁愿斗智，不能斗力。"项羽就和刘邦约定临广武涧对话，刘邦指责项羽十条罪状，项羽大怒，埋伏弓箭射中刘邦。刘邦胸部受伤，竟然捂着脚说："他们射中了我的脚趾了。"刘邦因受伤卧床，张良勉强他起来行走，慰劳军队，安抚士兵，不要让楚军乘机打败汉军。汉王出来行于军中，伤情十分严重，于是迅速进入成皋。

【梦龙评】齐桓公没有受伤却装着倒下，汉王受到重伤，却装出没有受伤的样子。这都是在瞬息之间突然想出的一个计策，但都因此造就了百世业绩。

七宝鞭救司马绍

王敦将举兵内向。明帝[①]密知之，乃乘巴賨[②]骏马微行，至于湖，阴察敦营垒而出。有军人疑明帝非常人，又敦正昼寝，梦日环其城，惊起曰："此必黄须鲜卑奴来也！"边批：帝母荀氏，燕代人。帝状外氏，须黄，故云。于是使五骑物色追帝。帝亦驰去，见逆旅卖食妪，以七宝鞭③与之，曰："后有骑来，可以此示。"俄尔追者至，问妪，妪曰："去已远矣！"因以鞭示之。五骑传玩，稽留④良久，帝遂免。

注释

①明帝：晋明帝司马绍，322—325年在位。②巴賨（cóng）：巴中地带。古人谓巴中产骏马。③七宝鞭：以多种珍宝为饰的马鞭，后以此用以为典。④稽（jī）留：停留，逗留。

译文

王敦准备从荆州起兵进攻建康，明帝司马绍暗中侦知此事后，便乔装改扮，跨上巴賨骏马，来到湖阴，观察王敦的营垒，走出营门以后，守门军人怀疑司马绍不像是一般人，便向王敦告知。这是王敦正在午睡，梦见太阳环绕城墙，便吃惊地说："这人必定是黄须鲜卑奴来到此间。"边批：明帝的母亲是燕代人，明帝黄须像外族人。于是派五名骑兵迅速追赶，明帝此时也预感身份暴露，便快马加鞭，快速离去。当他看见旅馆前一卖饼妇人以后，便把自己的七宝鞭交给了她，并说："有骑兵追来，就请将此鞭拿给他们观看。"不大一会儿，追兵赶到，向卖饼妇人打听消息，此妇对他们说："已走远了。"说完就拿出七色鞭来让他们观看。五名骑兵传观阅看了好大一会儿，明帝因此获免。

尔朱敞易衣而遁

齐神武韩陵之捷①，尽诛尔朱氏。荣族子敞。小随母养于宫中。及年十二，自窦而走，至大街，见群儿戏，敞解所着绮罗金翠之服，易衣而遁。追骑寻至，便执绮衣儿，比究问，非是。会日暮，遂得免。

注释

①韩陵之捷：韩陵山，在今河南省安阳东北。532年，高欢与尔朱兆战于此，尔朱兆大败。

译文

北齐神武帝高欢韩陵山大捷，将尔朱氏全部诛杀。尔朱荣同族兄弟的儿子尔朱敞，从小随母亲在宫中生活。到了十二岁那年，尔朱敞从墙洞中逃跑，到了大街上，看见一群小孩正在做游戏，就脱下身穿的锦绣华丽的衣服，和一小孩换了衣服逃去。追赶的骑兵很快赶到，就把那个身穿锦绣华丽的衣服的小孩抓了起来。等到一审问，不是尔朱敞。适逢天色已晚，尔朱敞因此得以逃脱。

韦孝宽逃脱有方

尉迟迥先为相州总管[①]。诏韦孝宽代之，又以小司徒叱列长叉为相州刺史，先令赴邺，孝宽续进。至朝歌，迥遣其大都督贺兰贵赍书候孝宽。孝宽留贵与语以察之，疑其有变，遂称疾徐行。又使人至相州求医药，密以伺之。既到汤阴[②]，逢长文奔还。孝宽密知其状，乃驰还，所经桥道，皆令毁撤，驿马悉拥以自随。又勒驿将曰："蜀公将至，可多备肴酒及刍粟以待之。"迥果遣仪同梁子康将数百骑追孝宽，驿司供设丰厚，所经之处皆辄停留，由是不及。

注释

①尉迟迥：字蒲居罗，北周代州雁门（今山西代县）人，有大志，好施爱士，娶魏文帝女金明公主。孝文践祚，以迥有平蜀功，封蜀公，任相州总管，后举兵讨伐隋文帝，兵败而自杀。相州：州名，辖境相当今河北邢台、广宗以南，河南林州市、清丰以北，山东武城、莘县以西的地区。总管：官名，古时指地方上高级军政长官。三国魏时始置都督诸州军事，北周时改为总管。周武帝以王溢为盖州总管，总管之名始于此。②汤阴：古县名，今属河南省。

译文

北周的尉迟迥因功封为蜀公，后任相州刺史。丞相杨坚，也就是后来的隋文帝准备篡位，就命自己的亲信韦孝宽代理尉迟迥的职务，又命叱列长叉为相州刺史，并要叱列长叉先行，韦孝宽再上路。韦孝宽行至朝歌时，尉迟迥派手下的大都督贺兰贵带着书信前往问候。韦孝宽款留贺兰贵，并和他交谈。交谈中韦孝宽觉得这个贺兰贵好像心里有鬼。于是，韦孝宽自称身体不好，放慢了行进速度。又派人到相州以求医问药为名打探消息。到了汤阴，正好碰到叱列长叉奔离相州。韦孝宽得到了这些情报之后，也调头返还，凡经过的桥梁一律拆毁，路过驿站，把其中的马匹也全数带走，又嘱咐驿丞："蜀公的人就要到了，你们要多准备酒菜及草料好好接待。"不久，尉迟迥果然派开府仪同三司梁子康带数百骑兵来追赶韦孝宽，沿途驿站对他们款待极为热情，为此耽搁了不少时间，终于没有追上韦孝宽。

曹公煮酒论英雄

曹公素忌先主[①]。公尝从容谓先主曰："今天下英雄，唯使君与操耳！本初[②]之徒，不足数也！"先主方食，失匕箸[③]。适雷震，因谓公曰："圣人云：'讯雷风烈必变[④]。'良有以也！一震之威，乃至于此！"

【梦龙评】相传曹公以酒后畏雷、闲时灌圃[⑤]轻先主，卒免于难。然则先主好结牦[⑥]，焉知非灌圃故智？

注释

①先主：刘备，史称蜀先主。②本初：袁绍，字本初。③匕箸：筷子。④迅雷风烈必变：见《论语·乡党》，言孙子敬天之怒，每见迅雷急风则变容色。⑤闲时灌圃：刘备在许都时，无事常闭门种芜菁。灌园，浇菜。⑥牦：刘备少时孤贫，以贩履织席为业。后虽为官，仍好织毛为毯席之属。牦，毛织物。结，编织。

译文

曹操对刘备素来心存忌惮。曹操曾对刘备说："放眼天下，能称得上英雄的只

有你和我。袁绍之流，根本算不上。”刘备正在吃饭，吓得筷子都掉到了地上。正好这时天上打了个响雷，刘备趁势对曹操说：“孔子说：遇到迅雷疾风一定要惊惧变色。这话实在有道理，一个响雷，威力如此之大。”

【梦龙评】相传曹操因为酒后怕雷、闲时种菜而轻视刘备，最终让刘备幸免于难。然而刘备还喜欢编结毛织物，怎知不是和种菜一样的套路呢？

吕相颐激励士气

建炎之役[①]，及水滨，而卫士[②]怀家流言。吕相颐浩[③]以大义谕解，且怵以利曰：“先及舟者，迁五秩[④]，署名而以堂印志之。其不逊倡率者，皆侧用印记！”事平，悉别而诛赏之。

【梦龙评】六合之战，周士卒有不致力者。宋祖阳为督战，以剑斫其皮笠。明日遍阅皮笠有剑迹者数十人，悉斩之。由是部兵莫不尽死。此与吕相事异而智同。

注释

①建炎之役：当指宋高宗建炎三年（1129年），金粘没喝南侵，高宗时在扬州，遂仓皇渡江南奔事。②卫士：皇室侍卫。③吕相颐浩：吕颐浩，徽宗时官河北都转运使，高宗南渡，知扬州，两入政府，同中书门下平章事。在相位时，专磷自吊，三二李纲。然在苗、刘之乱时，与张浚创议勤王，卒平内难，亦有功于时。④五秩：五级。北宋武官之阶，政和之后，自太尉至下班祇应共五十二阶（级）。

译文

建炎之战，宋高宗逃到水滨，皇室侍卫中有思恋家乡的流言。丞相吕颐浩用大义晓谕众人，并且用利引诱他们说："先上船的，提升五级，署上名，盖上打印。那些不驯服而倡率为乱的人，都在一旁用印做标志。"事情平息后，全部加以分别，诛杀或奖赏。

【梦龙评】六合之战时，后周的兵士中有人作战不出力，于是宋太祖假借督战之名，看到不认真作战的兵士，就顺势用剑在其皮帽上划上痕迹。第二天，宋太祖就检查士兵的皮帽，凡有剑痕者一律处死。从此兵士没有不卖力作战的。宋太祖和吕颐浩虽然做法不同，但用智相同。

段秀实倒印遂愿

段秀实为司农卿，会朱泚反。时源休[①]教泚追逼天子，遣将韩旻领锐师三千疾驰奉天[②]。秀实[③]以为此系危逼之时，遣人谕大吏岐灵岳窃取姚令言[④]印，不获，乃倒用司农印，追其兵。旻至骆谷驿，得符而还。

【梦龙评】按：《抱朴子》[⑤]云："古人入山，皆佩黄神白章之印[⑥]。行见新虎迹，以顺印印之，虎即去；以逆印印之，虎即还。"今人追捕逃亡文书，但倒用印，贼可必得。段公倒印，抑或用此法。

注释

①源休：原为唐光禄卿，怀怨望，劝朱泚僭号，泚称帝，以休为宰相。泚败后，休被杀。②奉天：时唐德宗自京师逃往奉天（今陕西乾县）。③秀实：此时被陷于长安。④姚令言：为唐泾原节度使，助朱泚为乱，泚任之为元帅。泚败后被诛。⑤《抱朴子》：晋葛洪所著。洪自号抱朴子，因以名其书。分内、外篇，内篇论神仙、炼丹、符箓等事，外篇论时政得失、人事臧否。⑥黄神白章之印：《抱朴子》云："其阔四寸，其字百二十。"系道教所用符印。

译文

唐朝的段秀实任司农卿，朱泚谋反，源休教朱泚威逼唐天子，派将军韩旻率领精兵三千人疾奔当时唐德宗所在的奉天。段秀实认为情势危急，命人请孔目官（文书官吏）岐灵岳盗取朱泚手下元帅姚令言的官印，没有成功，只好在公文上倒盖自己的司农印追赶韩旻。韩旻行军到骆谷驿，接到段秀实的军令，便即回兵。

【梦龙评】按语：《抱朴子》上说："古人入山都佩戴黄神白章的印符，途中看见新鲜的老虎脚印，就正向盖印，老虎一定会离去；若是逆向盖印，老虎就会回来。"现在追捕逃犯的文书，也倒盖印记，一定可以追捕到犯人。段秀实倒盖司农印，或许就是用的这种办法。

黄震开州帑定军心

宋尝给两川[①]军士缗钱，诏至西川，而东川独不及，军士谋为变。黄震白主者曰："朝廷岂忘东川耶？殆诏书稽留耳[②]！"即开州帑给钱如西川，众乃定。

注释

①两川：就是西川和东川，唐初镇名。本为剑南节度使，治益州（今四川成都），辖境约相当今四川中部，贵州西部及云南大部地区。至德二年（757年），分置剑南东川、西川两节度使。西川，即剑南西川节度使，治所在益州；东川，即剑南

东川节度使，治所在梓州（今四川三台）。②殆：大概，恐怕。稽留：逗留，滞留。

译文

宋朝曾经发给两川军士缗钱，诏令到了西川，唯独东川却没有得到诏令，士兵计划发动哗变。当是通判遂州的黄震告诉主事的人说："朝廷岂会忘了东川？也许诏书迟留在哪儿罢了！"立即打开州里的官库，按西川发的钱数给东川士兵，众人于是安定下来。

应卒卷十七

本卷收集了应付仓促出现的困难的机智故事。刘邦采用张良的建议加封生平最憎恨的雍齿以安大臣之心，从而使潜在的叛乱消解于无形；鲁哀公采用孔子的建议严惩不救火而逐兽之人，扑灭了积泽之火，都是能于紧急关头采取适当的措施而纾急的例子。

西江有水[①]，遐不及汲；壶浆箪食，贵于拱璧[②]；岂无永图，聊以纾急[③]。集《应卒》。

注释

①西江有水：西江，长江自西而来，俗称西江。此句意谓长江虽然水很多，但相距太远，来不及汲取。即远水难救近火之意。②壶浆箪食，贵于拱璧：壶浆，一箪食，虽然物卑量少，但对饥渴的人来说，却贵似拱璧。拱璧，大璧，此泛指珍贵之物。③纾急：解救急难。

译文

滔滔长江自西而来，无法汲取而解燃眉之急。一箪食一壶水，对于饥渴的人比大块的宝玉还珍贵。这并非是不做长久的打算，只是用来暂时化解突发的灾难。因此集《应卒》卷。

刘邦为雍齿封侯

高帝已封大功臣二十余人，其余日夜争功不决。上在洛阳南宫[①]，望见诸将往往相与坐沙中偶语，以问留侯[②]。对曰："陛下起布衣[③]，以此属取天下。今为天子，而所封皆故人[④]，所诛皆仇怨，故相聚谋反耳！"上忧之，曰："奈何？"留侯曰："上生平所憎，群臣所共知，谁最甚者？"上曰："雍齿[⑤]数窘我。"留侯曰："今急，先封雍齿，则群臣人人自坚矣。"乃封齿为什邡侯。群臣喜曰："雍齿且侯，吾属无患矣！"

【梦龙评】温公[⑥]曰："诸将所言，未必反也。果谋反，良亦何待问而后言邪？徒以帝初得天下，数用爱憎行诛赏，群臣往往有觖望自危之心，故良因事纳忠以变移帝意耳。"袁了凡[⑦]曰："子房为雍齿游说，使帝自是有疑功臣之心，致三大功臣相继屠戮，未必非一言之害也！"由前言，良为忠谋；由后言，良为罪案。要之布衣称帝，自汉创局，群臣皆比肩共事之人，若觖望自危，其势必反。帝所虑亦止此一着，良乘机道破，所以其言易入，而诸将之浮议顿息，不可谓非奇谋也！若韩、彭菹醢[⑧]，良亦何能逆料之哉！

注释

①洛阳南宫：汉高帝刘邦方统一中国，初以洛阳为都城，不久，从娄敬、张良议，改都于长安。此时因出巡归，又至洛阳。②留侯：张良封留侯。③布衣：平民。汉以前帝王均为世袭贵族，以布衣为天子，自刘邦始。④故人：萧、曹、樊、灌等均系刘邦布衣时所交往之人。⑤雍齿：本从刘邦起兵，后叛归项羽，数于战场使刘邦困窘。不久，复归刘邦，征战有功。而刘邦对他始终心怀怨恨。⑥温公：司马光，封温国公，下所引句见于司马光所撰《资治通鉴》，而文句稍有变易。⑦袁了凡：袁黄，字了凡，明人，著有《史汉定本》及《纲鉴补》。⑧韩、彭菹醢：汉夷韩信三族，又诛彭越，醢其肉以赐诸侯。醢，以肉为酱。

译文

汉高祖刘邦平定天下，封赏了二十多位功臣。其余还没有封赏的将领，每天在那里互相争功。高祖在洛阳南宫时，远远望见将军们聚坐在沙地上交谈，便问张良是怎么回事。张良说："陛下从平民百姓，在这班人的辅佐下取得了天下。现在身为天子，分封的都是早有交往的旧友，诛杀的则都是曾与陛下有过节的，所以这些将军聚在那里商量造反呢。"高祖十分担忧，说："那该怎么办呢？"张良说："陛下生平最讨厌的，而大臣也都知道的人，是谁？"高祖答："雍齿多次让我难堪，最可恶。"张良说："那现在情况紧急，请陛下先封雍齿为侯，那么其他大臣就不会再心存疑虑了。"于是高祖封雍齿为什邡侯。群臣很高兴："连雍齿都封侯了，我们还有什么可担心的！"

【梦龙评】司马光说："将军们所谈论的未必是有关谋反的事。要真是在谋反，张良也不会等到高祖问了才说。张良只因高祖初即帝位，多以个人的爱憎行赏论罪，造成群臣普遍不满和不安，所以张良以这个事加以劝谏，改变高祖的做法。袁黄说：'张良为雍齿游说，使高祖从此开始猜忌功臣，最终导致三大功臣相继被杀，未尝不是张良的一句话所种下的祸根。'按前一种说法，张良是忠言进谏；按后一种说法，这就是张良的罪状了。总之，以平民称帝建立新王朝，那是从汉刘邦开始的，手下群臣都是当年并肩征战的伙伴，要是他们集体感到不满和不安，造反是顺理成章的事。高祖所忧虑的也正在于此，张良乘机说破，所以高祖很容易接受，诸将的议论也立刻得以平息，不能不说是高明的计谋。至于诛杀韩信、彭越，张良哪能事先预料呢！"

火烧眉毛计将出

鲁人烧积泽[①]，天北风，火南倚，恐烧国[②]。哀公自将众趋救火者。左右无人，尽逐兽[③]，而火不救。召问仲尼，仲尼[④]曰："逐兽者乐而无罚，救火者苦而无赏，此火之所以不救也。"哀公曰："善。"仲尼曰："事急，不及以赏救火者。尽赏之，则国不足以赏于人。请徒行罚！"乃下令曰："不救火者，比降北[⑤]之罪；逐兽者，比入禁[⑥]之罪！"令下未遍，而火已救矣。

【梦龙评】贾似道为相。临安[⑦]失火，贾时方在葛岭[⑧]，相距二十里。报者络绎，贾殊不顾，曰：“至太庙则报。”俄而报者曰：“火且至太庙！”贾从小肩舆，四力士以椎剑护，里许即易人，倏忽即至。下令肃然，不过曰：“焚太庙者斩殿帅！”于是帅率勇士一时救熄。贾虽权奸，而威令必行，其才亦自有快人处。

注释

①积泽：春秋时鲁国都城北之沼泽。②国：国都。③逐兽：沼泽被焚，野兽逸出，故鲁人逐猎之。④仲尼：孔子，字仲尼。⑤降北：在战场上投降敌人和败逃。⑥入禁：私人封禁的山林。⑦临安：杭州，南宋都于此，称临安。⑧葛岭：在杭州西湖北，相传晋时葛洪炼丹于此，故名。南宋末，赐贾似道府第于此。

译文

鲁国人烧草木丛生的沼泽，当时正刮北风，火势顺风向南偏斜。鲁哀公害怕大火烧到国都亲自带领许多人前去救火。到处沼泽地，哀公周围的人都不救火，去追逐野兽，因此无法阻止火势蔓延。哀公把孔夫子仲尼召来询问。仲尼说：“追逐野兽的人自行其乐却没受到惩罚，救火的人自讨苦吃却没有得到奖赏，这就是大火无法扑灭的原因。”哀公说：“对啊。”仲尼接着说：“救火的事紧急，来不及奖赏救火的人。如果救火的人都奖赏，那国都的财力也不够赏的。请您不奖只施行惩罚。”鲁哀公于是下令道：“不救火的人，与兵败投降同罪；追逐野兽的人，和闯入禁地同罪。”号令下达后还没传遍，大火已经扑灭。

【梦龙评】贾似道担任南宋宰相之时，首都临安失火。贾似道当时正在葛岭，距京师尚有二十多里，前来报告的使者络绎不绝，接踵而至。但贾似道却一点不予理会，只是说：“大火烧到太庙附近时再来报告。”不大一会儿，又有使者报道：“大火将要烧至太庙。”这时贾似道下令准备一小型肩舆，又派四个力士手提铁椎刀剑，二人在身边守卫，快速行进。走到一里多路以后，即更换轿夫。不大工夫，就回到临安。下车伊始，他便下令救火，秩序井然，毫无混乱。其实他就说了一句话：“如果大火焚烧了太庙，当立斩殿帅。”于是殿帅们都各自率领勇士，全力救火。不大工夫，火势即被熄灭。贾似道虽是一代奸相，但他的威令必行，其才能也有可以肯定之处。

一时权宜可为之

赵从善尹京[①]日，宦寺欲窘之，科降设醮[②]红桌子三百只，内批限一日办集。从善命于酒坊茶肆取桌相类者三百，净洗，糊以白纸，用红漆涂之。又两宫[③]幸聚景园，夜过万松岭[④]，立索火炬三千。从善命取诸瓦舍妓馆，不拘竹帘芦帘，实以脂，卷而绳之，系于夹道松树，左右照耀，比于白日。

高宗南渡，驻跸临安，草创行在[⑤]。方造一殿，无瓦，而天雨。郡与漕司[⑥]忧之。忽一吏白曰："多差兵士，以钱镪分俵关厢铺店，赁借楼屋腰檐[⑦]瓦若干，旬日新瓦到，如数赔还。"郡司从之，殿瓦咄嗟而办。

辛幼安[⑧]在长沙，欲于后圃建楼赏中秋。时已八月初旬矣。吏曰："他皆可办，唯瓦不及。"幼安命先于市上每家以钱一百，赁檐瓦二十片，限两日以瓦收钱，于是瓦不可胜用。

【梦龙评】二事皆一时权宜，可为吏役之法。

注释

①尹京：为京兆尹。京指南宋都城临安。②设醮：设坛祭祷。③两宫：皇帝与太后。④聚景园、万松岭：皆在杭州。⑤行在：此指皇帝临时居住的宫室。⑥郡与漕司：知州与转运使。⑦腰檐：古时楼房，在层与层之间有屋檐，称腰檐。⑧辛幼安：辛弃疾，字幼安。曾任湖南安抚使，驻长沙。

译文

赵从善任京尹之时，宦官们总想难为他。就将皇帝下令设醮所需的三百张红色方桌交给他筹办。从善接旨以后，当即令京城之内的酒坊茶肆，共凑集形状相同的三百木桌，全部擦洗干净以后，都糊以白纸，然后再用红漆涂抹，不到一天，全部准备完毕。又有一次，朝廷决定东西两宫要在景园巡幸，当晚途经万松岭时，立即要制作三千把火炬，用以照明。从善派人立即去到各个妓院之中，收取门帘，无论是竹木还是芦苇所做，一概不拒。然后给门帘上涂以油脂，用绳索卷成火炬状，系于夹道松树之上，夜晚点燃，火光明亮，把两旁道路照得如同白昼。

南宋高宗南渡之初，暂住临安，临时搭建了一座简易庭殿，诸事皆备，唯缺屋瓦，这时又下起毛毛细雨，郡府和漕司官员十分忧虑。忽然有一名吏卒说道："多多派遣一些兵士，给各个关厢铺店分发钱串，声明须借楼房腰檐板瓦若干，一月之内新瓦到后，如数赔还。"郡府接受了这一建议，殿庭所需之瓦很快备齐。

辛弃疾在长沙任职期间，想在后园圃中建一阁楼，用于中秋赏月。当时已是八月上旬，时间紧迫。其中一名吏卒说道："其他建筑材料都容易置办，只是檐瓦来不及制作。"辛弃疾便派人去到街市，每家给钱一百，赁檐瓦二十片，两天之内，交钱收瓦。于是檐瓦源源而来，阁楼盖好以后，瓦片尚未用完。

【梦龙评】这两件事都是一时的权宜之计，可供总务官效法。

周忱以变应急

正统中，采绘宫殿，计用牛胶万余斤，遣官敕江南上供甚急。时巡抚周忱以议事赴京，遇诸途，敕使请公还治。公曰："第行，自有处置。"至京，言"京库所贮牛皮，岁久朽腐，请出煎胶应用，俟归市皮还库，以新易旧，两得便利。"王振欣然从之。

时边事紧急[①]，工部移文，索造盔甲腰刀数百万，其盔俱要水磨。公取所积余米，依数成造，且计水磨明盔非岁月不可，暂令摆锡[②]，旬日而办。

注释

①边事紧急：明朝与北部鞑靼之间战事频繁。②摆锡：镀一层锡。

译文

正统年间朝廷要彩色描绘宫殿，预计用牛皮胶一万多斤，派官员到江南传令上供牛皮胶，十分急迫。当时巡抚周忱因议事赶赴京城，在路上遇见这位官员，差官请周忱回去治办牛皮胶。周忱说：“你只管和我赴京，我自有办法。”到了京城，周忱对司礼太监王振说：“京中府库储存的牛皮，时间太久已经腐朽了，请取出来熬成胶应付使用，等我回去买新牛皮还给府库，以新换旧，两方面都便利。”王振愉快地同意。

当时边关军情紧急，工部发来公文，要求制造盔甲腰刀数百万件，并且头盔都要水磨。周忱取出积存的余米，按数造成。考虑到水磨明盔没一年时间完不成，就下令把头盔包上锡，十天时间就办好了。

曹操巧解兵士渴

魏武尝行役，失汲道[①]，军皆渴。乃令曰：“前有大梅林，饶[②]子甘酸，可以解渴。”士卒闻之，口皆出水，乘此得及前源。

注 释

①汲道：引水的渠道。此处指河流湖泊。汲，引。②饶：不但。

译 文

魏武帝曹操率兵行军，错过了打水的地方，将士们都口渴难耐。于是曹操传令说：“前面有一大片梅林，梅子极多，又甜又酸可以解渴。”士兵们听说后，口中都流出酸水，不再口渴，曹操趁此机会得以赶到前面的水源。

孙权计出　箭均船平

濡须[①]之战，孙权与曹操相持月余。权尝乘大船来观公军[②]。公军弓弩乱发，箭著船旁，船偏重。权乃令回船，更一面以受箭，箭均船平。

注 释

①濡须：渡口名，在今安徽巢湖东南。②公军：曹军，曹操被封为魏国公。

译文

濡须战役，孙权和曹操相持一个多月。孙权曾经乘大船窥视曹操的水寨。曹操命水军弓弩乱射，箭都射在船的一边，大船偏重。孙权于是下令将船调过头来，换另一边受箭，船两边受箭均衡，船就平稳了。

刘锜计赚完颜亮

金主亮[①]性多忌。刘锜[②]在扬州，命尽焚城外居屋，用石灰尽白城壁，书曰："完颜亮死于此！"亮见而恶之，遂居龟山[③]，人众不可容，以是生变[④]。

注释

①金主亮：海陵王完颜亮。1161年，亮大举攻宋，为宋将吴璘等击败，金国内部混乱。东京留守完颜雍自立为帝，亮继续南侵，为虞允文败于乒采石。亮东至瓜洲渡，兵变被杀。②刘锜：南宋大将，时扬州已陷于金人之手，锜迁真、扬二州之民于江南，率兵留屯瓜洲。此云"在扬州"，疑误。③龟山：龟山寺，在瓜洲。④生变：完颜亮在瓜洲，约诸将三日渡江，否则尽杀之。时金将前后失据，皆欲亡归，又闻新天子已即位，遂举兵攻亮，射杀之。

译文

主帅完颜亮生性多忌讳。刘锜在扬州下令烧光城外的住房，再用石灰把城墙刷成白色，上面写着"完颜亮死在此处"。完颜亮见到后非常忌讳，于是就驻扎在龟山，人马众多不能容纳，因此就发生变乱。

韩琦临机应变

英宗即位数日，挂服柩前，哀[①]未发而疾暴作，大呼，左右皆走，大臣骇愕痴立，莫知所措。琦投杖，直趋至前，抱入帘，以授内人[②]，曰："须用心照管。"仍戒当时见者曰："今日事唯众人见，外人未有知者。"复就位哭，处之若无事然。

注释

①哀：此指丧礼中的大声哀哭。②内人：宫内之人。

译文

宋仁宗赵祯死后，皇子赵曙在柩前即位，是为宋英宗，几天以后，英宗又来到仁宗灵前吊祭。但尚未哭泣，疾病发作，顿时昏倒，左右急忙呼唤，病情才逐渐稳定。大臣们见状，个个惊惧不已，不知所措。韩琦抛弃手杖，直趋而前，双手抱住英宗，将其扶入帘内，并交给宦官说：“精心照管。”同时又告诫所有在场的人说：“今日之事只有你们瞧见，外人一概不知。”接着，便进入灵前哭丧，处之泰然，毫不慌乱。

敏悟卷十八

本卷收集了聪敏善悟的故事。大致可分为三类。一类为明于事理，如司马遹小小年纪即懂得暮夜仓促，宜备非常，懂得杀肥猪以养士的道理；王戎七岁即由道旁李树无人扳折推知“此必苦李”，皆聪明非常。一类为解决疑难，如文彦博幼时与群儿戏，以水灌柱穴以出球；司马光碎缸救落水小儿，皆为善于动脑使困难迎刃而解者。一类为解谜测字，杨修解“黄绢幼妇外孙齑臼”之谜；刘显知梁武帝书“贞”字之意，皆为聪明绝顶。

剪彩成花，青阳笑之[①]。人工则劳，天巧自如。不卜不筮，匪虑匪思[②]。集《敏悟》。

注释

①剪彩成花，青阳笑之：青阳，春天，此处把春天人格化了。这句的意思是，

用人工把彩绸剪裁成花朵，尽管很精巧，但春天却要讥笑它的不自然。②不卜不筮，匪虑匪思：既不用占卜，也不用思考，指断事之敏捷。

译 文

人工巧匠剪纸成花，春天看了笑他笨拙。人力所成总不免辛劳而粗，真正的大巧必定是行云流水般自如。不要算卦不要占卜，不要思考不要盘算。这一卷讲的，都是关于浑然天成的机敏智慧的小故事，名为《敏悟》。

太子遹可愍可怀

晋惠帝太子遹[①]，自幼聪慧。宫中尝夜失火。武帝[②]登楼望之。太子乃牵帝衣入暗中。帝问其故，对曰：“暮夜仓卒，宜备非常，不可令照见人主。”时遹才五岁耳。帝大奇之。尝从帝观豕牢，言于帝曰：“豕甚肥，何不杀以养士，而令坐费五谷？”帝抚其背曰：“是儿当兴吾家！”后竟以贾后谗废死，谥愍怀。吁，真可愍可怀也！

【梦龙评】此大智识人，何以不禄[③]？噫！斯人而禄也，司马氏必昌，而天道僭矣[④]。遹谥愍怀，而继惠世者，一怀一愍[⑤]，马遂革而为牛[⑥]，天之巧于示应乎？

注 释

①晋惠帝太子遹：司马遹，晋惠帝长子。少聪颖。惠帝即位后立为太子，及长不好学，唯与左右嬉戏。为贾后所忌，废死。②武帝：晋武帝司马炎，遹之祖父。

③禄：禄命，指人的富贵寿考。④天道僭矣：僭，过失、差误。此句意谓司马氏以篡逆得天下，按天理本不应久享天下，如晋室因司马远而得以昌盛，那么天理就不公平了。⑤继惠世者，一怀一愍：惠帝被毒死后，其弟司马炽即位，是为怀帝，在位七年，为汉主刘聪所杀。惠帝从侄秦王司马邺闻之，即位于长安，是为愍帝，在位四年。⑥马遂革而为牛：愍帝死后，琅琊王司马睿即位于南京，偏安江左，是为元帝。睿母夏侯氏，因与小吏牛氏私通而生睿，故此云“马”变为“牛”。

译文

晋惠帝的太子司马遹，自幼聪明而有智慧。宫中曾经夜里失火，武帝登楼查看火情。太子就拉着武帝的衣服来到火光照不着的暗处，武帝问来到暗处的原因，太子回答说：“黑夜忙乱中，应该防备万一，不能让火光照见皇帝。”当时司马遹才五岁。武帝非常惊奇。太子曾经跟随惠帝查看猪圈，对惠帝说：“猪很肥，为什么不杀掉它们来养活士人，却让它们只是消耗五谷？”惠帝抚摸着太子的后背说：“这个孩子定能使我家兴盛！”后来，太子竟因贾后的谗言被废黜、杀死，谥号愍怀。唉，实在是一个值得怜悯值得怀念的太子啊！

【梦龙评】太子大智过人，为什么又如此短命呢？唉！如果太子活得长些继承王位，司马氏必然昌盛，然而真如此的话，就超出了天道的正常轨迹。司马遹谥号愍怀，而在惠帝驾崩后，继承帝位的两代君主竟分别是怀帝、愍帝，司马氏最后为牛氏所取代，这难道是上天安排的一种巧妙的显示吗？

杜镐为兄献计

杜镐[1]侍郎兄仕江南为法官。尝有子毁父画像，为近亲所证者，兄疑其法，未能决，形于颜色。镐尚幼，问知其故，辄曰：“僧、道毁天尊、佛像，可以比也。”兄甚奇之。

注释

①杜镐：宋太宗时官直秘阁，真宗时为礼部侍郎。博闻强记，有德行。

译文

宋朝人杜镐的哥哥在江南担任法官时，曾经碰到一起儿子撕毁父亲画像的案件，而且有亲人为证。杜兄以为律法中并没有明文规定儿子毁父亲像该判什么罪，因此迟迟不能判决，非常烦恼。杜镐年纪虽然小，见哥哥愁容满面，问明原因后说："不妨比照和尚毁坏佛像的律法判刑。"杜兄听了，对杜镐的聪明大加赞赏。

小小了了大也佳

彦博幼时，与群儿戏击球。球入柱穴中，不能取。公以水灌之，球浮出。

司马光幼与群儿戏。一儿误堕大水瓮[1]中，已没，群儿惊走。光取石破瓮，遂得出。

【梦龙评】二公应变之才，济人之术，已露一斑。孰谓"小时了了[2]者，大定不佳"耶？

注释

①瓮：水缸。②了了：通晓事理，聪慧。

译文

文彦博年幼时，和一群小孩儿玩击球的游戏，球掉进柱子坑穴里，没法儿拿出来，文彦博将水灌进坑穴中，球就浮了上来。

司马光小时候和一群小孩儿玩耍。一个小孩儿不小心掉进大水缸里，随后就淹没了，这群小孩都吓跑了。司马光拿来石头敲破水缸，落水小孩儿就救出来了。

【梦龙评】以上二公的应变之才和济人之术，在儿童时已显露端倪。谁还能说小时聪明过人，长大以后就必会成平庸之辈呢？

王戎年少识李

王戎年七岁时，尝与诸小儿游。瞩见道旁李树，有子扳折，诸小儿竞走之，唯戎不动。人问之，答曰："树在道旁而多子，此必苦李。"试之果然。

【梦龙评】许衡[1]少时，尝暑中过河阳[2]。其道有梨，众争取啖之，衡独危坐树下自若。或问之，曰："非其有而取之，不可。"曰："人亡世乱，此无主矣！"衡曰："梨无主，吾心独无主乎？"合二事观戎为智，衡为义，皆神童也。

注释

①许衡：字仲平，元河内（今河南沁阳）人，从小天资聪慧。忽必烈为亲王时，任京兆提学，世祖即位后，官至集贤大学士兼国子祭酒。②河阳：黄河的北岸。阳，水的北面。

译文

王戎七岁时，曾和众小孩儿游玩，看见路边有李子树，李子很多，压弯了树枝。众小孩儿争相跑到李子树下摘李子，只有王戎不动，有人问他，他回答说："树长在路边而果实多，这肯定是苦李子。"试了一下果然如此。

【梦龙评】许衡小时曾在盛夏途经河阳，道旁有一梨树，众人都争着抢摘梨子，用以解渴，只有许衡端坐树下，目不斜视。有人问他，他说："不是自家的东西，不能随便去拿。"其人解释说："居民逃亡，兵荒马乱，这是一棵无主之树。"许衡答道："梨树无主，我的心难道也无主了吗？"把以上两事比较来看，王戎是机智，许衡讲仁义，他们都应是神童。

曹冲刻船称象

曹冲自幼聪慧。孙权尝致[1]巨象于曹公。公欲知其斤重，以访[2]群下，莫能得策。冲曰："置象大船之上，而刻其水痕所至，称物以载之，一较可知矣。"冲时仅五六岁，公大奇之。

注释

①致：赠予。②访：询问。

译文

曹操的幼子曹冲从小聪明。孙权曾派人送一头大象给曹操，曹操想知道大象有多重，问遍所有官员也没有想出称大象的方法。曹冲说："把大象牵到船上，刻下船身吃水的位置，再在船上装其他物品，让船身吃水这个深度，根据这些物品的重量，就可知道大象的重量。"当时曹冲只有五六岁，曹操十分惊奇。

曹翰见蟹班师

曹翰从征幽州[①]，方攻城，卒掘土得蟹以献。翰曰："蟹，水物而陆居，失所也；且多足，彼援将至[②]，不可进拔之象。况蟹者，解也，其班师乎？"已而果验。

注释

①曹翰从征幽州：宋太宗太平兴国四年（979年）统兵灭北汉，遂移兵攻辽，至幽州南，为辽兵所败。此役曹翰随驾出征。②彼援将至：辽遣耶律休哥来援幽州。

译文

曹翰跟随去征讨幽州，正在攻城，士兵挖土捉到一只蟹，把它献给曹翰。曹翰说："蟹是水中动物却到陆上生活，是失掉了住处，而且蟹有许多脚。敌方援兵就要到来，这是不能攻取的征象，何况蟹就是解（免除），也许该班师吧？"后来果然应验了。

郑钦说精释碑铭

钦说[①]天性敏慧，精历术。开元后累官右补阙内供奉[②]。初，梁之大同四年，太常任昉[③]于钟山圹中得铭曰："龟言土，蓍言水，甸服黄钟起灵址。瘗[④]在三上庚，堕遇七中己。六千三百浃辰交，二九重三四百圮。"

昉遍穷之，莫能辨，因遗戒子孙曰：“世世以铭访通人，有得其解者，吾死无恨！”昉五世孙升之隐居商洛[5]，写以授钦说。钦说时出使，得之于长乐驿，至敷水[6]三十里辄悟，曰：“此卜宅者搜葬之岁月，而先识墓圮日辰也。‘甸服’，五百也。‘黄钟’，十二也。由大同四年却求汉建武四年，凡五百一十二年。葬以三月十日庚寅，‘三上庚’也。圮以七月十二日己巳，‘七中己’也。‘浃辰’，十二也。建武四年三月至大同四年七月，六千三百一十二月。月一交，故曰‘六千三百浃辰交’。‘二九’，十八也。‘重三’，六也。建武四年三月十日，距大同四年七月十二日，十八万六千四百日，故曰‘二九重三四百圮’。”升之大惊，服其超悟。

注释

①钦说：郑钦说，唐荥阳（今属河南省）人，官累巩县尉、集贤院校理、右补阙内供奉，后由殿中侍御史贬夜郎尉卒。②右补阙内供奉：官名，属中书省。职责为对皇帝进行讽谏，并推举人员的左右侍从。③太常：官名，专司祭祀礼乐之官。任昉（fǎng）：梁博昌（治今山东博兴县）人，官累太学博士、新安太守，卒谥敬。④瘗（yì）：掩埋，埋葬。⑤商洛：古县名，即今陕西省商洛市。⑥敷水：地名，治今陕西华阴市西。

译文

唐朝的郑钦说天性聪慧，精通历术，开元年间官至右补阙内供奉。在梁朝大同四年时，太常任昉在钟山一座墓穴得到一块碑铭，写着：“龟言土，蓍言水，甸服黄钟起灵址，瘗在三上庚，堕遇七中己，六千三百浃辰交，二九重三四百圮。”任昉询问了许多人，都读不明白，因此给子孙留下遗言：“世世代代拿这个碑铭寻访通人，若能解出碑辞，我死也无恨。”任昉五世孙名升之，隐居商洛，把这段文字抄下来请教郑钦说。郑钦说正奉命出差，在长乐驿得到抄件，走到敷水的三十里间，就想明白了，说：“这是选墓地的人惯于下葬时间的隐语，并且预测坟墓损毁的时间。甸服，代表五百（译者注：《书·禹贡》：“五百里甸服。”）；黄钟，代表十二（译者注：黄钟乃十二律之首）。由梁武帝大同四年倒推到后汉光武帝建武四年，共计五百一十二年。下葬日期在三月十日庚寅，所以说三上庚（译者按：三月上旬的庚日）。墓损毁于七月十二日己巳，所以说七中己（译者按：七月中旬的己日）。十二为浃辰，建武四年三月至大同四年七月共六千三百一十二月，每月一交，所以说六千三百浃辰交。二九为十八，重三得六。建武四年三月十日距大同四年七月十二日共为十八万六千四百日，所以说二九重三四百圮。”任升之大惊，叹服郑钦说的超强领悟力。

杨德祖聪颖太露

杨修为魏武[①]主簿。时作相国门，始构榱桷。魏武自出看，题门作“活”字，便去。杨见，便令坏之，曰：“门中活，‘阔’字。王正嫌门大也！”

人饷魏武一杯酪。魏武啖少许，盖[②]头上题“合”字以示众。众莫能解。次至杨修，修便啖之，曰：“公教人啖一口也。复何疑！”

魏武尝过“曹娥碑[③]”下，杨修从。碑背上见题作“黄绢幼妇外孙齑臼”八字。魏武谓修曰：“解否？”答曰：“解。”魏武曰：“卿未可言，俟我思之。”行三十里，魏武乃曰：“吾已得！”令修别记所知[④]。修曰：“黄绢，色丝，于字为‘绝’。幼妇，少女，于字为‘妙’。外孙，女子，于字为‘好’。齑臼，受五辛之器[⑤]，于字为‘辞’[⑥]，所谓‘绝妙好辞’也！”魏武亦记之，与修同，叹曰：“吾才去卿乃三十里！”

操既平汉中，欲讨刘备而不得进，欲守又难为功。护军不知进止，操出教[⑦]，唯曰：“鸡肋。”外曹莫能晓。杨修曰：“夫鸡肋，食之则无所得，弃之则殊可惜。公归计决矣！”乃私语营中戒装。俄操果班师。

【梦龙评】德祖聪颖太露，为操所忌，其能免乎[⑧]？晋、宋人主多与臣下争胜诗、字。故鲍照多累句[⑨]，僧虔用拙笔[⑩]，皆以避祸也。

注释

①魏武：曹操。曹丕追谥其为魏武帝。此时为汉丞相、魏王。②盖：杯上之盖。③曹娥碑：东汉上虞女子曹娥，因父溺死，亦投江而死，经五日，抱父尸出。

邯郸淳为作诔辞，立石。蔡邕夜过碑下，摸其文读之，于碑阴题“黄绢幼妇”等八字。按：曹娥碑立石于会稽，而曹操、杨修终生未曾渡过长江，是无由得见此碑也。此则所载显系后人传说。④别记所知：另外把自己所理解的记录下来。⑤齑臼，受五辛之器：齑，调和众味。臼，一种容器，置物于中，可捣或研碎。则齑臼当是研磨、调和众调味品之器。五辛，此处指各种调味品，如葱、蒜之类。⑥于字为“辞”：辞字古体作“辤”。⑦教：命令。⑧其能免乎：指杨修为曹操所杀事。⑨鲍照多累句：鲍照，南朝刘宋时大诗人。宋文帝时为中书舍。文帝好文章，自谓人莫能及。鲍照为文故意多鄙言累句，以自晦。寻为临海王参军，世称鲍参军，有集传世。诗与谢灵运齐名，之桂甫称其“俊逸”。⑩僧虔用拙笔：王僧虔，南朝宋、齐之际人，入齐迁侍中、开府仪同三司。工隶书，为历史著名书法家。宋孝武帝好书法，欲擅书名，僧虔不敢显露其能，常用拙笔书，以此见容。

译文

杨修做魏武帝的主簿时，修建相国门。刚开始建椽，魏武帝亲自出来察看，在门上写了个“活”字就离开了。杨修看到后立刻命人把门拆毁，说：“门中加‘活’字是个‘阔’字，魏王正是嫌门太大啊！”

有人献给魏武帝一杯奶酪，他吃了一点，在盖头上写了个“合”字让众人看。按顺序轮到杨修，杨修就吃了一点，说：“曹公让每人吃一口，还疑惑什么？”

魏武帝曾从曹娥碑下路过，

杨修跟随。魏武帝见碑背面写着“黄绢幼妇，外孙齑臼”八个字，就对杨修说：“理解吗？”杨修答道：“理解。”魏武帝说：“卿先别说出来，等我想一想。”前行了三十里，魏武帝才说：“我已经明白了。”命杨修另外写下所理解的意思。杨修解释说：“黄绢是色丝，写成字就是‘绝’幼妇是少女，写成字就是‘妙’。外孙是女儿的儿子，写成字就是‘好’。齑臼是盛放五辛的器皿，写成字就是‘辞’。这八个字说的是：‘绝妙好辞。’”魏武帝也写完了，和杨修写的一样。魏武帝叹道：“我的才智同你相比竟然相差三十里！”

曹操已平定汉中，想去征伐刘备，但不能进兵；要守又难以成功。护军不知该进该退。曹操发布口令是“鸡肋”。外人不明白这两个字是什么意思。杨修说：“鸡肋，吃没什么吃头，扔掉又很可惜。公退兵的决心定了！”于是私下告诉营中准备行装。很快，曹操果然班师回朝了。

【梦龙评】修聪明太露，遭曹操忌恨，灭顶之灾哪能得免？晋、宋两朝君主多喜欢与大臣在诗文上争高下，所以鲍照写文章多病句，王僧虔写字总用秃笔，这都是为了避祸。

贞字文为“与上人”

梁时有沙门①讼田，武帝大署曰：“贞。”有司未辨，遍问莫知。刘显②曰：“贞字文为‘与上人③’。”

注释

①沙门：佛教名词，意思是“息心”，或“勤息”，表示勤修善法、息灭恶法之意。原为古印度各教派出家修道者的通称，后佛教专指依照戒律出家修道的人。②刘显：字嗣芳，梁沛国相县（治今安徽濉溪县西北）人，从小聪敏，当世号曰“神童”。天监初，举秀才，解褐中军临川王行参军，法曹，显好学，博涉多通，时魏人献古器有隐起字，没有不认识的，显按文读之，无有滞碍；考校年月，一字不差。高祖甚嘉焉，迁尚书左丞，除国子博士。③上人：佛教称具备德智善行的人，后来作为对僧人的敬称。

译文

梁朝时有些僧人为了争地而打起了官司，一直告上了朝廷。梁武帝在他们的状子上书写了一个很大的“贞”字。审理此案的法官不解其意。问遍了周围的人，都不知道，只有刘显说：“贞字拆开来是与上人之意。所以田地归出家人所有。”

东方朔善解帝意

武帝①尝以隐语召东方朔。时上林②献枣，帝以杖击未央前殿，曰：“叱叱！先生束束！”朔至曰：“上林献枣四十九枚乎？”朔见上以杖击槛，两木为林，上林也；束束，枣也；叱叱，四十九也。

注释

①武帝：汉武帝刘彻。②上林：上林苑，西汉皇帝的苑囿。

译文

汉武帝曾用隐语召见东方朔。当时上林苑献枣。武帝用杖敲打未央宫前殿说：“叱叱先生束束。”东方朔到了，说：“上林苑献枣四十九枚吧？”东方朔看见武帝用杖敲槛，两个木字是林字，指上林苑；束束是枣字；叱叱是四十九。

开元寺僧人受辱

乾符①末，有客寓广陵②开元寺，不为僧所礼，题门而去。题云：“龛龙去东涯，时日隐西斜，敬文今不在，碎石入流沙。”僧众皆不解。有沙弥知为谤语，是“合寺苟卒”四字。

注释

①乾符：唐僖宗李儇的年号，874—879年。②广陵：郡名，辖境相当今江苏省长江以北、射阳湖西南、仪征以东一带。

译文

唐僖宗乾符末年，有客人寄宿广陵开元寺，寺中僧侣对他不礼貌，于是此人在寺门上题了字离开。写的是："龛龙去东涯，时日隐西斜。敬文今不在，碎石入流沙。"众僧都不明白，只有一个小沙弥明白这是骂人的话，原来是"合寺苟卒"四字（龛去龙为合，时〔時〕隐日为寺，敬去文为苟，碎去石为卒）。

大明寺水　天下无比

令狐绹镇淮海[1]日，尝游大明寺[2]，见西壁题云："一人堂堂，二曜[3]同光，泉深尺一，点去冰旁，二人相连，不欠一边，三梁四柱烈火燃，除却双钩两日全。"诸宾幕莫辨，有支使[4]班蒙，一见知是"大明寺水，天下无比"八字。

注释

①淮海：旧地名，约指江苏省北部。②大明寺：古寺名，在江苏扬州西北蜀岗山上，建于南朝刘宋大明年间，故名。③曜（yào）：照耀。④支使：官名，唐时节度使、观察使的属官，位在副判官下。

译文

令狐绹镇守淮海时，曾游览过大明寺，看到西墙上写着："一人堂堂，二曜同光，泉深尺一，点去冰旁，二人相连，不欠一边，三梁四柱烈火燃，除却双钩两日全。"众幕僚没人明白，有个掌管表笺的官班蒙，一看就知道是"大明寺水，天下无比"八个字。

崔庆成独眠孤馆

广州押衙[1]崔庆成抵皇华驿，夜见美人——盖鬼也——掷书云："川中狗，百姓眼，马扑儿，御厨饭。"庆成不解，述于丁晋公[2]。丁解云："川中狗，蜀犬也；百姓眼，民目也；马扑儿，瓜子也[3]；御厨饭，官食也；乃‘独眠孤馆’四字。”

注释

①押衙：亦称“押牙”，唐宋官名，管领仪仗侍卫。②丁晋公：丁谓，时贬于崖州。③马扑儿，瓜子也：马扑为搁，搁与瓜音近。儿，子也。

译文

广州押衙崔庆成到达皇华驿站，夜里见到一个美人——是鬼变的——扔给他一封信，上面写着：“川中狗，百姓眼，马扑儿，御厨饭。”崔庆成不理解，就对当时贬官崖州的大臣丁谓说了。丁谓解释说：“川中狗是蜀犬，百姓眼是民目，马扑儿是瓜子，御厨饭是官食，是‘独眠孤馆’四字。”

语智部

辩才卷十九

本卷收集了古代能言善辩之士排忧解难的故事。归纳其言辩之术，大致有三。一曰晓以利害。如子贡说太宰嚭释放卫侯，劝说齐国放弃对鲁国的进攻；虞卿以长久之利弊反对楼缓献土地于秦的主张，都是以眼前利害或长远之计说服对方。一曰文以大义。如子贡以义使吴王答应不让越国随征；鲁仲连以礼义挫败帝秦之说，皆能在适当时机抓住对方心理，以大义使其诚服。三曰抓住对方言语漏洞，以子之矛攻子之盾。如明代的王维以凤凰、麒麟皆古书所载而实无反驳中官物载诸书何以谓无之说，使其放弃对石胆的勒索。

侨童有辞，郑国赖焉[①]；聊城一矢，名高鲁连[②]。排难解纷，辩哉仙仙[③]。百尔君子[④]，毋易繇言[⑤]。集《辩才》。

注释

①侨童有辞，郑国赖焉：侨童，郑子产，名侨。鲁襄公三十一年（前542年），子产奉郑简公朝晋。馆舍低矮，门狭不能客车，子产命坏其垣以纳车马。晋卿士均责之。子产以雄辩反诘晋国之无礼。晋无可奈何，厚待郑简公而归之。晋叔向闻子产之言，曰："辞之不可以已也如是夫子产有辞，诸侯赖之。"②聊城一矢，名高鲁连：战国末年，齐将田单攻聊城，燕将守之，岁余不下，士卒多死。鲁仲连乃为书，以矢射入聊城，与燕将反复陈述利害（时燕将受谗，不敢归燕）。燕将见书泣三日乃自杀。田单遂破聊城。归而言鲁连之功，欲爵之。鲁连逃隐于海上，曰："吾与其富贵而屈于人，宁可贫贱而肆志。"③排难解纷，辩者仙仙：《说苑》子贡

曰："两垒相当，旌旗相望，我愿陈说白刃之间，解两国之患。"孔子曰："辩哉士乎，仙仙者乎。"仙仙，有从容优游之意。④百尔君子：语出《诗·邶风·雄雉》。意谓众位君子。⑤毋易繇言：繇通"谣"，此处谣言指谚语、成语。毋易，不要轻视。

译文

子产言辞辩驳，郑国仰赖于他；鲁仲连以一封绑在箭上的信说服燕军退兵，以此享名千载。排解各种疑难纷争，雄辩之士的口才就能得到发挥。各位仁人君子啊，不要轻视言辞的力量。这一卷讲的都是靠口才论辩达到目的的故事，名为《辩才》。

纵横之祖子贡

吴征会于诸侯。卫侯后至，吴人藩卫侯之舍。子贡说太宰嚭[①]曰："卫君之来，必谋于其众，其众或欲或否，是以缓来。其欲来者，子之党也；其不欲来者，子之仇也。若执卫侯，是堕党而崇仇也。"嚭说，乃舍卫君。

田常[2]欲作乱于齐，惮高、国、鲍、晏[3]，故移其兵欲以伐鲁。孔子闻之，谓门弟子曰：“夫鲁，坟墓所处，二三子何为莫出？”子路请出，孔子止之。子张、子石[4]请行，孔子弗许。子贡请，孔子许之。遂行至齐，说田常曰：“君之伐鲁，过矣！夫鲁，难伐之国：其城薄以卑，其地狭以泄，其君愚而不仁，大臣伪而无用，其士兵又恶甲兵之事——此不可与战，君不如伐吴。夫吴城高以厚，地广以深，甲坚以新，士选以饱，重器精兵，尽在其中，又使明大夫守之——此易伐也。”田常忿然作色，曰：“子之所难，人之所易；子之所易，人之所难。而以教常，何也？”边批：正是辩端。子贡曰：“臣闻之：‘忧在内者攻强[5]，忧在外者攻弱。’今君破鲁以广齐，战胜以骄主，破国以尊臣，而君之功不与[6]焉，而交日疏于王。是君上骄主心，下恣群臣，求以成大事，难矣。夫上骄则恣，臣骄则争，是君上与主有隙，下与大臣交争也。如此则君之立于齐，危矣！故曰不如伐吴。伐吴不胜，民人外死，大臣内空，是君上无强臣之敌，下无民人之过，孤主制齐者，唯君也！”田常曰：“善！虽然，吾兵业已加鲁矣，去而之吴，大臣疑我，奈何？”子贡曰：“君按兵无伐，臣请往使吴王，令之救鲁而伐齐，君

因以兵迎之。”田常许之。使子贡南见吴王[⑦]，说曰：“臣闻之：‘王者[⑧]不绝世，霸者无强敌’；‘千钧之重，加铢而移[⑨]’。今以万乘之齐，而私千乘之鲁，与吴争强，窃为王危之！且夫救鲁，显名也，伐齐，大利也，以扶泗上[⑩]诸侯，诛暴齐而服强晋，利莫大焉。名存亡鲁，实困强齐，智者不疑也。”吴王曰：“善！虽然，吾尝与越战，栖之会稽[⑪]。越王苦身养士，有报我心。子待我伐越而听子。”子贡曰：“越之劲不过鲁，强不过齐。王置齐而伐越，则齐已平鲁矣。且王方以存亡继绝为名，夫伐小越而畏强齐，非勇也。夫勇者不避难，仁者不穷约[⑫]，智者不失时。今存越示诸侯以仁，救鲁伐齐，威加晋国，诸侯必相率而朝，吴霸业成矣！且[⑬]王必恶越，臣请东见越王，令出兵以从，此实空越，名从诸侯以伐也。”吴王大说，乃使子贡之越。越王除道郊迎[⑭]，身御至舍[⑮]，而问曰：“此蛮夷[⑯]之国，大夫何以惠然辱而临之？”子贡曰：“今者吾说吴王以救鲁伐齐，其志欲之而畏越，曰‘待我伐越乃可’，如此破越必矣！且夫无报人之志而令人疑之，拙也；有报人之意使人知之，殆[⑰]也；事未发而先闻，危也。三者举事之大患！”勾践顿首再拜，曰：“孤尝不料力，乃与吴战，困于会稽。痛入于骨髓，日夜焦唇干舌，徒欲与吴王接踵[⑱]而死，孤之愿也！”遂问子贡，子贡曰：“吴王为人猛暴，群臣不堪；国家敝于数战，士卒弗忍，百姓怨上；（大臣内变；子胥以谏死[⑲]），太宰嚭用事，顺君之过，以安其私，是残国之治也。今王诚发士卒佐之，以徼[⑳]其志，重宝以说其心，卑辞以尊其礼，其伐齐必也。彼战不胜，王之福矣。战胜，必以兵临晋。臣请北面晋君，令共攻之，弱吴必矣。其锐兵尽于齐，重甲困于晋，而王制其敝，此灭吴必矣。”越王大说，许诺，送子贡金百镒、剑一、良矛二。子贡不受，遂行，报吴王曰：“臣敬以大王之言告越王，越王大恐，曰：‘孤不幸，少失先人[㉑]，内不自量，抵罪于吴，军败身辱，栖于会稽，国为虚莽[㉒]。赖大王之赐，使得奉俎豆[㉓]而修祭祀，死不敢忘，何谋之敢虑！’”后五日，越使大夫种顿首言于吴王曰：“东海[㉔]役臣[㉕]孤勾践使者臣种，敢修[㉖]下吏问[㉗]于左右[㉘]：今窃闻大王将兴大义，诛强救弱，困暴齐而抚周室，请悉起境内士卒三千人，孤请自被坚执锐[㉙]，以先受矢石；因越贱臣种奉先人藏器甲二十领、屈卢[㉚]之矛、步光之剑[㉛]，以贺军吏。”吴王大说，以告子贡曰：“越王欲身从寡人伐齐，可乎？”子贡曰：“不可。夫空人之国，悉人之众，又从其君，不义。君受其币，许其师，而辞其君。”吴王许诺，乃谢越王。于是吴王乃遂发九郡兵伐齐。子贡因去之晋，谓晋君曰：“臣闻之：‘虑不先定，不可以应卒⑫；兵不先辨，不可以胜敌。’今夫吴与齐将战，彼战而胜，越乱之必矣。与齐战而胜，必以其兵临晋！”晋君大恐，曰：“为之奈何？”子贡曰：“修兵休卒以待之。”晋君许诺。子贡去而之鲁。吴王果与齐人战于艾陵，大破齐师，获七将军⑬之兵而不归。果以兵临晋，与晋人相遇黄池之上。吴、晋争强，晋人击之，大败吴师。越王闻之，涉江袭吴，去城七里而军。吴王闻之，去晋而归，与越战于五湖。三战不胜，城门不守。越遂围王宫，杀夫差而戮其相。破吴三年，东向而霸。故子贡一出，存鲁、乱齐、破吴、强晋而霸越，十年之中，五国各有变。

【梦龙评】直是纵横之祖，全不似圣贤门风。

注释

①太宰嚭：指伯嚭，其祖父为晋国人，逃到楚国，曾任令尹，后被楚灵王所杀，伯嚭便逃到吴国，吴王先拜其为大夫，因善逢迎，深得吴王夫差的宠信。吴王夫差元年，任吴国太宰。吴亡后，降越为臣，一说被勾践所杀。太宰：官名，亦名“冢宰”，佐王治理国家，类似后代的丞相。②田常：指田成子，名恒，齐国大臣。齐简公四年田常弑简公，立平公，自任相国。③高、国、鲍、晏：为当时在齐国握有实权的卿大夫家族。④子张：姓颛（zhuān）孙，名石，字子张，春秋时陈国人，比孔子小四十八岁，他崇敬孔子，敏而好学，为儒学八派之一。子石：姓公孙，名龙，字子石，春秋时楚国人，比孔子小五十三岁。⑤忧在内者攻强：子贡认为田常“忧在内”，故有“吾闻君三封而三不成者，大臣有不听者也”之语。⑥与：在其中。⑦南：方位名词做状语。因吴国在齐国的南边，故云“南见吴王”。吴王，指阖闾的儿子夫差。⑧王者：指施行王道的人，下句“霸者”指施行霸道的人。战国时，儒家称以义治天下为王道，以武力结诸侯为霸道。⑨千钧：极言其重。钧，古代的重量单位，一钧是三十斤。铢：铢两，极言其轻。铢，古代的重量单位，为一两的二十四分之一，十六两为一斤。这句话是用比喻来暗示夫差，一旦齐国占领了鲁国，那么，吴国的优势就很可能变成劣势了。⑩泗上：泗水的北面，这里暗指

中原各国。⑪会稽：这里指会稽山，在今浙江省中部。公元前494年，吴王夫差在夫椒大败越兵，乘胜攻破了越都，越王勾践退守于会稽山，被迫屈服。⑫仁者不穷约：穷，困厄；约，缠缚。这句话是暗示吴王，应援救处于困境的鲁国。⑬且：语助词，用在句首，相当于“夫”。⑭除道郊迎：清除道路，到郊外迎接，以示尊重。⑮身御至舍：亲自驾车，送到官舍。⑯蛮夷：古代对南方各族的泛称，有时也通指四方各族，含有轻贬的意思。⑰殆（dài）：危险。⑱接踵（zhǒng）：足踵相接，形容人多，接连不断。这里是“一道”的意思。踵，脚后跟。⑲子胥以谏死：姓伍，名员，字子胥，原为楚国人，后逃到吴国，任吴王阖闾的大夫。吴王夫差时，他劝其拒绝越国求和并停止伐齐，渐被疏远，后吴王赐剑，命他自杀。⑳徼（yāo）：通“邀”，投合，求取。㉑少：通“小”。先人：祖先，包括已死去的父亲。这里指死去的父亲。先，已经死去的。㉒虚莽：虚，通“墟”，废墟。莽，草丛。㉓奉：捧，进献。俎（zǔ）豆：俎、豆均是古代祭祀用的器物。这里是说，越王感激吴王，使越王还能到宗庙里去祭祀祖先。古代帝王、诸侯都有宗庙，宗庙完了，国家也就完了。㉔东海：因为越国地临东海，这里是以东海代指越国。㉕役臣：供驱使的臣子。㉖修：写，这里指写信。㉗问：询问。㉘左右：指吴王左右的近臣。这句话是尊敬吴王的说法，意思是说，不敢直接询问吴王，而委托吴国下吏转达吴王左右的近臣。㉙被：通“披”。坚、锐：形容词用作名词。坚，指坚固的铠甲；锐，指锐利的武器。㉚领：衣领。引申意为衣服的件数。屈卢：古代造矛的良匠名，后用作良戈的代称。㉛步光之剑：古代的一种宝剑名。㉜卒：通“猝”，突然，仓促。吴王果与齐人战于艾陵：吴王夫差十二年（公元前484年），吴救鲁伐齐，在艾陵大败齐军。㉝获七将军：按：在艾陵之战中，吴军俘获了齐大将国书、副将高无丕等五人，而不是七人。

译文

吴国向诸侯征求会盟，卫侯后到，吴人用篱笆把卫侯的馆舍围起来。子贡劝说太宰嚭道：“卫君到来，肯定是和他的属下商议过了，他的属下有人同意有人反对，因此来晚了。那些同意来的是您的同党；那些不同意来的是您的仇敌。如果把卫侯捉起来，这是毁了同党而助长了您的仇敌啊！”太宰嚭悦服，就放了卫君。

田常想在齐国作乱，但顾虑高国鲍晏，所以调动他的部队伐鲁国。孔子听到这件事，对门下弟子说：“鲁国是祖宗坟墓所在的地方，你们为什么不去制止？”子路请求前去，孔子制止了他。子张、子石请求前去，孔子不准许；子贡请求，孔子同意了。于是子贡前行到达齐国，游说田常说：“您讨伐鲁国是个错误啊。鲁国是个很难讨伐的国家，它的城墙单薄低矮，它的土地狭小混杂，它的国君愚昧不仁，大臣们虚伪无用，它的士兵民众又厌战，不能和这个国家作战，您不如去讨伐吴国。吴国城墙高厚，土地辽阔肥沃，盔甲坚韧崭新，士卒整齐壮实，重器精兵，都在吴国中。又派了明大夫守城，这很容易讨伐。”田常恼怒变脸地说：“你所说的难，是人们认为易的；你所说易的，是人们认为难的。你想把什么教给我呢？”边批：正是辩端。子贡说：“我听说，忧患在内的攻强，忧患在外的攻弱，如今您攻破鲁国来使齐国广大，战胜鲁国来使君主骄横，破灭鲁国来使臣下受到尊宠，可是您的功劳不在里边，而且和齐王的交往一天天疏远。这就是您上使君主心性骄横，下使群臣放纵，求得成就大事就难了。君主骄横就放纵，臣下骄横就会争斗，这是您上和君主有隔阂，下和大臣交相争斗啊。这样您在齐国立足就危险了。所以说不如讨伐吴国，伐吴不胜，百姓死在外面，国内大臣空虚，这是您上没有强臣做敌手，下没有百姓责备您，孤立君主控制齐国就只有您了。”田常说：“好。即使这样，我的兵马向鲁国进发了，离开而到吴国，大臣们会怀疑我，怎么办呢？”子贡说：“您按兵不动不要伐吴，我请求去出使吴国，让吴王救鲁伐齐，您趁机领兵迎战。”田常同意了，派子贡南下见吴王，子贡游说道：“我听说，称王的人不会绝世，称霸的人没有强敌。千钧的重量，加上一铢就有变化。如今万乘的齐国，却占有千乘的鲁国，和吴国争强，我私下为大王感到危险。况且解救鲁国使自己名声显赫，征伐齐国大为有利，以此扶植泗上的诸侯，除掉强暴的齐国，使强大的晋国屈服，没有比这个利益更大的了。名义是保存灭亡的鲁国，实际是围困强大的齐国，聪明的人是不会怀疑的。”吴王说：“好。既然如此，我曾和越国作战，越王栖身在会稽，苦身养士，有报复我的心思，你等我征服了越国再听你的。”子贡说：“越国的力量不超过鲁国、强大不超过齐国，大王放弃齐国却征伐越国，那么齐国早已平定鲁国了。而且大王正以存亡续绝为名，征伐小小的越国而害怕强大的齐国，不是勇敢。勇敢的人不避开困难，仁义的人不违背誓约，聪明的人不失去时机。现在留下越国向诸侯显示您的仁义，救鲁伐齐，威力达到晋国，诸侯必定接连朝拜吴国，霸业就成功了！大王如果厌恶越国，我请求向东去见越王，让他出兵跟着，这实际上使越国空虚，名义上是跟随诸侯去讨伐。”吴王非常高兴，就派子贡到越国去。越王清扫道路到郊外迎接子贡，亲自驾车送子贡到馆舍，问道：“这里是蛮夷的国家，大夫为何屈尊光临此地？”子贡说：“现在我劝说吴王救鲁伐齐，他想这样去做却害怕越国，说‘等我征服越国才行’。这样攻破越国‘是肯定的了’。况且没有报复别人的念头却让人疑心，这非常倒霉；有报复别人的想法，让人知道，这十分危险；事情未做就先被对方知道，就更危险。这三种情况是做事的大祸患。”勾践叩头再拜说：“我曾不自量力，竟和吴国交战，被困在会稽，痛心到骨髓，日夜唇干舌燥，只想和吴王接连死去，这是我的愿望啊。”于是向子贡请教，子贡说：“吴王为人凶猛残暴，群臣无法忍受，国家几年破败不堪，士卒不能忍受，百姓怨恨吴王，太宰嚭办事依顺吴王的过错，使自己的私欲得到满足，这是害国的治理办法。现在大王诚心诚意发兵帮助吴王，激励他的志向，重实使他的心情欢欣，谦辞使他的礼仪尊崇，他征伐齐国是肯定的。他不能战胜齐国是大王的福气；战胜了必然率兵逼近晋国。我请求到北方去见晋国国君，让他一齐攻打吴国，削弱吴国是一定的。他的精兵都用在齐国，重兵被困在晋国，大王趁吴王疲败进兵。这次灭吴是肯定的。”越王特别高兴，答应了子贡的要求。送给子贡一百镒金、一把剑、两支良矛，子贡不要，接着就告辞。回去报告吴王说：“我恭敬地把大王的话转告越王，越王非常害怕地说：‘我不幸，小时候失去了父亲，不自量力，到吴国来抵罪，兵败受辱，在会稽栖身，国家变成废墟，靠大王的恩赐使我能够奉献俎豆来进行祭祀，这恩德我至死也不敢忘，哪敢有什么企图？”五天以后，越王派大夫文种来向吴王叩头说：“东海供大王驱使的臣勾践的使者文种冒犯地告诉下吏和大王的左右：我现在私下里听说大王将做大义的事，除强救弱，攻打残暴的齐国、安抚周王朝，请求允许勾践穿戴盔甲、手持武器来冲锋陷阵、先受箭石。因此派越国贱臣文种献上祖先收藏的器甲二十领、屈卢矛、步光剑，来向军吏祝贺。”吴王极为高兴，把这些话告诉子贡说：“越王想亲自跟随寡人征伐齐国，行吗？”子贡说：“不行，使人家国家空虚，出动人家的全部民众，又跟随着您，这是不义。您接受他的礼物，同意接受他的兵马而谢绝他们君王。”吴王同意，就谢绝了越王。于是吴王出动九郡兵马征伐齐国，子贡趁机去了晋国，对晋君说：“我听说，不事先考虑到后果，不能应付突然事变；兵马不事先做好准备，不能战胜敌人。现在吴国和齐国就要交战，齐国如战胜吴国，越国肯定趁机扰乱吴国；吴国和齐国交战若胜了，肯定会率他的兵马直逼晋国。”晋君非常害怕地说：“这该怎么办呢？”子贡说：“整顿兵马，做好准备。”晋君同意了。子贡离开晋国到达鲁国，吴王果然在艾陵和齐国人交战，大败齐军，俘获七将军的兵马却不回去，果然率兵马直取晋国，和晋国人在黄池相遇。吴晋两国争强，晋人迎击，大败吴军。越王听到后，渡江袭击吴国。离吴都七里驻扎军队。吴王得到消息，离开晋国回国，和越军在五湖交战，三战都失败了，城门守不住，越军于是就包围了王宫，最后杀了吴王夫差和他的大臣。灭吴后过了三年，越王向东称霸。因此，子贡一出使，就使鲁国得以保存、齐国混乱、吴国破灭、晋国强盛而越国称雄。十年里，五国各发生了变化。

【梦龙评】这简直是纵横家的祖师爷，完全没有孔门弟子的风格。

仲连挫帝秦之说

秦围赵邯郸，诸侯莫敢先救。魏王使客将军辛垣衍间入邯郸[①]，欲与赵尊秦为帝。鲁仲连适在赵，闻之，见平原君胜[②]。胜为介绍，而见之于辛垣衍。鲁连见辛垣衍而无言。辛垣衍曰：“吾视居此围城之中者，皆有求于平原君者也。今观先生之玉貌，非有求于平原君者，曷为[③]久居此围城之中而不去也？”鲁连曰：“秦弃礼义、上首功[④]之国也。权使其士，虏

使其民。彼肆然而为帝，则连有赴东海而死耳，不忍为之民也！所为见将军者，欲以助赵也。”辛垣衍曰：“助之奈何？”鲁连曰：“吾将使梁[5]及燕助之，齐、楚固助之矣。”辛垣衍曰：“燕吾不知，若梁，则吾乃梁人也，先生恶能使梁助之耶？”鲁连曰：“梁未睹秦称帝之害故也。使睹秦称帝之害，则必助赵矣。”辛垣衍曰：“秦称帝之害奈何？”鲁连曰：“昔齐威王[6]尝为仁义矣，率天下诸侯而朝周。周贫且微，诸侯莫朝，而齐独朝之。居岁余，周烈王[7]崩，诸侯皆到，齐后往，周怒，赴于齐曰：‘天崩地坼[8]，天子下席[9]，东藩[10]之臣田婴齐后至，则斩之！’威王勃然怒曰：‘叱嗟！而[11]母婢也！’卒为天下笑。故生则朝周，死则叱之，诚不忍其求也。彼天子固然，其无足怪。”辛垣衍曰：“先生独未见夫仆乎？十人而从一人者，宁力不胜、智不若耶？畏之也。”鲁连曰：“梁之比于秦若仆耶？”边批：激之。辛垣衍曰：“然。”鲁连曰：“然则吾将使秦王烹醢梁王！”边批：重激之。辛垣衍怏然不悦，曰：“噫！亦太甚矣！先生又恶能使秦王烹醢梁王？”鲁连曰：“固也。待吾言之。昔者鬼侯、鄂侯、文王[12]，纣之三公也。鬼侯有子而好，故入之于纣。纣以为恶，醢鬼侯。鄂侯争之急，辩之疾，并脯鄂侯。文王闻而叹息，拘于羑里之库百日，而欲令之死。曷为与人俱称帝王，卒就脯醢之地也？齐湣王将之鲁，夷维子执策而从，谓鲁人曰：‘子将何以待吾君？’鲁人曰：‘吾将以十太牢待子之君。’夷维子曰：‘吾君天子也。天子巡狩，诸侯避舍[13]，纳管键，摄衽抱几[14]，视膳于堂下，天子已食，退而听朝也！’鲁人投其钥，不果纳[15]。将之薛，假途于邹。当是时，邹君死，湣王欲入吊。夷维子谓邹之孤曰：‘天子吊，主人必将倍殡柩，设北面于南方，然后天子南面吊也[16]。’邹之群臣曰：‘必若此，吾将伏剑而死！’故不敢入于邹。邹、鲁之臣，生则不能事养，死则不得饭含，边批：为齐强横故。然且欲行天子之礼于邹、鲁之臣，不果纳[17]。今秦万乘之国，梁亦万乘之国，交有称王之名，睹其一胜而胜，欲从而帝之，是使三晋之大臣，未如邹、鲁之仆妾也！且秦无已而帝，则且变易诸侯之大臣，彼将夺其所谓不肖，而予其所谓贤，夺其所憎，而予其所爱；彼又将使其子女谗妾为诸侯妃姬，处梁之宫，梁王安得晏然而已乎？而将军又何以得故宠乎？”于是辛垣衍起，再拜谢曰："吾乃今知先生为天下之士也！吾请去，不敢复言帝秦矣！"秦将闻之，为却军五十里。

【梦龙评】苏轼曰："仲连辩过仪、秦，气凌髡、衍，排难解纷，功成而逃赏，实战国一人而已！"穆文熙曰："仲连挫帝秦之说，而秦将为之却军，此《淮南》中之所谓'庙战'也！"

注释

①魏王：指魏安妖（xī）王姬圉（yǔ），魏昭王的儿子，信陵君无忌的异母兄，公元前276—前243年在位。客将军：别国人在魏国做将军称为客将军。辛垣衍：辛垣为其复姓。间（jiàn）入：趁围困疏隙时偷偷地潜入。②平原君胜：指赵胜，赵孝成王的叔父，赵武王的儿子，封平原君，为战国时著名的四公子之一，当时任赵相。③曷为：为什么。曷，疑问代词做宾语前置。④上：通"尚"，崇尚。首功：指武功。秦制：爵分二十级，作战时斩得敌人一个首级，就赐爵一级。⑤梁：指魏国，因魏后迁都大梁（今河南开封市），所以，魏国也称梁国。⑥齐威王：指田婴齐，田常之后，战国时齐国君主，公元前356—前320在位。⑦周烈王：姬喜，公元前375—前369年在位。⑧天崩地坼（chè）：比喻帝王死去。崩，古代称帝王死为"崩"。坼，裂。⑨天子：继承周烈王的新君周显王姬扁。下席：古时孝子居丧守孝时，要离开宫室，睡在草席上。⑩东藩：位于东方的藩国，指齐国。"藩"的本义是"篱笆"，引申为"屏蔽"的意思。⑪而：第二人称代词，你。⑫鬼侯、鄂侯、文王：三人都是纣王封的诸侯。鬼侯的封地在今河南省临漳县境；鄂侯的封地在今山西省中阳县境；文王即是周文王，他的封地在今陕西岐山北。⑬诸侯避舍：古代天子到诸侯国中巡狩时，诸侯要离开自己的正殿不居住而让与天子。舍，指正房。⑭摄：持，提起。衽（rèn）：衣襟。抱：捧。几：矮或小的桌子。⑮不果纳：不让进入。"果"表示事情和预料或期望相合，常与"不"连用表示否定。⑯天子吊……南面吊也：吊，哀悼死者，慰问丧家。倍殡柩（jiù）：把灵柩移到相反的方向，就是移向南面。古代以坐山向南为正位，诸侯死，灵柩放在北面。倘若天子来吊唁，就必须把灵柩掉过头来，让天子向南面吊唁。⑰邹、鲁之臣……不果纳：事养：侍奉，供养。饭（fǎn）含：古代把米放在死人口里叫"饭"，把玉放在死人口里叫"含"。这句意为：邹、鲁国势已非常微弱，国君生时，臣子们不能侍奉供养；国

君死后，他们也不能行饭含之礼。然而，当齐国的夷维子叫他们向齐湣王行天子的礼节时，还是行不通的。

译文

秦兵围攻赵国都城邯郸，诸侯都不愿意带头出兵救赵。魏王派客将辛垣衍由小道进入邯郸城，想与赵王相约一起尊秦王为帝。鲁仲连当时正好在赵国，听说后就去见平原君赵胜。平原君介绍鲁仲连与辛垣衍见面。鲁仲连见了辛垣衍，一言不发。辛垣衍说："我看凡是住在邯郸这座围城里的人，都是有求于平原君的。我看先生的形象，却并非有求于平原君，那为什么要待在这围城里而不离开呢？"鲁仲连说："秦国是个背弃礼义、崇尚杀戮的国家，用权术操纵士大夫，把百姓当奴隶使。如果秦王公然称帝，那我宁可投东海而死，不愿做秦国之民。今天我来见将军，目的就是想对赵国有所帮助。"辛垣衍说："请问先生要怎样帮赵国呢？"鲁仲连说："我准备再说服魏、燕两国援赵，而齐、楚两国本来就准备如此。"辛垣衍说："燕国我不清楚，至于魏，我就是魏国人，先生怎么可能使魏援赵呢？"鲁仲连说："魏国还没有看见秦国称帝的害处，如果能明了其中的害处，魏国一定会帮助赵国。"辛垣衍说："秦王称帝的害处在哪里呢？"鲁仲连说："以前齐威王推行仁政，率天下诸侯朝拜周天子，当时的周既穷又弱，天下诸侯都不肯朝贡，只有齐国愿意。但过了一年多，周烈王驾崩，诸侯都前去吊丧，齐国最后到达，周王大怒，派使臣对齐王说：'天子驾崩，新即位的天子都因为丧事不坐茵席，而东藩之臣齐国的田婴齐居然迟到，该杀！'齐威王一听，勃然大怒：'呸！婊子养的！'这事成了个大笑话。齐国在周天子生前去朝拜他，死后却如此辱骂他，实在是因为做不到周天子所要求的诸侯义务。做天子就是如此，不必大惊小怪。"辛垣衍说："先生难道没有见过仆人吗，十个人服侍一个人，并不是真的因为力气和智慧不如主人，而是出于畏惧。"鲁仲连说："那么魏国和秦国的关系，就如同主仆吗？"边批：激之。辛垣衍说："是的。"鲁仲连说："那我就叫秦王剁了魏王。"边批：重激之。辛垣衍很不高兴，说："唉，这话说得也太离谱了，先生又怎能叫秦王剁了魏王呢？"鲁仲连说："这不难做到，请听我慢慢说。当年鬼侯、鄂侯、文王，是殷纣王的三公。鬼侯有个女儿长得很漂亮，于是献给纣王，可是纣王却觉得她不好，结果纣王就剁了鬼侯。鄂侯为这件事和纣王争辩，因为太急，结果纣王将鄂侯做成了肉干。文王听说后，不禁长叹一声，纣王让他在羑里度过了一百天的囚禁生涯，想困死他。为什么拥护人为帝王，结果反倒被杀死，晒成肉干，剁成肉酱呢？齐湣王要去鲁国时，夷维子负责驾车，他对鲁国人说：'你们准备如何接待我的国君？'鲁人回答说：'我们用十头牛款待你们国君。'夷维子说：'我们国君是天子，天子到各地巡察，诸侯都要避退，交出国库的钥匙，并且撩起衣裳，端着桌子亲自在殿堂下侍候天子进餐，天子吃完，诸侯才能退下听政。鲁人一听，扔掉城门钥匙，不让齐湣王入境。齐王打算从邹国前往薛国。当时邹君逝世，齐湣王要去吊丧，夷维子对邹国新君说：'天子来吊丧，丧家必须把灵柩反过来放，改为坐北朝南，然后请天子面向南方祭吊。邹国的臣子说：'如果一定要我们这样做，我们宁可伏剑而死。'因此齐湣王君臣也不敢进入邹国。邹鲁两国的臣子，在国君生时不能尽奉养之职，死不能供葬仪之具。边批：因为齐国强横的缘故。尽管如此，要他们行朝拜天子的大礼，他们仍不肯让齐湣王进入自己的国家。现在秦国是大国，魏国也是大国，双方共同称王，见秦国打了一场胜仗，就尊为帝，那就是三晋的一干文武大臣，还远不如邹鲁两个小国的仆妾。再讽秦称帝之后，必定更换诸侯的大臣，罢黜他所谓的不肖臣子，把官位给他们认为的贤人，削夺他所憎恨的人的官职，任命他所喜欢的人为官，同时也一定会要他的女儿作为诸侯的妃子住在魏宫，魏王又怎能太平，而将军又怎常待劲务宠呢？"辛垣衍起身拜谢说："现在我才明白先生是天下奇人，我现在就离开，再也不谈论尊秦王为帝的事。"秦国将军听说这事后，下令秦军后退五十里。

【梦龙评】苏轼说：鲁仲连的辩才超过张仪、苏秦，气势凌驾于淳于髡、公孙衍之上，排解危难，达成使命却逃避封赏，在战国谋士中仅此一人而已。穆文熙说：鲁仲连挫败了尊秦为帝的计划，使得秦将退军五十里，这就是《淮南子》所说的"庙战"了。

虞卿谏割地求和

秦攻赵于长平，大破之，引兵而归①，因使人索六城于赵而讲②。赵计未定，楼缓③新从秦来，赵王与楼缓计之曰："与秦城何如？不与何如？"楼缓辞让曰："此非臣之所能知也。"王曰："虽然，试言公之私。"楼缓曰：

"王亦闻夫公甫文伯母乎？公甫文伯官于鲁，病死，妇人为之自杀于房中者二人，其母闻之，不哭也。相室曰：'焉有子死而不哭者乎？'其母曰：'孔子，贤人也，逐于鲁，是人不随。今死而妇人为死者十六人。若是者，其于长者薄，而于妇人厚。'故从母言之，为贤母也；从妇言之，必不免于妒妇也。故其言一也，言者异，则人心变矣。今臣新从秦来，而言'勿与'，则非计也；言'与之'，则恐王以臣之为秦也，故不敢对。使臣得为王计之，不如予之。"王曰："诺。"虞卿闻之，入见王。王以楼缓言告之。虞卿曰："此饰说也！"王曰："何谓也？"虞卿曰："秦之攻赵也，倦而归乎？王以其力尚能进，爱王而不攻乎？"王曰："秦之攻我也，不遗余力矣，必以倦而归[4]也。"虞卿曰："秦以其力攻其所不能取，倦而归，王又以其力之所不能攻而资之，是助秦自攻也。来年秦复攻王，王无以救矣！"王以虞卿之言告楼缓。楼缓曰："虞卿能尽知秦力之所至乎[5]？诚知秦力之所不至，此弹丸之地[6]犹不予也。今秦来复攻，王得无割其内而媾乎？"王曰："诚听子割矣[7]，子能必来年秦之不复攻我乎？"楼缓对曰："此非臣之所敢任也。昔日三晋之交于秦，相善也，今秦释韩、魏而独攻王，王之所以事秦，必不如韩、魏也。今臣为足下解负亲之攻[8]，启关通币，齐交韩、魏。至来年，而王独不取于秦[9]，王之所以事秦者，必在韩、魏之后也。此非臣之所敢任也！"王以楼缓之言告虞卿，虞卿曰："楼缓言'不媾，来年秦复攻王'，得无更割其内而媾？今媾，楼缓又不能必秦之不复攻也，虽割何益？来年复攻，又割其力之所不能取而媾也。此自尽之术也！不如无媾。秦虽善攻，不能取六城，赵虽不能守，亦不至失六城。秦倦而归，兵必罢。我以六城收天下[10]，以攻罢[11]秦，是我失之于天下，而取偿于秦也，吾国尚利[12]；孰与坐而割地，自弱以强秦？今楼缓曰：'秦善韩、魏而攻赵者，必王之事秦不如韩、魏也'，是使王岁以六城事秦也，即坐而地尽矣。来年秦复求割地，王将予之乎？不予，则是弃前资而挑秦祸也；与之，则无地而给之。语曰：'强者善攻，而弱者不能自守。'今坐而听秦，秦兵不敝而多得地，是强秦而弱赵也。以益强之秦，而割愈弱之赵，其计固不止矣！且秦虎狼之国也，无礼义之心。其求无已，而王之地有尽。以

有尽之地，给无已之求，其势必无赵矣！故曰：此饰说也，王必勿与！”王曰：“诺。”楼缓闻之，入见于王，王又以虞卿之言告之。楼缓曰：“不然。虞卿得其一，未知其二也。秦、赵构难[13]，而天下皆说[14]，何也？曰：我将因强而乘弱。今赵兵困于秦，天下之贺战胜者，则必在于秦矣。故不若亟割地求和，以疑天下、慰秦心。不然，天下将因秦之怒，乘赵之敝而瓜分之。边批：主连衡者皆持此说为恐吓，却被虞卿揭破。赵且亡，何秦之图[15]？王以此断之，勿复计也！”虞卿闻之，又入见王曰："危矣，楼子之为秦也！夫赵兵困于秦，又割地为和，是愈疑天下，而何慰秦心哉！不亦大示天下弱乎！且臣曰勿予者，非固勿予而已也。秦索六城于王，王以六城赂齐，齐、秦之深仇也，得王六城，并力而西击秦也。齐之听王，不待辩之毕也。是王失于齐，而取偿于秦，一举结三国之亲⑯，而与秦易道也。"赵王曰："善。"因发虞卿东见齐王，与之谋秦。虞卿未反，秦之使者⑰已在赵矣。楼缓闻之，逃去。

【梦龙评】从来议割地之失，未有痛切快畅于此者。

注释

①引兵而归：此条所载为秦军破赵于长平之后，但在魏信陵君救赵之前，此间秦兵一度撤军。②讲：媾和。讲，通"媾"。③楼缓：战国时有二楼缓，一为赵武灵王时人，与王为胡服骑射以教百姓者。此为另一楼缓。④以倦而归：长平之战，赵先后死者四十五万人。而秦发国内十五岁以上者悉赴长平，死亦过半。⑤能尽知秦力之所至乎：谓虞卿只知秦之"以倦而归"，而不知秦之武力固不止于此。⑥弹丸之地：形容地之狭小仅如弹丸。⑦诚听子割矣：楼缓第一次与赵王谈后，赵王已遣使者割六县于秦，然后越王才与虞卿交谈。⑧负亲之攻：赵尝亲秦而复负之，故两国交好的举动。⑨至来年，而王独不取于秦：如明年秦国不来攻取赵国，赵国就不会像韩、魏那样争先臣事秦国。意谓秦为了让赵国服从白龟，来年难保不来进攻。⑩我以六城收天下：我国用六城做礼品以收取其他国家之交好。⑪罢：同"疲"。⑫尚利：还有一定的锋芒力量。⑬构难：结为怨仇，构成祸乱。⑭说：同"悦"。⑮何秦之图：哪里会去图谋攻取秦国。⑯一举结三国之亲：韩、魏本为赵之盟好之国，加上齐，故谓三国。⑰秦之使者：秦遣来媾和之使者。

译文

秦国在长平大败赵军，向赵国索取六城，作为和谈的条件。赵王还没有决定给还是不给，这时楼缓从秦国回来，因此赵王就和他商议："你认为给秦国六城好呢？还是不给好呢？"

楼缓推辞说："这不是臣所知道的。"

赵王说："没关系，只是说说你个人的看法罢了。"

因此楼缓说："我想王一定知道公甫文伯母亲的事吧？公甫文伯在鲁国做官，在他病死后，有十六位妇人为他自杀。他母亲知道儿子的死讯后并没有哭，有个仆人说：'世上哪有儿子死了不哭的道理？'他母亲说：'孔子是圣人，当被鲁国放逐时，我的儿子并没有跟随孔子一起离开。现今我儿子死了，竟有十六位妇人为他自杀，可见他不懂得亲近贤人，心思却放在女人身上。'

"作为一位母亲能说出这种话，就知道是位贤母，但如果由他妻子口中说出，别人必定会误会在吃醋。因此，同样一句话，不同的人说出来，听的人反应也不同。如今臣刚从秦国回来，如果臣说不要答应秦的要求，就不算是为君王献计；如果说给秦六城，又怕君王误会臣是秦王的说客，所以臣才不敢回答。假使君王一定要臣拿个主意，臣认为最好还是给秦六城！"

赵王说："好。"

虞卿知道后，就去晋见赵王，赵王把楼缓的话告诉他，他说："楼缓在巧辩。"

赵王说："为什么呢？"

虞卿说："君王认为，秦攻赵是因为力气耗尽而撤兵？还是仍有进攻能力，只为保留您的情面才撤兵呢？"

赵王说："秦兵进攻时已动用全部兵力，必定是因为疲劳才撤兵。"

虞卿说："秦尽了最大的努力，也没攻下赵国一城，最后由于精疲力竭而撤兵。如今君王竟愿意割让秦兵所不能攻下的六城，这是帮助秦兵攻打赵国；如果明年秦兵再入侵，那赵国就真的完了。"

赵王把虞卿的话告诉楼缓，楼缓说："虞卿能完全了解秦国真正的实力吗？假如不割这区区六城之地给秦，明年若秦兵再攻赵国，恐怕要割让的就不只是六座城。"

赵王说："寡人愿意接纳贤卿的意见割城，但贤卿能否保证秦兵不再进攻赵呢？"

楼缓说："臣不敢保证。从前三晋跟秦国建交，韩、赵、魏和秦的邦交都很好。现在秦只发兵进攻赵，这就证明君主对待秦国，远不如韩、魏殷勤友善。现在臣为君王化解，但若往后赵国自己又背弃盟约，并且打开关卡，派使者跟韩、魏修好，惹来秦兵再次攻赵，那就证明君王对秦王远不如韩、魏两国忠诚，因此臣不敢保证。"

赵王又把楼缓的话告诉虞卿，虞卿说：

“楼缓说如果不割城讲和，明年秦兵会再攻赵，到那时还要割让更多的城池给秦。但如今假如割城讲和，楼缓又不能保证秦兵不再入侵，所以即使割城给秦，又能得到什么好处呢？来年秦兵再进攻赵，再割秦兵所攻不下的城池讲和，这是赵国自取灭亡，因此不如根本不讲和。

“秦国武力虽然强，却攻不下赵国六城；赵军虽弱，但也不至于一战失陷六城。秦国既然由于力竭而撤兵，那现今的秦兵一定疲惫不堪，假如赵国现在用六城和天下诸侯结盟，趁机攻打秦国，就等于把割让给诸侯的土地再从秦国取回来，您说，是这么做有利，还是割地助长秦国威势而削弱自己力量有利呢？

“如今楼缓说：‘秦攻赵是由于君王事秦不如韩、魏恭顺。’这等于要君王用六城来事秦，假如明年秦再要求土地，请问君王要不要给呢？假如不给，就等于自毁割六城的邦交，再次挑起祸端；如果给，赵国还有多少城能给呢？俗语说：‘强者善攻，而弱者不能自守。’现在若听秦国摆布，让秦不发一箭而得六城，这是壮秦国削弱自己的做法。

“秦是虎狼之国，君臣不讲信义，秦王的欲望永远无满足的时候，但国君的土地有限。以赵国有限的土地来应付秦国无尽的欲望，很快的，赵国就完全没有了。所以臣认为楼缓是巧辩，王万万不能答应割城！”

赵王说：“贤卿分析得非常有道理！”

楼缓听到消息后又晋见赵王，他说：

“虞卿只知其一，不知其二。秦、赵交战，天下诸侯都乐在心里，这是出于‘我将依靠在强者之后趁机欺凌弱者’的心理。今日秦败赵军，天下诸侯必定纷纷派使者到秦国恭贺胜利者，假如赵国不赶紧割地求和，取悦秦国，进而缓和秦、赵之间的关系，并借此让虎视一旁的各国相信秦、赵已成盟国，担心天下诸侯会利用秦对赵的愤恨，趁赵国疲惫不堪时瓜分赵国土地。边批：主张连横者，皆持此说以为恐吓，却被虞卿揭破。到时赵国都已经灭亡了，还奢谈什么结盟诸侯呢？希望君王不要再三心二意。”

虞卿听了楼缓的话以后，又晋见赵王说：

“楼缓完全为秦国设想，这确实太可怕了。赵败于秦又割地求和，这只会使天下诸侯怀疑秦、赵之间的关系，岂能取悦秦国而依靠秦国的威势立国呢？这不是更摆明了告诉天下诸侯，赵国非常衰弱、屈辱求和的弱者模样？再说臣不主张割地，并不是只是消极的不给而已，而是有反击的策略在里头。秦向赵索六城，君王可以用六城贿赂齐国，加深齐、秦两国的仇恨，齐王得六座城池后，就会与我军合力攻秦，那时齐国绝对会听从王的号令，这是必然的道理。等于是把给齐国的土地由秦国那儿取回，而且一举和三个大国结盟，而秦、赵优劣的情况马上完全改观。”

赵王说：“贤卿分析得极为高明。”

于是赵王派虞卿东去齐国，缔结盟约合力攻秦。虞卿还没有从齐国回来，秦国的使臣已经来到赵国重新谈判，楼缓马上闻风而逃。

【梦龙评】从来议论割地求和的弊端，没有像虞卿这般痛快淋漓的。

王维巧言驳宦官

弘治时，有希进用者上章，谓山西紫碧山产有石胆[①]，可以益寿。遣中官经年采取，不获，民咸告病。按察使王维令采小石子类此者一升，以示中官。中官怒，曰：“此搪塞耳！其物载诸书中，何以谓无？”公曰：“凤凰、麒麟，皆古书所载，今果有乎？”

注释

①石胆：矿物名，亦称胆矾，据《本草》说，它除了可治病外，“炼饵服之，不老，久服增寿”。

译文

弘治年间，有个希望被选拔任用的人上奏章，说山西紫碧山出产石胆，服了可以增寿。皇上派宦官寻找一年，也没找到，老百姓都说有病请求退出。按察使王维命人采集了一升像石胆的小石子，把它送给宦官看，宦官发怒道：“这是敷衍了事！那东西记载在书里，怎能说没有？”王维说：“凤凰、麒麟，都是古书中记载的，现在果真有吗？”

善言卷二十

本卷收集了古人善于言谈的故事。言近旨远，旁敲侧击者，如孔子贺陈侯建凌阳台而使其赦免所抓的官吏；晏子数说杀齐景公之马的圉人的罪过使景公体会到仁之重要，皆善于劝谏。有时候不能以理服人，但能以情动之，如李忠臣以“京杲诸父兄弟俱战死，独京杲至今日尚存。故臣以为久当死”使皇上动恻隐之心而免辛京杲之死罪；东方朔教乳母屡顾帝而以“帝今已长，岂复赖汝乳哺活耶”使皇帝凄然，免了乳母之罪，皆能看准机会或创造时机，以言语动人之情而得以成事。

唯口有枢[①]，智则善转。孟不云乎，言近指远。组以精神，出之密微。不烦寸铁，谈笑解围。集《善言》。

注 释

①枢：门枢。口中有舌，善言者其舌转动如枢之灵，故有“舌枢”之说。

译 文

嘴巴中有转轴，要靠智慧转动。浅显的词句，常常有深远的含义，用心运用，注意变化，就能在谈笑之间化解危机。所以，辑有《善言》一卷。

孔子抵陈谏惠公

陈侯起凌阳之台，未终，而坐法死者数人。又执三监吏[①]，群臣莫敢谏者。孔子适陈，见陈侯，与登台而观之。孔子前贺曰：“美哉，台乎！贤哉主也！自古圣人之为台，焉有不戮一人而能致功若此者！”陈侯嘿然，使人赦所执吏。

注释

①监吏：监工之官吏。

译文

春秋时陈侯建造凌阳台，还没有完工，就杀了好几个人，又收押了三个监工，大臣们都不敢进谏劝阻。孔子来到陈国拜见陈侯，和陈侯一起登台观景。孔子上前贺道："美妙的高台啊！贤能的君主！自古以来，即使圣人修建楼台，也从没有不杀一人就能建成这样规模的！"陈侯没说什么，命人放了那三个监工。

善者平息秦王怒

秦王与中期[1]争论不胜。秦王大怒，中期徐行而去。或为中期说秦王曰："悍人[2]耳！中期适遇明君故也。向者遇桀、纣，必杀之矣！"秦王因不罪。

注释

①中期：战国时秦之辩士。②悍人：刚强执拗的人。

译文

秦王与中期发生争执，秦王辩不过中期，非常生气，中期却神态从容地离去。有人怕中期因此得罪秦王，故意在秦王面前说："中期真是蛮不讲理，幸好他有大王这样贤明的君王。假如在从前桀纣时代，恐怕早就砍头了。"秦王听了，就打消惩罚中期的念头。

晏子假怒劝景公

景公有马，其圉人[1]杀之。公怒，援戈将自击之。晏子曰："此不知其罪而死。臣请为君数之。"公曰："诺。"晏子举戈临之曰："汝为我君养马而杀之，而罪当死！汝使吾君以马之故杀圉人，而罪又当死！汝使吾君以马故杀圉人，闻于四邻诸侯，而罪又当死！”公曰：“夫子释之，勿伤吾仁也②！”

后唐庄宗猎于中牟，践蹂民田。中牟令当马而谏。庄宗大怒，命叱去斩之。伶人敬新磨③率诸伶走追其令，擒至马前，数之曰：“汝为县令，独不闻天子好田猎乎？奈何纵民稼穑，以供岁赋？何不饥饿汝民，空此田地，以待天子驰逐？汝罪当死！亟请行刑！”诸伶复唱和。于是庄宗大笑，赦之。

注释

①圉人：官名。掌管养马放牧之事。②勿伤吾仁也：不要损害我的仁德之政。③敬新磨：五代时著名伶人。

译文

齐景公有匹马，那个管养马放牧的圉人把马杀了。景公发怒了，拿起戈要亲自把圉人杀死。晏子说：

"这样他就不知道自己的罪了。请让我替您一一列举。"景公说:"好。"晏子举起戈靠近圉人说:"你为我国君养马却杀了马,你的罪该死。你使我的国君因为马的缘故而杀死圉人,你的罪又该死!你使我的国君因为马的缘故而杀圉人,让四邻的诸侯都知道了,你的罪又该死!"景公说:"夫子放了他吧,不要损害我仁德的名声!"

后唐庄宗在中牟打猎,人马踩踏了民田里的庄稼。中牟县令拦住马直言规劝。庄宗大怒,喝令拉下去斩首。伶人敬新磨率领众伶人追赶中牟县令,把他抓获到庄宗马前,一一列举说:"你是县令,难道没听说天子喜欢打猎吗?你怎么放纵百姓种庄稼,去提供每年的税赋?为什么不让你的百姓忍饥挨饿,空出这些田地,让天子驰骋打猎?你是罪该万死!请皇上赶快下令行刑!"众伶人也又唱又和。庄宗因此大笑起来,放了中牟县令。

郑涉句言救行恭

刘玄佐①镇汴,尝以谗怒②,欲杀军将翟行恭,无敢辩者。处士郑涉能谐③隐,见玄佐曰:"闻翟行恭刑,愿付尸一观。"玄佐怪之。对曰:"尝闻枉死人面有异,一生未识,故借看耳。"玄佐悟,乃免。

注释

①刘玄佐:唐人,初为永平军牙将,代宗时袭破宋州,德宗时大破叛镇李纳,官至汴宋节度使。性豪纵,轻财好士。②以谗怒:因听谗言而发怒。③谐:寓规谏于谐谑之中。

译文

唐将刘玄佐担任汴宋节度使时,曾因听信谗言发怒,要杀军将翟行恭,没有人敢为翟辩解。处士郑涉善于用开玩笑的方法来规劝,就去见刘玄佐说:"听说翟行恭已被行刑,希望把尸体让我看看。"刘玄佐很奇怪,郑涉回答说:"我曾听说冤死的人脸色异常,一生也没见过,因此要借来看看。"刘玄佐明白了,于是就放了翟行恭。

李忠臣巧劝肃宗

辛京杲以私杖杀部曲[1]，有司奏：京杲罪当死。上将从之。李忠臣[2]曰："京杲当死久矣！"上问其故。忠臣曰："京杲诸父兄弟俱战死，独京杲至今日尚存。故臣以为久当死。"上恻然，乃左迁京杲。

注 释

①辛京杲（gǎo）：唐兰州金城人，河西大族，世为将家，部曲：古人称依附性比较强的农民。②李忠臣：本姓董，名秦，唐幽州蓟县（今北京西北）人。

译 文

唐辛京杲因为私自用杖打死部下，有司启奏：辛京杲罪该处死。皇上将要准许。李忠臣说："辛京杲早就该死了！"皇上问原因，李忠臣说："辛京杲同宗族的伯叔父、兄弟们都战死了，只有辛京杲到今天还活着，所以我说他早就该死了。"皇上听罢不忍心杀辛京杲，就把他降职了。

东方朔巧救奶妈

武帝[1]乳母，尝于外犯事。帝欲申宪[2]。乳母求东方朔，朔曰："此非唇舌所争。尔必望济者，将去时，但当屡顾帝，慎勿言！此或可万一冀耳。"乳母既至，朔亦侍侧，因谓之曰："汝痴耳！帝今已长，岂复赖汝乳哺活耶？"帝凄然，即敕免罪。

注 释

①武帝：汉武帝刘彻。②申宪：申明法律。意即依法处理。

译 文

汉武帝的奶妈在宫外犯法，武帝想按律论罪以明法纪，奶妈向东方朔求救。

东方朔说："这件事不是可以用讲道理的办法解决的。你如果真的想免罪，只有在你向皇上辞别时，只须频频回头看皇上，千万不要说话。这或许还有一点希望。"奶妈在向武帝辞别时，东方朔在旁边，对奶妈说："你不要痴心妄想了，现在皇上已经长大了，你以为皇上仍靠你的奶水而活吗？"武帝听了，心中凄楚，立即下命赦免奶妈的罪。

李晟一语破奸情

李怀光密与朱泚通谋，事迹颇露。李晟累奏，恐其有变，为所并，请移军东渭桥[①]。上犹冀怀光革心，收其力用，奏寝不下。怀光欲缓战期，且激怒诸军，言："诸军粮赐薄，神策[②]独厚，厚薄不均，难以进战。"上以财用方窘，若粮赐皆比神策，则无以给之，不然，又逆怀光意，恐诸军觖望[③]，乃遣陆贽[④]诣怀光营宣慰。因召李晟参议其事。怀光欲晟自乞减损，使失士心，沮败其功，乃曰："将士战斗同，而粮赐异，何以使之协心？"贽未有言，数顾晟。晟曰："公为元帅，得专号令。晟将一军，受指纵而已。至于增减衣食，公当裁之。"怀光嘿[⑤]然。

注释

①东渭桥：地名，唐长安附近渭水上的桥，在今陕西省西安市东北。②神策：神策军，唐由皇帝直接管辖的禁卫军，粮赐丰厚。③觖（jué）望：不满所望。④陆贽：字敬舆，唐苏州嘉兴人，大历进士，朱泚之乱时，从帝至奉天，诏书多出自陆贽之手，时号"内相"。官至中书侍郎、门下同平章事，后贬官隐居。⑤嘿（mò）然：默然。嘿，通"默"。

译文

李怀光和朱泚共同谋反，迹象已经显示出来。神策行营节度使李晟几次上奏，恐怕他们发生变乱，被他们吞并，请求把军队转移到东渭桥。皇上还希望李怀光改变主意，使他的力量为国所用，奏本被压下未批。李怀光想延缓交战日期，并且激怒众士，说："各军的粮食赏赐少，只有神策军多，多少不均，难以打仗。"皇上因为财政收支正处在窘迫中，如粮食赏赐都比照神策军，就没办法供给。不然，又不合李怀光的心意，恐怕各军军心不稳，就派陆贽到李怀光军营中慰问。因此把李晟召来参与商议军粮的事。李怀光想让李晟自己要求减少军粮供给，使他在士卒中失掉威信、遭到挫败，就说："将士们战斗是一样的，可粮食赏赐不同，用什么使大家同心协力？"陆贽没说话，几次转过脸去看李晟。李晟说："您是元帅，能够发号施令。我只带领一军，听人指挥罢了。至于增减衣物粮食，您应该裁定。"李怀光沉默不语。

兵智部

不战卷二十一

本卷收集了以计策取胜的战争故事。不战，即不用作战就胜利。不战而胜的策略很多，晋国使楚军疲于奔命而最终得到郑国；吴王阖闾听从伍员之计，以三师轮流扰敌而最后连续出击大败楚军，皆用的是疲兵之计。诸葛恪杀胡伉而示山民以信；高仁厚释放敌人间谍而收买敌军之心，皆善于心战之法。

形逊声，策绌力[①]；胜于庙堂，不于疆场；胜于疆场，不于矢石，庶可方行[②]天下而无敌。集《不战》。

注释

①形逊声，策绌力：形、声即实、虚，形逊于声，指有形之兵不如无形之兵。策绌力，指计策可以战胜力量。②方行：横行。

译文

有形不如有声，用计胜过用力。能在庙堂上折冲取胜，就不必要赴战场对决；在战场上的将帅能善谋慎断，就不必让兵卒亲冒矢石。如此，才能打遍天下无敌手。所以，辑有《不战》一卷。

荀罃以智克楚国

鲁襄[①]时，晋、楚争郑。襄公九年，晋悼公[②]帅诸侯之师围郑，郑人恐，乃行成。荀偃曰："遂围之，以待楚人之救也，而与之战；不然，无成。"荀知罃曰："许之盟而还师以敝楚[③]。吾三分四军[④]，与诸侯之锐，以逆[⑤]来者，于我未病[⑥]，楚不能矣。犹愈于战[⑦]，暴骨以逞[⑧]，不可以争[⑨]。大劳[⑩]未艾[⑪]。君子劳心，小人劳力，先王之制也。"乃许郑成。后三驾[⑫]郑，而楚卒道敝，不能争，晋终得郑。

吴阖闾[⑬]既立，问于伍员[⑭]曰："初而言伐楚，余知其可也，而恐其使余往也，又恶人[⑮]之有余之功也。今余将自己有之矣，伐楚何如？"对曰："楚执政众而乖[⑯]，莫适任患[⑰]。若为三师以肄[⑱]焉，一师至，彼必皆出；彼出则归，彼归则出，楚必道敝。亟肄以罢之，多方以误之。既罢，而后以三军继之，必大克之。"阖闾从之，楚于是乎始病。

【梦龙评】晋、吴敝楚，若出一辙。然吴能破楚，而晋不能者，终少柏举[⑲]之一战也。宋儒乃以城濮[⑳]之战咎晋文非王者之师，噫[㉑]！有此议论，所以养成南宋为不战之天下，而竟奄奄[㉒]以亡。悲夫！

按：吴璘制金，亦用此术。虏性忍耐坚久，作战令酷而下必死，每战非累日不决。于是选据形便，出锐卒，更迭挠之，与之为无穷，使不得休暇，以沮其坚忍之气。俟其少怠，出奇胜之。

注释

①鲁襄：鲁襄公姬午，鲁成公之子，春秋时鲁国的君主。②晋悼公：名姬周，晋襄公的曾孙，春秋时晋国的国君。③敝楚：使楚人疲惫。敝，疲惫，衰败。④三分四军：把四个军（上、中、下、新四军）分为三部分，能轮番作战。⑤逆：迎战。⑥未病：没有困乏。病，困乏、疲乏。⑦于战：比决战。⑧逞：称心，快意。⑨争：争胜。林尧叟注曰："言争当以谋，不可以暴骨。"⑩大劳：大的疲劳。⑪艾：停止，止息。⑫三驾：晋国三次兴师，即三次出兵。⑬阖（hé）闾：名光，春秋时吴国国君，公元前514—前496年在位。⑭伍员：伍子胥，楚大夫伍奢之子，伍奢因直言被杀

后，他逃到吴国。⑮恶人：恐怕别人。人，指吴王僚。⑯乖：分离，互相违背。⑰莫适任患：犹言没有谁敢承担责任。⑱肄（yì）：劳苦意，突然袭击后又撤退。⑲柏（bó）举：春秋时楚地，故址说法不一，大约在湖北省麻城市一带。⑳城濮：春秋时卫地，旧址在今山东省鄄城西南临濮集，一说在今河南省开封市陈留附近。周襄王二十年，晋文公和齐、宋、秦等国联军，在此与楚军相峙。战争的开始阶段，楚军占优势。晋军等退却九十里，选择了楚军力量薄弱的左右两翼，予以沉重的打击，楚军大败。㉑噫（yī）：文言叹词。㉒奄奄：气息微弱貌。

译文

鲁襄公时，晋楚两国争夺郑国。襄公九年，晋悼公统率其他诸侯的军队围攻郑国，郑人恐惧之余，遣使向晋军求和。这时，荀偃（春秋晋人，字伯游，卒谥献）说："应当继续围攻郑国，等楚国军队救郑时，就可迎战楚军，如果与郑议和，就得不到实际的利益。"

荀罃（晋大夫，卒谥武子）却说："不可以，应该与郑结盟引兵而归，如此楚国就会出兵讨郑，我们等楚军疲惫不堪后，把军队分成三路，联合其他诸侯军队迎战楚军。那么我军在未疲惫前，楚军早已疲累得不能作战了，远比现在就跟楚国交战要好得多。假如现在就跟楚国交战，必然伤亡惨重，所以应以不战为上策。所谓聪明的人以智慧取胜，愚笨的人以蛮力克敌，这正是先王克敌制胜之道。"

群臣都表示赞成，于是接受郑国的求和。后来楚国果然三度出兵讨郑，但是由于长途行军而精疲力竭，根本无法作战，最后晋国终于取得郑国。

吴王阖闾即位后，曾问伍员说："贤卿曾建议伐楚，寡也有伐楚之心，寡人想亲自率军伐楚，贤卿以为如何？"

伍员答："楚国政治纷乱，没有真正的执政者，假如大王动员三军，徒然劳民伤财，所以不如先发一军，诱楚出兵迎战。楚国出兵，大王退兵；楚国退兵，大王再出兵。楚军往来跋涉，必会疲于奔命，而想放弃交战的念头，这时大王再运用各种手段，使楚国的军事政治更加混乱，彻底瓦解楚人的斗志，然后大王再统率三军，一定能彻底摧毁楚国。"

阖闾欣然听从伍子胥的建议，从此楚军就开始走下坡路。

【梦龙评】晋吴两国都相继疲惫楚国，所用方法大致相同，但吴能打败楚国，晋却不能胜楚，最终是因为缺少柏举之战而已。宋代诸儒在评论城濮之战时，都责怪晋文公所率晋军非王者之师。唉！正是因为有此议论，才使南宋成了一个不战而退的朝代，最终只能衰极而亡，实在令人痛惜！

据查：宋将吴璘对付金兵，用的也是这种方法。金兵的个性忍耐坚强，军令严酷，一旦令下，将士必誓死执行任务，因此每次决战，总要打上好几天，但还是难分胜负。吴璘于是选择有利地形，派出精锐士兵，轮番进行骚扰，使金兵疲于应付，不得休息，以此来破坏他们坚忍的士气。等到金兵稍有惰怠，立刻出奇兵战胜他们。

诸葛恪以诚服民

诸葛恪有才名，吴主欲试以事，令守节度[1]。节度掌钱谷，文书繁猥[2]，非其好也。武侯闻之，遗陆逊书，陆公以白吴主，即转恪领兵。恪启吴主曰："丹阳山险，民多果劲[3]。虽前发兵，徒得外县平民而已，其余深远，莫能擒尽。恪请往为其守，三年可得甲士四万。"朝议皆以为：丹阳地势险阻，周旋数千里，山谷万重，其幽邃民人，未尝入城邑、对长吏，皆伏兵野逸，白首于林莽；逋亡宿恶[4]，咸共逃窜，铸山为甲兵；俗好武习战，高气尚力，其升山赴险，抵突丛林，若鱼之走渊，猿狖[5]之腾木也；时观间隙，出为寇盗。每致兵征伐，寻其窟藏，战则蜂至，败则鸟窜，自前世以来，不能驭而羁也。恪固言其必捷。吴主拜恪丹阳太守。恪至府，乃遗书四郡属城[6]长吏，令各保其疆界。明立部伍，其从化平民，悉令屯居。乃分内诸将罗兵幽阻[7]，但缮藩篱，不与交锋，候其谷熟，辄引兵芟刈[8]，使无遗种。旧谷既尽，新田不收，平民屯居，略无所得，于是山民饥穷，渐出降首。恪乃复敕下曰："山民去恶从化，皆当抚慰，徙出外县，不得嫌疑，有所执拘。"长吏[9]胡伉获降民周遗。遗，旧恶民，困迫暂出，内图叛逆。伉执送于恪，恪以伉违教，遂斩以徇[10]。民闻伉坐戮，知官[11]唯欲出之而已，于

是老幼相携而出。岁期，人数皆如本规。

注释

①令守节度：守，摄，代理；节度，官名，负责军粮。②繁猥（wěi）：繁杂。③果劲：果断而强势。④逋（bū）亡：逃亡者，罪犯；宿恶：一贯作恶者。⑤狖（yòu）：猿的一种，尾长，黑色。⑥四郡：与丹阳相邻的吴郡、会稽、新都、鄱阳四郡。属城：

指丹阳属下的各县。⑦分内（nà）：分配，交结。罗兵幽阻：布设士卒于深险要害地带。⑧芟刈（shān yì）：割除。⑨长吏：本指地位较高的官员，这里意为四百石至二百石的县级官吏。⑩徇（xùn）：示众。⑪知官：太守。此处指诸葛恪。

译文

三国时诸葛恪从小就才华出众，孙权想让他做点事情，试试他的才干，就任命他做军中节度，掌管钱粮、文书；但处理文书不是诸葛恪的专长，平日文书公文作业烦琐，令诸葛恪大有虎落平阳的感觉。

武侯（官名，掌巡房执捕）听说诸葛恪的烦恼，就上书陆逊（字伯言，善军略），告孙权，孙权立即改派诸葛恪为武将。

诸葛恪说："丹阳地方山高路险，民风剽悍，过去我们派兵征讨，但所平定的不过是丹阳县外围的平民而已，至于深居内地的山民，却丝毫奈何不了他们。"

诸葛恪因此请求为丹阳守令，并保证三年内可招抚四万山民。

朝中官员都认为：丹阳地势险阻，山川幽谷绵长数千里，山民从不进入县城与官兵正面为敌，只是在野外埋伏，等官兵出城追捕，他们又窜逃回山区。山民们以山为障，民风好战，崇尚勇力，攀山涉水就像鱼、猿一般，当官兵防备松懈时就下山抢夺。每次官兵围剿他们所藏匿的洞穴，若是官兵人少，他们就蜂拥围攻；若官兵人多，他们就四处窜逃。所以从前朝到现在，一直无法使山民真正的归顺。

诸葛恪却保证一定能平服丹阳。

孙权于是正式任命诸葛恪为丹阳太守，诸葛恪上任后立即下令：整顿队伍，严密防守，对已归顺的山民，要他们集中耕作，聚众生活。又命属下修建围篱，不可与山民冲突；等到稻谷快成熟时，就命士兵抢先收割，一粒粮食也不剩下。山民们在积粮吃尽又无粮可抢的情形下，只有下山投降。

诸葛恪又下令："凡山民改恶从善，都应安抚慰问，进入县城不可因怀疑他们意图，而随意拘留捉拿。"

之后，长吏胡伉抓了一个叫周遗的山民，周遗曾经是令官府头疼的人物，现在因缺粮而投降，但内心却仍然想伺机作乱，胡伉把周遗抓到诸葛恪的面前，以为立了一功，诸葛恪却以胡伉违抗军令而下令斩首。

山民听说胡伉因触犯条律被杀，知道太守只是希望他们能下山投降而已，于是扶老携幼一同出山，一年后，招降的人数正如诸葛恪所保证的一样。

高仁厚巧用间谍

邛州牙将阡能叛[①]，侵扰蜀境。都招讨高仁厚[②]帅兵讨之。未发前一日，有鬻[③]面者到营中，逻者疑，执而讯之，果阡能之谍也。仁厚命释缚，问之，对曰："某村民，阡能囚其父母妻子于狱，云汝诇[④]事归，得实则免汝家，不然尽死，某非愿尔也。"仁厚曰："诚知汝如是，我何忍杀汝，今纵汝归，救汝父母妻子，但语阡能云：'高尚书来日发，所将止五百人，无多兵也。'然我活汝一家，汝当为我潜语寨中人，云：'仆射愍汝曹皆良人[⑤]，为贼所制，情非得已。尚书欲拯救湔洗[⑥]汝曹，尚书来，汝曹各投兵迎降，尚书当以'归顺'二字书汝背，遣汝还复旧业。所欲诛者，阡能、罗浑擎、句胡僧、罗夫子、韩求五人耳。必不使横及百姓也。'"谍曰："此皆百姓心上事，尚书尽知而赦之，其谁不舞跃[⑦]听命！"遂遣之。明日仁厚发兵，至双流[⑧]，把截使[⑨]白文现出迎。仁厚周视堑栅[⑩]，怒曰："阡能役夫，其众皆耕民耳。竭一府之兵，岁余不能擒，今观堑栅，重复牢密如此，宜其可以安眠饱食、养寇邀功也！"命引出斩之。监军力救，乃免，命悉平堑栅，留五百兵守之，余兵悉以自随。又召诸寨兵，相继皆集。阡能闻仁厚将至，遣浑擎立土寨于双流之西，伏兵千人于野桥箐，以邀官军。仁厚诇知，遣人释戎服，入贼中告谕如昨所以语谍者。贼大喜呼噪，争弃甲来降。仁厚因抚谕，书其背，使归语寨中未降者。寨中余众争出，浑擎狼狈逾堑走，其众执以诣仁厚。仁厚械送府，悉命焚五寨及其甲兵，唯留旗帜。明旦，仁厚谓降者曰："始欲即遣汝归，而前途诸寨百姓未知吾心，借汝曹为我前行，过穿口、新津寨下，示以背字，告谕之。比至延贡，可归矣。"乃取浑擎旗倒系之，每五十为队，授以一旗，使前扬旗疾呼曰："罗浑擎已生擒，送使府。大军且至，汝寨中速如我出降，立得为良人，无事矣！"至穿口，句胡僧置十一寨，寨中人争出降。胡僧大惊，拔剑遏之。

众投瓦石击之，共擒以献仁厚，其众五千人皆降。明旦又焚寨，使降者又执旗先驱。到新津，韩求置十三寨，皆迎降，求自投深堑死。将士欲焚寨，仁厚止之，曰："降人皆未食，先运出资粮，然后焚之。"新降者竞炊爨[11]，与先降来告者共食之，语笑歌吹，终夜不绝。明日，仁厚候双流、穿口降者先归，使新津降者执旗前驱，且曰："入邛州境，亦可散归矣。"罗夫子置九寨于延贡，其众前夕望新津火光，已待降不眠矣。及新津人至，罗夫子脱身弃寨奔阡能。明日，罗夫子、阡能谋悉众决战，计未定，日向暮，延贡降者至。阡能走马巡塞，欲出兵，众皆不应。明旦大军将近，呼噪争出，执阡能、罗夫子，泣拜马首。出军凡六日，五贼皆平。

【梦龙评】只用彼谍一人，而贼已争降矣。只用降卒数队，而二十四寨已望风迎款[12]矣。必欲俘馘[13]为功者，何哉？

注释

①邛（qióng）州：古州名，今临邛。阡（qiān）能：唐安仁（今四川大邑东南）人，初为邛州牙将，中和二年（882年），由于工事违期，亡命起兵，众至万人，传檄各地，转战于邛、雅两州。西川节度使陈敬瑄派军镇压，多次为起义军所败，又有罗浑擎、句胡僧等人起兵响应，其势力愈炽，有众数万。②都招讨：都招讨使，招讨使，使职名，为战时权置军事长官，兵罢则停，其下有副使等。高仁厚：初事节度使陈敬瑄，因镇压农民起义有功，拜检校尚书左仆射，眉州刺史。故下文称"高尚书""仆射"等。③鬻（yù）：卖。④诇（xiòng）：侦探。⑤愍（mǐn）：哀怜，怜悯。汝曹：你们。⑥湔（jiān）洗：清洗。⑦舞跃：欢喜跳跃。⑧双流：古县名，今四川省双流区。⑨把截使：双流的地方长官。⑩堑（qiàn）栅：壕沟和栅栏。⑪爨（cuàn）：灶。⑫望风迎款：望风投诚。款，诚，恳切。⑬馘（guó）：古代人战时割取所杀敌人的左耳，用来计功。

译文

唐朝的邛州牙将阡能反叛，侵扰蜀境，都招讨使高仁厚率军征讨。在发兵的前一天，营地中来了个卖面的小贩，巡营的士兵觉得小贩形迹可疑，一经盘查，真是阡能派来的间谍。高仁厚命人为他松绑，并且对他进行询问。那人说："我是村民，阡能囚禁了我的父母妻小，让我来探听情报，说如果打探到了实情，就释放我的家人，否则杀我全家，我不是自愿的。"高仁厚说："我知道了，我怎么会狠心杀你呢？现在就放你回去，让你去救你的家人，你回去只要对阡能说：'尚书明日发兵，只带了五百人。'但我救你全家性命，你也要帮我做事。你回后，暗中对寨子里的人说：'高大人同情你们这些善良百姓，只因被阡能胁迫，情非得已。尚书想为你们洗刷罪名，等尚书发兵前来，你们只要放下武器投降，尚书就会派人在你们的背上写上'归顺'二字，立刻遣送你们复归旧业。必须要杀的，只有阡能、罗浑擎、句胡僧、罗夫子、韩求这五个人而已，不会殃及无辜的百姓。'"间谍说："这都是我们百姓的心思，尚书都知道而且还宽恕我们，大伙怎会不欢欣雀跃地听您吩咐呢？"于是高仁厚遣送那人回去。第二天，高仁厚发兵，行军到双流，把截使白文现亲自迎接。高仁厚环顾军营四周的堑壕和栅栏，气愤地说："阡能不过是个下贱人，手下的士兵也多半是耕田的农人，动用了全府的兵力，一年多却无法擒住。看这堑壕栅栏，如此繁复坚固，难怪你们能睡得着、吃得饱，养贼邀功了！"下令将白文现拖出去砍了。监军苦苦求情，这才免其一死。高仁厚下令拆去栅栏，填平堑壕，留五百名士兵守卫，其余士兵都跟着自己。又召集其他营寨的部队，相继集结。阡能听说高仁厚大兵将到，就派遣罗浑擎在双流以西设立五个军寨，另在野桥箐埋伏千人迎战官军。高仁厚探听到阡能的计谋，就派人脱下军装换上便服，混入敌营，散布前一天对间谍所说的那番话。敌兵都高兴得大声欢呼，纷纷放下武器前来投降。高仁厚对投降者都亲切慰问，命人在他们背上写了"归顺"的字，让他们回去告诉寨中还没来投降的。于是，寨中军兵不断出来投降，罗浑擎爬过堑壕狼狈逃走，被众人擒住，押到高仁厚面前。高仁厚将他押送到府衙，然后把五军寨烧毁，但旗帜留下。第二天一早，高仁厚对降兵说："本想立刻遣送你们返乡，但前路各寨的百姓并不了解我的心意，所以想请你们替我开路，走过穿口、新津两处营寨时，将各位背上的字让沿路众人看到，并把我的意思传达给他们，等到达了延贡，各位就可以回家了。"于是五十人编为一队，每队都发给罗浑擎的军旗一面，队前扛旗的挥舞着倒挂的军旗高呼："罗浑擎已被活捉，现已押送府衙，官军不久便到，你们寨中人等赶紧像我们一样投降，就可恢复良民的身份，平安无事。"到了穿口，句胡僧在此设立了十一个军寨，寨中士兵争相投降，句胡僧大为震惊，拔剑阻止，众人用石头块扔他，合力把他拿下送交高仁厚，所部五千人也全部投降。第二天，高仁厚又下令焚毁军寨，并命降兵举旗为先锋，来到新津，韩求在此所设置的十三个营寨全部投降，韩求也跳进深沟自杀了。将士们又想焚毁寨子，高仁厚阻止说："降兵们还没有吃东西，先把寨中存粮运出后再烧。"新降的士兵竞相做饭，与先前的降兵一起吃，歌声笑语不绝于耳。第二天，高仁厚又放双流、穿口的降兵先行返乡，让新津的降兵掌旗为前驱，对他们说："等进入邛州县境，你们也就可以各自回家了。"罗夫子在延贡设置了九个军寨，他的部下前一晚看见新的火光，就兴奋得彻夜不眠，准备投降了。等新津降兵到了之后，罗夫子只能弃寨投奔阡能。第二天，罗夫子和阡能商议带全部人马与高仁厚决一死战，计划没有定好，天色已晚，延贡的降兵也到了。阡能正骑在马上巡视军寨，想出兵攻击，士兵竟全不响应。第二天，大军将至，寨中士兵喧闹着出迎，押着阡能、罗夫子纷纷哭拜在高仁厚马前。出兵六天时间，阡能等五人悉数落网。

【梦龙评】只用了对方的一个间谍，敌人就争相投降。只用了几队降兵，而二十四个贼寨望风相迎。那些一定要以多杀人作为战功的，何必呢？

程昱远虑胜曹操

程昱守鄄城①，兵仅七百人。操闻袁绍在黎阳②将南渡，欲以兵三千益之。昱不肯，曰："袁绍拥十万众，自以所向无前。今见昱兵少，必不来攻。若益以兵，则必攻，攻则必克。"绍果以昱兵少，不肯攻。操谓贾诩③曰："程昱之胆，过于贲、育④。"

【梦龙评】七百与三千，均非十万敌也，而益兵之名，足以招寇。昱之见胜于曹公远矣！

注释

①程昱（yù）：字仲德，东郡东阿人，东汉末时投靠曹操，任寿张县县令，振威将军。鄄（juàn）城：旧县名，今山东省鄄城县北。②黎阳：县名，在今河南省浚县东，为东汉以来的军事要镇。③贾诩（xǔ）：字文和，武威姑臧人。曹操的谋士。④贲（bēn）、育：孟贲、夏育，两人皆为古代传说中的勇士。

译文

程昱守卫鄄城，士兵仅有七百人。曹操听说袁绍在黎阳将要渡河向南，想给程昱增加三千士兵。程昱不肯，说："袁绍拥有十万人马，自认为所向无敌。如今见我兵力少，必然不来进攻，如果增兵，就肯定来攻，攻就必然攻克。"袁绍果然认为程昱兵少，不肯来攻打。曹操对贾诩说："程昱的胆量超过了孟贲、夏育。"

【梦龙评】七百与三千，其实都不是十万大军的对手，但增兵的举动却足以招来敌人的进攻。看来，程昱的思虑远远超过了曹操。

制胜卷二十二

本卷收集了以奇制胜的故事。有围魏救赵，孙膑、田忌不直接救赵而是直取兵力薄弱的敌国都城大梁使敌军回救，中途而击败之；有声东击西，如耿弇声言进攻兵精粮足的西安，却出其不意地攻占临淄。或火攻，如陆逊之火烧刘备军营；或水攻，如韦睿筑堰积水以溃合肥城。或击敌薄弱以瓦解其军心，如郑军采用郑子元之建议，先重点进攻无斗志之陈国军队以瓦解多国联军；或集中优势兵力进击敌方中军，如唐代王俶采纳李晟计策，对敌军不击其首尾，而是突袭中军以建奇功。

危事无恒[①]，方随病设[②]。躁或胜寒，静或胜热。动于九天，入于九渊[③]。风雨在手，百战无前。集《制胜》。

注释

①危事：兵事。无恒：变化无常。②方随病设：药方按疾病而开出。此处指军事谋略应当因时因势而宜。③动于九天，入于九渊：攻击时仿佛从天而降，防守时好像入地所藏。"九"在古代是数字的极限，"九天"指极高的天空，"九地"指极深的地下。此句出于《孙子·军形篇》："善守者，藏于九地之下；善攻者，动于九天之上，因此能自保而全胜也。"

译文

对变幻莫测的军情，没有永恒不变的对策，犹如医生为病人开处方时，必须依据不同的病情，以躁制寒，以静克热；兵家论战也一样，必须根据现场急剧变化的战况，拟订最有力的战略。使敌人无从防备，方能百战百胜。因此集《制胜》卷。

孙武赛马得赌金，孙膑围魏救赵术

孙子[①]同齐使之齐，客田忌所。忌数与齐诸公子逐射[②]。孙子见其马足[③]不甚相远，马有上、中、下，乃谓忌曰："君第重射[④]，臣能令君胜。"忌然之，与王及诸公子逐射千金。及临质[⑤]，孙子曰："今以君之下驷[⑥]与彼上驷，取君上驷与彼中驷，取君中驷与彼下驷。"既驰三辈毕，而田忌一不胜而再胜，卒得五千金。

【梦龙评】唐太宗尝言："自少经略四方，颇知用兵之要，每观敌阵，则知其强弱。常以吾弱当其强，强当其弱。彼乘吾弱，奔逐不过数百步。吾乘其弱，必出其阵

后，反而击之，无不溃败。”盖用孙子之术也。

宋高宗问吴璘以胜敌之术，璘曰：“弱者出战，强者继之。”高宗亦曰：“此孙膑驷马之法。”

魏伐赵[7]，赵急请救于齐。齐威王欲将孙膑，膑以刑余[8]辞，乃将田忌，而孙子为师[9]，居辎车中，坐为计谋。田忌欲引兵救赵，孙子曰：“夫解纷者不控卷[10]，救斗者不搏撠[11]；批亢捣虚[12]，形格势禁[13]，则自为解耳。今梁、赵相攻，轻兵锐卒必尽于外，老弱罢于内。君不若引兵疾走大梁[14]，冲其方虚。边批：致人。彼必释赵而自救，是我一举解赵之困，而收敝于魏也。”忌从之，魏果去邯郸，与齐战于桂陵，边批：致于人。大破梁军。

注释

①孙子：孙膑，战国时人，孙武子后裔。与庞涓同学兵法。庞涓为魏惠王将军，自以为能不及孙膑，乃阴使人召膑，以法断其两足而黥，幽囚之。齐使者至魏，孙膑阴见之，齐使奇其才，窃载与之齐。后助田忌伐魏救赵，于桂陵破魏军，复用减灶法，破魏于马陵。②逐射：以赛马赌金。③马足：马力。④重射：以重金押注。⑤质：对也，双方出马相赛。⑥下驷：下等之马。此时赛马，实以四马驾车，人乘御而驰逐。四马一驾，称驷。⑦魏伐赵：事在前353年，即齐威王四年。⑧刑余：受过肉刑之人。⑨师：军师。⑩解纷者不控卷：卷，即“拳”。谓解开纷乱的丝线，应当善以手解之，不可握拳击之。⑪救斗者不搏撠：解劝相斗者，不可以手相排击，如此则斗之双方愈怒，斗不可解也。⑫批亢捣虚：必须看准争斗双方之要害而冲击之。⑬形格势禁：相斗者为形势所阻止。⑭疾走大梁：急速进军魏都大梁。

译文

战国时，孙膑和齐国使者一起回齐国，住在齐国大将田忌家中。田忌经常和齐国的王族公子们赛马打赌。孙膑看到那些马脚力虽差不了多少，但总可分为上、中、下三等，于是对田忌说：“您只管下最大赌注，我可以使您获胜。”田忌听信了孙膑的话，与齐王和王族们赛马时下了千金赌注。

临近比赛的时候，孙膑对田忌说："现在用您的下等马对付他们的上等马，用您的上等马对付他们的中等马，用您的中等马对付他们的下等马。"三场比赛结束后，田忌输一场胜两场，最后赢了千金。

【梦龙评】唐太宗曾说，由于在经营天下时打了很多仗，所以深知用兵要领。每当临阵观察以后，就掌握了敌兵强弱，然后用我的弱兵抵挡对方的强兵，用我的强兵抵挡对方的弱兵。敌军精锐在攻击我的弱兵时，前进不过数步。而我在攻击对方弱兵时，却肯定要直冲敌后，再反身攻击，敌军无不溃败而逃。这都是运用了孙膑的战术。

宋高宗也曾询问大将吴璘战胜敌人的战术，吴璘说："我先以弱兵出去挑战，再以强兵随后攻打敌人。"宋高宗也说："这是孙膑赛马的战术。"

战国时，魏国攻打赵国，赵国危急，向齐国求救。齐威王想让孙膑做主将，可是孙膑却以"自己是受过刑的人"为由推辞，于是齐威王就让田忌做主将，孙膑为军师，坐在有篷子的车中出谋划策。田忌打算率军去救赵国，孙膑说："想解开乱丝不可以握紧拳头，劝解斗殴不可以插手帮打。避实击虚，在形势上牵制住敌人，包围就自然会解除。现在魏、赵两国互相攻战，魏国的精锐军队必然全部用于国外，而老弱残兵必然留在国内应防。将军不如带领大军火速进攻魏都大梁，边批：控制别人。攻击他们防守空虚的地方，魏军一定会放弃赵国而回师自救，这样我们不仅可以一举解了赵国之围又可以从疲惫的魏军中得到获胜的战机。"田忌听从了孙膑的计谋，魏军果然撤离赵都邯郸，边批：被别人控制。与齐军在桂陵交战，魏军被打得大败。

陆逊按兵破刘备　陆抗筑城杀步阐

昭烈率众伐吴，自巫峡至夷陵[①]，连营七百余里，而先遣吴班将数千人，平地立营以挑战。吴诸将皆欲击之，陆逊不许，曰："此必有谲[②]。"坚壁良久。昭烈知计不行，乃引伏兵从谷中出，凡八千人。逊谓诸将曰："所以不听击班者，正为此也！今而后吾知所以破之矣！"乃敕于暮夜，人各持茅一把，每间一营，辄[③]攻一营，同时火举，首尾不能相救。于是四十余营，一战俱破。

【梦龙评】魏文帝闻昭烈树栅连营状，顾谓群臣曰："备不知兵，必破矣！岂有七百里连营，而可以拒敌者乎！包原隰[4]险阻以营军者，必为敌擒，此兵忌也！"后七日，而孙权捷书至。以昭烈之老于行间，而识不及曹丕，何也？岂所谓"老将至而耄及之"乎？

昭烈之伐吴，苻坚之寇晋，皆倾国之兵也。然昭烈之谋狡，故宜静以待之；苻坚之气骄，故宜急以挫之。狡谋穷则敌困，骄气挫败敌衰，所以虽众无所用之也。按：淝水之役，苻融攻硖石，坚留大军于项城，自引轻骑八千就之，朱序私于谢石曰："若秦兵尽至，诚难与为敌，今乘诸军未集，宜速击之。若败其前锋，则彼已夺气，可遂破也。"石从之。

西陵督步阐[5]以城降晋。抗[6]闻，日夜督兵赴西陵，别筑严围，使内可围阐，外可御寇，而不攻城。诸将咸谏曰："及[7]兵之锐，宜急攻阐。比晋救至，阐必拔矣。何事于固，而以敝士民之力？"抗曰："此城甚固，而粮又足，其缮修备御具皆抗所亲规[8]。攻之急未能克，而救且至；救至而无备，表里受敌，何以御之？"诸将犹不谓然。抗欲服众，乃听令一攻，果不利，于是围备始力。未几，晋杨肇[9]帅兵来救。时我军都督俞赞忽亡诣肇。抗曰："赞，军中旧吏也，知吾虚实。吾尝虑夷兵素不简练，若敌来攻，必先此处。"是夜易夷民，而悉以旧将统之。明日，肇果攻故夷兵处，抗击之，矢石雨下。肇夜遁，抗不追，而但令鸣鼓发喊，若将攻者。肇大溃，引去。遂复西陵，诛阐。

【梦龙评】陆逊、陆抗，是父是子！

注释

①巫峡：长江三峡之一，西起四川省巫山县大宁河口，东至湖北省巴东县官渡口，绵延约四十公里。夷陵：古地名，今湖北省宜昌市东南。②谲（jué）：欺诈。③辄（zhé）：总是，就。④原隰（xí）：广平低湿的地带。⑤步阐：三国吴淮阴人，继父业为西陵督，降晋。⑥抗：陆抗，字幼节，陆逊次子，官累建武校尉、立节中郎将、奋威将军、镇军将军、都督、大司马等。⑦及：趁着，赶在……的时候。⑧亲规：亲自规划。陆抗曾都督西陵。⑨杨肇（zhào）：字季初，晋宛陵人，官至折冲将军、荆州刺史。简练：精选训练。

译文

三国时，汉王刘备率军伐吴，从巫峡到夷陵，营地长达七百多里，先派吴班率几千士兵在平地扎营，向吴国军队挑战。吴国将帅都主张出击，大将陆逊不同意，他说："这其中必定有诈。"吴军久久地坚守壁垒按兵不动。刘备知道此计不行，就将八千伏兵从山谷撤出。陆逊对将领们说："我之所以不采纳诸位的意见出击吴班，正是因为这一点，现在我已有破敌的办法了。"于是下令全军于深夜时分，每人各持一把茅草，每隔一个营寨，就攻击一个营寨，同时放火焚烧营寨，使蜀军各营寨首尾不能互相救援。于是一举攻破刘备四十多个营寨。

【梦龙评】当初魏文帝曹丕听说刘备设立营寨的情形，对群臣说："刘备不懂军事，一定会被打败！哪里有连营七百里还能抵御敌军的呢？扎营在各种各样的复杂地形上，一定会被敌人击破，这是兵家大忌！"七天后，果然接到孙权的捷报。以刘备这样的征战老手，竟不如曹丕有见识，怎么回事？难道是所谓年纪大了就会被后生赶上吗？

刘备伐吴，苻坚攻晋，都是倾尽全国的兵力。然而，刘备狡猾，静观其变等待时机；苻坚骄躁，所以要急攻猛打挫败其锐气。狡猾的计谋无法施展，自然陷入困境；骄躁的威风受挫，自然士气低落，即使兵力众多，也起不到作用。按：淝水之战，苻融出兵攻击硖石，苻坚留大军坚守项城，自己率领轻骑八千跟随。朱序私下对谢石说："如果秦兵都来，很难与之抗衡。现在趁他们军队没有全部集结到位，应该迅速出击。如果击败他们的先头部队，那他们全军的士气就没了，接下来就会被攻破。"谢石接受了朱序的建议。

西陵都督步阐是吴国元老步骘的儿子，后来连同西陵城一起投降了西晋。陆抗听说后，火速带兵开赴西陵，绕着西陵城墙另外修筑工事，既把步阐围在内，又可抵御外来的攻击，就是不攻西陵城。将领们都劝谏说："应该趁着我军士气正盛攻打步阐，等晋国援军赶到，步阐早就被拿下了，何必围他，徒然耗费军民之力？"陆抗说："这座城非常坚固，城内粮食又充足，所有防御器械和方案都是我亲自规划的。如果仓促进攻，一定难以取胜，而晋军援兵马上就到，救兵来了，我们又无法攻克，腹背受敌，怎么办呢？"将领们都听不进陆抗的话，陆抗为了让众人心服，就让将领们出击，果然失利，于是全军才尽力防守。不多久，晋杨肇率兵赶来救援，吴军都督俞赞突然跑去投奔杨肇。陆抗说："俞赞是军中的老军官，深知我军的虚实。我曾想我军的夷人部队素来缺乏训练，如果敌人来攻，一定先打此处。”当夜，陆抗就把夷人部队防御的据点全部撤换，由旧将统兵防守。第二天，杨肇果然攻打原来由夷人防守的位置，陆抗立刻下令攻击，箭石如同雨下，杨肇趁夜逃走，陆抗并不追赶，只下令击鼓喧哗，做出要攻击的样子。杨肇军队大败溃逃而去。陆抗随即收复了西陵，杀了步阐。

【梦龙评】陆逊、陆抗，一父一子，真是有其父必有其子啊！

耿弇一举得两城

张步①弟蓝，将精兵二万守西安②，而诸郡合万人守临淄，相距四十里。耿弇进军二城之间，视西安城小而坚，临淄虽大实易取。乃下令：后五日攻西安。蓝闻，日夜警备。至期，夜半，弇敕诸将皆蓐食③。及旦，径趋临淄，半日拔其城。蓝惧，弃城走。诸将曰：“敕攻西安而乃先临淄，竟并下之，何也？”弇曰：“西安闻吾攻，必严守具。临淄出不意而至，必自警扰，攻之必立拔。拔临淄则西安孤，此击一而得二也！若先攻西安，顿兵坚城，死伤必多。即拔之，吾深入其地，后乏转输④，旬月间不自困乎？”诸将皆服。

注释

①张步：琅邪人，王莽末年，据本郡起兵。刘秀遣使拜为东莱太守，步杀使者。建武五年（29年）为耿弇所破，降汉。旋欲起兵入海，为琅邪太守击斩之。②西安：县名，

在今山东临淄西北。时张步都于剧县（今山东昌乐西）。③蓐食：未起床而于床蓐间食。此指夜间进食。④转输：粮草供应。

译文

东汉初年，张步的弟弟张蓝率精兵两万人据守西安城，而其他郡县集合一万人守临淄，两城之间相距四十里。汉将耿弇率军来到两城之间，发觉西安城虽小，却很坚固；临淄虽是大城，但比较容易攻取。于是下令，五天后进攻西安。张蓝听说后，日夜加强戒备。到了第四天的半夜，耿弇下令全体士兵吃过战饭，天亮时来到临淄城下，只用半天的时间就攻占了临淄。张蓝惊恐之下，弃城而逃。诸将问耿弇："元帅先前下令进攻西安，到时候却先打临淄，最后两城都拿下了，这是什么原因？"耿弇说："西安城听说我军将要进攻，必定加强戒备。临淄守兵料想不到我军会到，一定惊慌害怕，所以一打就破。临淄被攻克，西安城就成了孤城，这就是攻一城而得两地的原因。如果先打西安，西安城坚兵强，双方交战，死伤必然惨重，即使获胜，我军深入敌境，后方粮草供应困难，如果拖上个把月，岂不要陷入困境？"诸将听后，大为佩服。

韦睿奇勇破魏军

梁天监四年，王师北伐，命韦睿[①]督军，攻小岘城[②]。既至，城中忽出数百人，阵于门外。睿曰："城中两千余人，闭门坚守，足以自完。而无故出人于外，此必其骁劲者也。先挫其劲，城一鼓可拔。"诸将疑不前，睿指其节[③]曰："朝廷授此，非以为饰，法不可犯也！"兵遂进，殊死战，魏兵大溃。急攻之，城遂拔。

进攻合肥，先按行山川，曰："吾闻之：'汾水可灌平阳[④]，绛水可灌安邑[⑤]'。"乃为之堰肥水。堰成，而魏援兵大至。诸将惧，请表益兵。睿笑曰："贼已至而请兵，虽鞭之长，能及马腹乎？"初战不利，诸将议退巢湖[⑥]，又议走保三叉。睿怒曰："将军死绥[⑦]，有前无却，妄动者斩！"乃取伞扇麾幢[⑧]树堤下，示无动意，而更筑垒于堤以自固。久之，堰水满。魏救兵无所用，城竟溃。

魏中山王元英[9]，以百万众寇北徐州，围刺史昌义之于钟离[10]。帝遣曹景宗将大兵往救，敕睿帅所部往会之。睿自合肥径进。时魏兵声势甚盛，诸将惧，请缓行。睿曰："钟离望救甚急，车驰卒奔，犹恐其后，而可缓乎？魏兵深入，已堕吾腹中，勿忧也！"不旬日，至。遂于景宗营前二十里，一夜掘长堑，树鹿角[11]，截土为城，比晓而营立。元英惊以为神。英先于邵阳洲两岸为两桥，树栅数百步，跨淮通道。睿乃装大舰，乘淮水暴涨，竞发以临其垒。而令小船载苇藁[12]，灌之膏油，乘风纵火，烟焰障天，倏忽之间[13]，桥栅尽坏。我军乘势奋勇，呼声动天地，无不一当百，魏兵大溃，元英仅以身免。昌义之得报，不暇语，但直叫曰："更生！更生！"

【梦龙评】时魏人歌曰："不畏萧娘与吕姥，但畏合肥有韦虎。"韦即睿；吕，吕僧珍[14]；萧者，临川王宏[15]也。

注释

①韦睿（ruì）：字怀文，梁京兆杜陵人，因待继母以孝闻，宋时历官右军将军。②小岘（xiàn）城：城名，今安徽省合肥市东。为自历阳经寿阳，至建康（时都）的往来要道。③节：符节。古代使臣执以示信之物。④平阳：地名，今山西省。⑤安邑：县名。传说为夏禹的都城，今山西运城市。⑥巢湖：也称焦湖、漅湖。在安徽巢县西。⑦死绥（suí）：退军为绥，军败而退，将当死之，故称死绥。⑧麾（huī）：古时指挥用的旌旗。幢（chuáng）：古时原指支撑帷幕、伞盖、旌旗的木杆，后借指帷幕、伞盖。⑨元英：字虎儿，北魏拓跋桢子，生性聪慧，博闻强记，便弓马，解吹笛。⑩钟离：地名，今安徽凤阳县。⑪鹿角：古时军事上的防御设备，形似鹿角，用带枝杈的树木削尖，半埋入地，以阻止敌人的行进。⑫苇藁（gǎo）：芦苇和稻草。⑬倏（shū）忽之间：极快的时间。⑭吕僧珍：字元瑜，梁东平人，武帝命为中兵参军。⑮临川王宏：梁武帝之弟萧宏，封临川王。

译文

南北朝时，后梁天监四年，梁武帝的军队北伐，豫州刺史韦睿奉命率军攻打魏军小岘城。来到城外时，看到城里忽然出来了几百人，在城外布阵。韦睿说：“城中虽只有两千多敌军，但只要关闭城门坚守，完全能够保卫自己，现在却无故派人出城，这一定是最勇猛善战的军士。如果我军先打败他们，那小岘城一鼓作气就可以攻下来了。”诸将却犹豫不前，韦睿指着符节说：“朝廷授予我这符节，不是用作装饰品的，军令不可违抗！”于是军队就冲上去，与敌军拼死作战，魏兵一败涂地。韦睿乘胜攻打城池，很快便攻下来。

韦睿进攻合肥，首先观察四周的山川地势，说：“我听说，汾水可淹没韩国国都平阳，绛水灌淹安邑。”于是率部众在肥水上筑堤。堤筑成后，魏国大批援兵也开到了。诸将十分害怕，想上书皇上请求增派援兵，韦睿笑着说：“敌军已经兵临城下才请求增援，马鞭再长，又怎能打到马腹呢？”初战不利，诸将想要退守巢湖，又想回守三叉，韦睿生气地说：“军法规定临阵退却要处死罪！”于是命人拿来伞摹及指挥作战的将旗和仪仗，竖立在堤堰上，表示没有后退的意思，并且在堤上修筑营垒巩固防御。不久，河坝中的水满溢，困住了城池，魏军的援兵也无法发挥作用，合肥城终于被攻破。

北魏中山王元英率部众百万人侵犯徐州北方一带，在钟离城包围了朝廷刺史昌义之。皇帝派遣曹景宗率大军前往救援，敕睿统率所属部队前去与曹景宗军会合。韦睿直接从合肥赶到钟离，当时北魏军队声势浩大，将领们很害怕，请求放慢行军速度。睿说：“钟离城中急切地盼望我们前去解救，即使是车马疾行，士兵飞奔，都还怕太晚，怎么能慢慢走呢？魏军深入我方，等于是已经落到我们腹中，你们不用担心！”不到十天，韦睿已来到钟离与曹景宗会合。韦睿率领将士趁夜在曹景宗的营前二十里处挖了一条长沟，埋上木桩，垒土为城，天亮时，营寨已筑好。北魏中山王元英因此大惊失色，以为是神人。元英先前曾派人在邵阳洲的两岸架设便桥，树立围栅数百步，作为跨越淮河的通道。韦睿装备好大船，乘着淮水暴涨，登上战舰来到魏军营垒下。另外利用小船载着干草，灌上油脂，顺着风势放火，一时烟尘弥漫火势冲天，刹那间便桥、围栅都化为灰烬。韦睿的军队乘势奋勇杀敌，喊声震天动地，个个以一当百。魏兵大败，元英侥幸只身逃走。被围困的昌义之得到魏军大败的报告后，高兴得顾不上说其他话，只是喊道：“得救了！得救了！”

【梦龙评】当时魏军曾流行一首歌唱道：“不怕萧娘与吕姥，只怕合肥有韦虎。”

韦是指韦睿，吕是指吕僧珍，萧是指临川王萧宏。

郑子元献计败周军

桓王怒郑不朝[①]，以诸侯伐之。王为中军，虢公林父将右军[②]，蔡[③]人、卫人属焉；周公黑肩[④]将左军，陈人[⑤]属焉。郑子元请为左拒[⑥]，以当蔡人、卫人；为右拒，以当陈人，曰："陈乱，民莫有斗心，若先犯之，必奔。王卒顾之，必乱。蔡、卫不支，固将先奔。既而萃于王卒，可以集事[⑦]。"从之。曼伯[⑧]为右拒，祭仲为左拒，原繁、高渠弥以中军奉郑伯，为鱼丽之阵[⑨]。先偏后伍，二十五乘为偏，五人为伍。伍乘弥缝[⑩]。战于繻葛[⑪]，命二拒曰："旝大将之麾。动[⑫]而鼓！"蔡、卫、陈皆奔，王卒乱。郑师合以攻之，王卒大败。

吐蕃尚结赞兵逾陇岐。李晟选兵三千，使王佖伏汧阳旁，诫之曰："蕃军过城下，勿击首尾，首尾纵败，中军力全。但候其前军已过，见五方旗[⑬]、武豹衣，则其中军也。突其不意，可建奇功。"佖如晟节度，遇结赞，即出奋击，贼皆披靡。佖军不识结赞，故结赞仅而免。

【梦龙评】犯王不祥，而三国非郑敌，故先动其左右以摇之。尚结赞劲而狡，小挫未可得志，故专力于中军，出不意以突之。若鄢陵之战，苗贲皇[⑭]言于晋侯曰："楚之良，在于中军王族，请分良以击其左右，而以三军萃于王卒[⑮]，必大败之。"此又因晋、楚力敌而然，故曰："知彼知己，兵法何常之有？"

注释

①桓王：周桓王，名姬林。怒郑不朝：据《左传·桓公五年》中所载：周桓王"夺郑伯政，郑伯不朝（拜）"。②虢（guó）公林父：虢仲。将：率领，统率。③蔡：姬姓侯爵国，周武王封其弟叔度于蔡（在今河南新蔡县）。④周公黑肩：周桓公，黑肩是他的名，周王卿士。⑤陈人：陈国军队。⑥郑子元：公子突，郑国公子。为左拒：设左边方阵。⑦集事：成事。集，成，指抵挡周王的事可以成功。⑧曼伯：檀伯，郑国大夫。下文祭仲、原繁、高渠弥（也称"高伯"）均为郑国大夫。⑨鱼丽之阵：鱼丽阵，古代阵法之一。⑩弥缝：堵塞漏洞。此处指堵塞战车的空隙。

⑪繻（xū）葛：长葛。⑫旝（kuài）动：帅旗麾动。旝，古代大将的帅旗。⑬五方旗：古代用青、赤、白、黑、黄五色代表东、南、西、北、中五个方向的旗帜，常用于军中。⑭苗贲皇：原是楚臣斗椒的儿子，后逃奔到晋国。晋侯：晋厉公。⑮军萃于王卒：三国集中攻打楚王的亲兵。萃，集中。

译文

周桓王因郑庄公不朝见周天子，率诸侯讨伐郑国。桓王率领中军；虢公林父带领右军，蔡人、卫人归右军；周公黑肩统率左军，陈人归左军。郑子元请求设立左边方阵，抵挡蔡人、卫人；设立右边方阵，抵挡陈人。郑子元说："陈国内乱，百姓没有斗志，如先打击它，必定奔逃。桓王匆忙中要关照陈人，肯定混乱不堪。蔡人、卫人支持不住，肯定将带头儿逃跑。然后集中兵力对付桓王的军队，可以打败他们。"郑庄公同意，让曼伯做右阵，祭仲做左阵，原繁、高渠弥率中军跟随郑伯，摆下鱼丽阵式。先偏后伍，伍在后弥补帐漏，在繻葛交战。命令左右方阵说："将旗挥动擂鼓！"蔡人、卫人、陈人都跑了，桓王的军队大乱。郑国军队合并攻打桓王。桓王军队终于大败。

吐蕃尚结赞兵马越过了陇岐。李晟挑选三千士卒，派王佖率领埋伏在汧阳旁，李晟告诫王佖说："吐蕃军经过城下时，不要攻击首尾，首尾即使败了，中军力量能保全。只等它前军过去，看到五方旗、武豹衣，就是它的中军，出其不意地突袭，可立奇功。"王佖按照李晟的安排，遇到尚结赞，立即出动奋力攻击，敌军都溃逃了。士卒不认识尚结赞，因此跑掉了尚结赞一人。

【梦龙评】触犯了周天子，是不祥的事情，而蔡、卫、陈三军也不是郑国的敌手，所以郑子元先动摇左、右两军的士气，瓦解他们的斗志。尚结赞悍劲狡诈，小的挫折不能损伤他的威勇，所以要集中全力攻打他的中军，出其不意地袭击突破他。就像晋、楚鄢陵之战，楚人苗贲皇曾对晋侯说："楚国的精兵都在中军的王师里，请大王派少部分精兵攻击他们的左、右两军，再集中三军攻击楚国中军，这样一定能获胜。"这又是根据晋、楚两国实力相当的情况才这样做的，所以说："知己知彼，才能百战百胜，兵法有什么一定之规呢？"

诡道卷二十三

本卷收集了以诡变之道取胜的战争故事。诡，即奇诡，诡诈。孙膑用减灶法诱使悍勇而轻齐的魏国军队深入险境，因而歼之；岳飞假称粮食吃完，引叛军曹成追击，乘势而灭之，皆示敌以弱而诱敌。虞诩用增灶法使羌兵不敢追赶，得以安全撤退；祖逖以土假作粮，示敌以粮足兵饱，使久饥之数军连夜逃跑；檀道济以米覆沙假称资粮有余使魏兵不敢追，得以全军归，皆是示敌以强而退敌。

道取其平[①]，兵不厌诡[②]。实虚虚实，疑神疑鬼。彼暗我明，我生彼死。出奇无穷，莫知所以[③]。集《诡道》。

注释

①道取其平：为人之道要平和。②兵不厌诡：兵不厌诈。诡，欺诈，诡秘。③所以：理由，原因。

译文

走路要选择平坦的大道，用兵打仗却不能排斥诡诈。只有实中有虚，虚中有实，才能使敌人疑神疑鬼，防不胜防。只有敌人糊涂我方明白，才能使我方生存而敌人灭亡。出奇制胜，变化无穷，敌人就会不知所措。因此集《诡道》卷。

公子突抵御戎人

北戎侵郑，郑伯[①]御之，患戎师，曰："彼徒我车[②]，惧其侵轶我也[③]。"公子突[④]曰："使勇而无刚者，尝寇而速去之[⑤]，君为三覆[⑥]以待之。戎轻而不整，贪而无亲，胜不相让，败不相救。先者见获，必务进；进而遇覆[⑦]，必速奔。后者不救，则无继矣，乃可以逞。”从之。戎人之前[8]遇覆者奔，祝聃[9]逐之，衷戎师[10]，前后击之，尽殪[11]，戎师大奔。

【梦龙评】茅元仪曰：“千古御戎，不出数语，今则反是，戎安得不逞？”

注释

①郑伯：郑庄公，姓姬，名寤生。②彼徒：对方是步兵。我车：我方是车兵。车，车兵。③惧其侵轶我也：恐怕车战很难进退，容易被戎人的步兵所侵凌突进。轶，突进，超越。④公子突：郑厉公姬突，郑庄公次子。⑤尝寇而速去之：尝寇，试探敌人；速去，迅速地离开。⑥君为三覆：君，您，君王；为三覆，设三处伏兵。⑦遇覆：遇到伏兵。⑧戎人之前：北戎的前锋部队。⑨祝聃（dān）：亦作“祝瞻”，时为郑国的大夫。⑩衷戎师：包围了戎军。衷，包围。⑪尽殪（yì）：全部杀死。

译文

春秋时期，北戎侵犯郑国，郑庄公要抵抗，又害怕北戎的军队，说："他们步战，我们车战，害怕他们从后面袭击我们。"公子突说："派英勇而无刚性的士卒去试探敌军并迅速退回，您埋伏三批伏兵等待北戎。北戎轻敌而不严整，贪婪而不亲密，胜利不谦让，失不救助。走在前边的人看到有所掳获，肯定努力向前；行进遭到打击，必定迅速奔逃。后边的不救助，就没有了援救兵力，我们就可以获胜了。"郑伯听从了公子突的建议。戎人前边的士兵遇到打击就奔逃了，祝聃率伏兵追击他们，截断戎兵，前后攻击，全被歼灭，北戎军队大败奔逃。

【梦龙评】茅元仪说：千古以来，抵御戎兵的战术就这么几句话，现在带兵的都反其道而行，戎人怎会不得意呢？

孙膑减灶杀庞涓，虞诩增灶破羌人

魏庞涓攻韩。齐田忌救韩，直走大梁。涓闻之，去韩而归，齐军已过而西矣。孙子谓田忌曰："彼三晋[①]之兵，素悍勇而轻齐。齐号为怯。善战者，因其势而利导之。兵法：'百里而趣利者，蹶上将；五十里而趣利者，军半至。'"使齐军入魏地，为十万灶。明日为五万灶。又明日为三万灶。涓行三日，大喜曰："吾固知齐军怯。入吾地三日，士卒亡者过半矣！"乃弃其步军，与其轻锐兼程逐之。孙子度其行，暮当至马陵。马陵道狭，而旁多阻隘，可伏兵。乃斫大树，白而书之，曰："庞涓死此树下。"边批：奇计独造。于是令齐军善射者万弩夹道而伏，期曰："暮见火举而俱发！"涓果夜至斫木下，见白书，乃钻火烛之。读未毕，齐军万弩俱发。魏军乱，大败，庞涓自刭。

【梦龙评】李温陵曰："世岂有十万之师，三日之内减至三万，而犹不知其计者乎！"

羌寇武都，迁虞诩[②]为武都太守。羌乃率众数千，遮诩于陈仓崤谷。诩军停车不进，而宣言"上书请兵，须到乃发"。羌闻之，乃分钞旁县。诩因其兵散，日夜进道，兼行百余里。令军士各作两灶，日增倍之。羌不敢逼。或问曰："孙膑减灶，而君增之；兵法曰'行不过三十里'，而令且二百里，何也？"诩曰："虏众我寡，徐行则易为所及，速进则彼所不测。虏见吾灶日增，必谓郡兵来迎。众多行速，必惮追我。孙膑见弱，吾今示强，势不同也。”既到郡，兵不满三千，而羌众万余，攻围赤亭数十日。诩乃令军中使强弩勿发，而潜发小弩。羌以为矢力弱不能至，并兵急攻。诩于是使二十强弩共射一人，发无不中。羌大震退。诩因出城奋击，多所杀伤。明日悉阵其众，令从东郭门出，北郭门入，贸易衣服，回转数周。羌不知其数，更相恐动。诩计贼当退，乃潜遣五百余人，浅水设伏，候其走路。虏果大奔，因掩击，大破之。

注释

①三晋：春秋战国之际，晋国之韩、赵、魏三家瓜分了晋国之地，史称三晋。

②虞诩：字升卿，东汉陈国人，官至尚书令。

译文

魏将庞涓率兵进攻韩国，齐派大将田忌率兵援救韩国。这次田忌率部队直向魏国都城大梁挺进。庞涓听到这一消息后，当即离开韩国，率兵返回。这时齐军已经越过了韩国，向西进入了魏国境内。孙膑这时对田忌说：“庞涓所率都是原先三晋之兵，十分剽悍勇猛，一直轻视齐军，而齐军向来都怯敌畏战。关于指挥战斗者应因势利导。兵法认为：从百里之外逐利者，一定要损失上将；从五十里之外逐利者，只有半数军队可以参战。”因此，孙膑命令齐军进入魏国以后的第一天，即制作了十万座炉灶，第二天即减为五万座，第三天又减为三万座。庞涓在齐军之后尾随了三天，大喜道：“我早就知道齐军胆怯，进入我国境内三天，兵士就已逃跑了大半。”于是他便放弃了步兵，只率少数精悍骑兵，倍道兼行，追击齐军。孙膑计算了魏军的行军速度以后，估计他们在这天的傍晚时分，可抵达马陵。而此地道路狭窄，两边又多险峻山隘，可以设置伏兵。于是他在埋伏好兵力以后，又砍掉了一棵大树的树皮，在上面用白灰写下六个大字：“庞涓死此树下。”边批：奇计独造！并在大树两旁设置了万名弓箭手，在此等候，并事先约定说，傍晚看见火把举起之时，即万箭齐发。庞涓果然在当天夜晚行此大树之下，看见树上白色大字以后，命令兵士钻木取火，点燃火把，上前观看。当他还未读完树上大字之时，埋伏在两边的齐国弓箭手即已乱箭射来，魏军大乱，死亡惨重，庞涓也拔剑自刎。

【梦龙评】李温陵说："世上哪有十万军队在三天之内，竟减至二万的道理，直到这时还不知是诱兵之计，这能不失败吗？"

东汉时羌人进犯武都，皇帝命虞诩任武都太守。羌人派数千人在淆谷列阵等候虞诩，虞诩令兵士暂停前进，并扬言上书请求皇帝派兵增援，等援兵到达后，再继续前进。羌人听说后，就分兵抄略附近地区。虞诩利用羌人兵力分散的机会，日夜兼程疾行一百多里，下令士兵在架设炉灶时一人做两灶且每天倍增。羌人不敢再逼近了。有人问虞诩说："孙膑每日减少炉灶数，你却每天增加炉灶；兵法上说'每日行军不得超过三十里'，而我们每日行军将近二百里，这都是为什么呢？"虞诩说："敌众我寡，慢慢推进容易被他们追上，快速行进敌人就很难估测我军的虚实。他们见我军每天增加炉灶，一定认为其他州郡的士兵已经集结到位。看到我军队人数众多，行动迅速，他们就不敢追击了。孙膑示弱，我现在示强，是因为情势不同。"到达武都后，虞诩的兵力还不足三千人，而羌兵以一万多人围攻赤亭数十日。虞诩下令士兵按下强弩不发，只零星使用射程较短的小弩射杀敌人。羌人以为官军攻击力弱，合兵急攻，虞诩于是启用强弩，二十人共射一个目标，无不命中。羌人震惊，急忙退兵。虞诩乘胜出城追击，羌人伤亡惨重。第二天，虞诩命所有部众列队，从东门出击，由北门回，回来后换了衣服再出击，几个来回之后，羌人闹不清城中究竟有多少兵力，更加害怕。虞诩估计羌人一定会撤退，又暗中派遣五百人埋伏在浅水边拦截他们的退路。羌人果然溃逃，伏兵趁机截杀，大破羌人。

祖、檀以缺示足　岳飞以足示缺

祖逖[①]将韩潜与后赵将桃豹分据陈川故城[②]，相守四旬。逖以布囊盛土，使千余人运以馈。潜又使数人担米息于道。豹兵逐之，即弃而走。豹兵久饥，以为逖士众丰饱，大惧，宵遁。

宋檀道济伐魏[③]，累胜，至历城。魏以轻骑邀其前后，焚烧谷草。道济军食尽，引还。有卒亡降魏，具告之。魏人追之，众汹惧将溃。道济夜唱筹量沙[4]，以所余少米覆其上。及旦，魏兵见之，谓道济资粮有余，以降者为妄而斩之，道济全军以归。

岳飞奉诏，招抚岭表贼曹成。不从，乃上奏："群盗力强则肆横，力屈则就招。不加剿而遽议招，未易也。"遂率兵入。会得成谍者，缚之帐下。飞出帐，调兵食[5]。吏白曰："粮尽矣，奈何？"边批：飞使之。飞阳曰："且反茶陵。"已而顾谍作失意状，顿足而入，阴令逸之。计谍归告，成必来追，即下令蓐食，潜趣绕岭。未明，已逼贼垒，出不意，惊呼曰："岳家军至矣！"飞乘之，遂大溃。自是连夺其险隘，贼穷。飞乃曰："招今可行矣！"

【梦龙评】孙膑强而示之弱，虞诩弱而示之强。祖逖、檀道济饥而示之饱，岳忠武饱而示之饥。

注释

①祖逖：少有大志，夜闻鸡起舞。南渡后，晋元帝用为豫州刺史，渡江击楫，誓清中原。与后赵石勒相持，破之黄河以内，尽为晋土。②陈川故城：陈川，本为蓬陂坞主，自称陈留太守，据浚仪（今开封）叛晋归石勒。太兴二年（319年），祖逖攻陈川于蓬关。石勒遣石虎救之，战于浚仪，祖逖兵败。此言陈川故城，指陈川在浚仪所建之城。两军分据事在太兴三年（320年）。③檀道济伐魏：檀道济早从刘裕，平京邑，征洛阳。宋文帝时讨平谢晦，拜征南大将军、江州刺史，督师北伐，三十余战皆捷。后舌被冤杀，魏人闻之，喜曰："道济死，吴子不足惮矣！"此言其伐魏，事在文帝元嘉七年（430年）到彦之北伐惨败之后，宋派道济接应被困军队。道济进至济水一带，二十余日胜三十余战，至历城（今山东历城），粮草被烧，乏食而不能进。④唱筹量沙：用量器量计沙子，而口中高唱所量数目。⑤调兵食：筹调军需食粮。

译文

晋朝名将祖逖手下将领韩潜与后赵的将领桃豹分别据守东川的旧城，双方相峙四十多天。祖逖命人用布袋装土，派一千多名士兵运送给韩潜。又派几个人挑着米粮，在路边休息，桃豹的士兵追来时，立即丢弃米袋逃跑。桃豹的士兵饿了很久，得到祖逖士兵留下的米粮，以为祖逖兵士众多，粮食充裕，心中非常恐惧，连夜就逃走了。

南北朝时，南朝宋将檀道济多次打败北魏军，攻打到历城后，魏军用轻骑兵跟踪堵截檀道济的前后军，又焚毁城中的粮草。檀道济军中无粮，只好撤军。有一名投降魏的士兵，报告了军情，魏人立即出兵追击，宋军异常恐惧，眼看要溃败。檀道济于是夜晚让人高声地喊着量米的数量，实际上却是以沙代米，另外用仅剩的米覆盖在沙堆上。第二天早晨，魏军见了地上成堆的粮食，以为檀道济营中粮食充裕，被降兵骗了，就怒斩降兵，檀道济全军得以安然返回。

岳飞奉皇上诏命安抚占领岭南一带的曹成，曹成拒绝归顺朝廷。岳飞奏报皇上说："盗匪人多势众就会肆意横行，等到力量削弱时，自然会前来接受招抚。如果不用武力加以围剿，骤然招抚，盗匪是不会轻易接受的。"于是岳飞率兵围剿。正好曹成派来的间谍被俘获绑缚在帐下。岳飞出帐去调遣大军的粮草，一个官吏报告说："城中实在是没有粮食，该怎么办呢？"边批：岳飞所支使。岳飞故意说："看来只有先撤回茶陵了。"接着在间谍面前表现出无可奈何的表情，顿脚然后进入帐内，暗中命令手下制造机会让间谍逃脱。岳飞料定间谍把所知道的情况告诉曹成，曹成一定会乘机攻击官兵，于是下令立即开饭，连夜悄悄绕过山岭向贼营出发。第二天清晨，岳飞的军队就已到达贼营，贼人大感意外，惊呼道："岳家军来了！"岳飞趁乱攻击，贼人溃散。岳飞连连夺下贼人险要关口，贼人被逼得走投无路。岳飞说："现在可以招抚了。"

【梦龙评】孙膑兵强，却用弱势来引诱敌人；虞诩兵弱，却虚张自身的武力来恫吓对手。祖逖、檀道济粮草缺乏，却以土装袋来显示粮草充足；岳飞粮草充足，却故意用缺粮作为诱饵，引贼人上当。

藏克借牛示援兵

建武十一年，臧宫[①]将兵至中卢，屯骆越。时公孙述[②]将田戎、任满与岑彭相拒于荆州。鼓战数不利。越人谋叛从蜀。宫兵少，力不能制。会属县送委输车数百乘至。宫夜使锯断城门限，令车声回转出入至旦。越人候伺者闻车声不绝而门限断，相告以汉兵大至，其渠帅[3]乃奉牛酒劳军。宫陈兵大会，击牛酾[4]酒，飨[5]赐慰纳之。越人由是遂安。

周访击斩张彦于豫章[6]，访亦中流矢，折前两齿，形色不变。及暮，访与贼隔水，贼众数倍。自知力不敌，乃密遣人如樵采者而出。于是结阵鸣鼓而来，大呼曰："左军至！"士卒皆呼"万岁"。至夜，令军中多布火而食。贼谓官军益至，未晓而退。访谓诸将曰："贼虽引退，然终知我无救军，当还掩袭。宜促渡水北。"既渡，断桥讫[7]，而贼果至，隔水不得进。

陈独孤永业[8]守金墉。周主攻之，不克。永业通夜办马槽两千。周人闻之，以为大军且至，惮之。适周主有疾，遂引还。

注释

①臧宫：字君翁，东汉初郏县人，从光武征战，以勇称，拜辅威将军，击诸郡平之，拜广汉太守，封朗陵侯，卒谥愍。②公孙述：东汉初扶风茂陵人，新莽时，为蜀郡太守。③渠帅：敌军的首领。④酾（shī）：斟酒。⑤飨（xiǎng）：用酒食款待客人。⑥周访：字士达，晋浔阳人，元帝渡江，命参镇东军事，寻以为扬烈将军，为中兴名将，积官梁州刺史。卒谥号壮。张彦：西晋时，荆湘流民起义军首领杜弓岁的部将，曾奉命攻陷豫章（治今江西南昌市）。⑦讫（qì）：终结，终了。⑧独孤永业：字世基，南北朝北齐中山郡人，本姓刘，幼孤，随母改姓独孤氏，有才能，擢补定州六州都督。

译文

建武十一年，臧宫带兵到中卢，驻扎在骆越。当时，公孙述的部将田戎、任满在荆门和岑彭抗拒。岑彭几次交战失利。越人商议反叛归蜀。臧宫兵少，靠武力不能制止。正好属县送几百辆运输车来到。臧宫夜里派人锯断城门门槛，让车的声响回转出入到天亮，越人的探子听到车声响不断而门限断了，回去报告汉兵大批到来，他们主帅就牵牛捧酒来犒劳汉兵，臧宫列兵大聚会，杀牛喝酒，用盛宴招待越人并加以安慰。越人从此安定。

周访在豫章打败并斩了张彦，周访也中了流箭，跌断前面两颗牙齿，脸色不

变，到黄昏时，周访和敌人隔河相望，敌人比周访士卒多好几倍。周访自知兵力不敌对方，就暗中派人化成樵夫模样潜出军营，再列队鸣鼓回营，大喊道："左军到了！"城里的士卒都欢呼"万岁"。到了夜晚，令军士多布置篝火开饭。敌人说官军不断到来，因此天没亮就退走了。周访对众将说："敌人虽退走，可是最终会知道我们没有救兵，还要回来攻打，应该赶快渡河北走。"渡河以后，把桥梁弄断了，敌人果然来到，但隔河不能进兵。

陈国的独孤永业守卫金墉，周朝君主攻打，没攻下来。永业连夜置办马槽两千个。周人听说，以为大军将要来到，害怕非常。正好周朝君王有病，于是领兵回去了。

武案卷二十四

本卷收集了练兵、布阵、守城、攻坚等多种方法。案，即案例，范例，武案即战争范例。练兵之法，如项梁以兵法部署宾客。战阵之法，如宋代的郭固等人讨论九军阵法、吴璘仿车战阵法创立叠阵法，皆善于思考，敢于创新。攻坚之法，如北宋招讨使赵遹寻找到叛兵未设防的天险，以奇兵攀缘而上，又以缚有火炬之猿猴引燃敌寨以扰乱敌军，得以取胜平叛；又如明代的安万铨利用敌人山寨一隅的一棵大树，令军士攀缘而上，奇袭敌寨而一举成功，皆能寻找敌人防卫弱点，以奇取胜。守城之法，如司马楚之以水筑冰城使敌人束手无策；宋代的张浚弛壕渔之禁使城壕不结冰防止敌人借冰梯登城，皆善于应变，令敌人束手。

学医废人，学将废兵。匪学无获，学之贵精。鉴彼覆车①，借其前旌②。青山绿水，画本分明。集《武案》。

注释

①鉴彼覆车：前车之覆，后车之鉴。②前旌：前人的旌旗，指前人的道路和经验。

译文

照书本行医的医生要害死人；嘴上夸夸其谈的将军会牺牲士兵。这不是说书本毫无用处，而是说读书贵在精通。前车之覆，后车可鉴；先锋打旗，后续循轨。前人的成功经验，就像青山绿水一样清晰，是学画者临摹的蓝本。所以，辑有《武案》一卷。

项梁集天下豪杰

项梁①尝杀人，与籍②避仇吴中。吴中贤士大夫皆出梁下。每有大繇役及丧，梁常主办，阴以兵法部勒宾客、子弟，边批：知兵者无处非兵法。以知其能。后果举事，使人收下县，得精兵八千人，部署豪杰为校尉、侯、司马。有一人不得官，自言。梁曰："某时某丧，使公主某事，不能办，以故不任公。"众乃皆服。

司马师③阴养死士三千，散在人间。诛曹爽时，一朝而集，竟莫知其所自来。

注释

①项梁：秦末农民起义军首领，曾多次大败秦军，后因骄傲轻敌为秦将章邯所败。②籍：项籍，即项羽，名籍，字羽，从叔父项梁起义，后自立为西楚霸王。③司马师：字子元，三国河内温县人，司马懿的长子。

译文

项梁曾经杀过人，他和项籍躲避仇家在吴中。吴中的贤士大夫都出于项梁门下，每当有官府大规模调派民夫的事以及有人有喜庆丧事的时候，常常由项梁出面主办。项梁暗中使用兵法部署宾客，子弟，边批：知兵者无处非兵法。因此大家都知道项梁很有才能。后来项梁果然起事，派人收取了会稽郡属下各县，得到精兵八千人，他们部署的豪杰，都做了校尉、侯或司马。其中有一个人没有得到官职，有些怨言。项梁说："某时某件丧事，我让你主持某事，而你不能办，所以不能任用你。”众人都很服气。

司马师暗中训练了敢死的勇士三千人，分散在民间。诛杀曹爽时，一下子就集合起来，人们竟然不知道这些勇士是从哪里来的。

注队矢与叠阵法

吴玠[1]每战，选劲弩，命诸将分番迭射，号“注队矢”，连发不绝，繁如雨注，敌不能当。

吴璘[2]仿车战余意，立“叠阵法”，每战以长枪居前，坐不得起，次最强弓，次强弩跪膝以俟，次神臂弓。约贼相搏，至百步内，则神臂先发，七十步，强弓并发。次阵如之。凡阵，以拒马为限，铁钩相连，伤则更代之，遇更代则以鼓为节。骑为两翼蔽于前，阵成而骑退，谓之叠阵。战士心定，则能持满，敌虽锐，不能当也。

【梦龙评】璘著《兵法》二篇，大略谓：金人有四长，我有四短，当反我之短，制彼之长。四长曰骑兵，曰坚忍，曰重甲，曰弓矢。吾集番、汉所长，兼收而用之，以分队制其骑兵，以番休迭战制其坚忍，以劲弓强弩制其重甲，以远克近、强制弱制其弓矢。布阵之法，则以步军为阵心，翼以马军，为左右肋，而拒马布两肋之间。

注释

①吴玠：字晋卿，宋朝德顺人，抗金名将，知兵善射，读书通大义，谥武定。

②吴璘：字唐卿，吴玠之弟，抗金名将，性刚勇，治军有方，谥武顺。

译文

吴玠每当交战时，选拔劲弓强弩，命令众将轮番向敌人发射，号称“驻队矢”，弓箭连发不断，密如雨注，敌人无法抵挡。

吴璘模仿车战阵法，创立“叠阵法”。每当战斗时，以长枪手居于前位，让他们坐下不得起立，其次是最强弓手，再其次是强弩手，取跪姿待命；最后最神臂弓手。和敌交战拼搏时，敌人到了我方阵前百步以内，神臂弓先发射；距离七十步时，强弓一齐发射，次阵也照此办理。凡是布阵，是以拒马（古代防御用战具，用以布阵立营，使人马不得奔突，故曰拒马）为限，铁钩相连，有受伤的就立即更换。遇到需要更换伤员的时候，就以击鼓为令。骑兵分为两翼，隐蔽于阵前。阵已摆成。骑兵则退，这便是叠阵。战士心定，就能拉满弓弦，敌军即使很精锐，也无法抵挡。

【梦龙评】吴璘曾著有《兵法》两篇，大意是说：金人有四个长处，我军有四个短处，所以我军应该回避我军的短处，抑制金人的长处。金人的四长是：骑兵骁勇；步兵坚忍；盔甲坚固；弓箭杀伤力强。我军应该兼容敌我双方的长处，并加以灵活地运用，用分散部队来牵制敌人骁勇的骑兵；用轮换休息、轮换上阵的方法来制服敌人的坚忍；用劲弓强弩来对付敌人坚固的盔甲；用远攻近守使敌人弓箭无法发挥。布阵的方法，是以步兵为兵阵的核心，以骑兵为左右两翼，最后再把“拒马”设置在两翼之间。

郭固创九军阵法

熙宁中，使六宅使郭固等讨论“九军阵法[①]”，著之为书，颁下诸帅府，副藏秘阁。固之法：“九军共为一营阵，行则为阵，住则为营。以驻队绕之[②]。若依古法：人占地二步，马四步，军中容军，队中容队，则十万人之阵，占地方十里余。天下岂有方十里之地、无丘阜[③]沟涧林木之碍者？兼九军共以一驻队为篱落[④]，则兵不复可分，如九人共一皮，分之则死，——此正孙武所谓‘縻军[⑤]’也。予[⑥]再加详定，谓九军当使别自为阵，虽分列左右前后，而各占地利，以驻队外向自绕，纵越沟涧林薄，不妨各自成营。金鼓一作，则卷舒合散，浑浑沦沦[⑦]，而不可乱。九军合为一大阵，则中分四衢[⑧]，如‘井田’法。九军皆背背相承，面面相向，四头八尾，触处为首。”上以为然，亲举手曰：“譬如此五指，若共为一皮包之，则何以施用？”遂著为令。

注释

①六宅使：官名，唐宋时管理皇子宅院事务的官吏。九军：前军、策前军、右虞侯军、右军、中军、左虞侯军、左军、后军、策后军。②以驻队绕之：在驻扎的军队周围有队伍环绕守卫。③阜（fù）：土山。④篱落：篱笆。⑤縻（mí）军：行动受

到牵制而不能灵活机动的军队。⑥予：第一人称代词，我。⑦浑浑沦沦：浩浩荡荡地成为一个整体。⑧衢（qú）：四通八达的道路。

译文

熙宁年间，指使六宅使郭固等人讨论“九军阵法”，著述成书，颁发到各帅府，将副本藏在秘阁。郭固的阵法，是将九军列为一个营阵，行则为阵，住则为营，让驻队环绕营阵。如果依照古时阵法：每人占地二步，马占地四步，军中容军，队中容队，那么，十万之众的一个大阵，占地方圆有十里多。天下哪里有十里方圆的地面上而没有山岭、土丘、沟渠、溪涧、林木这些障碍呢？再说将九军并为一营阵，那么兵便不可再分，就像九人共披一张皮，分开就死——这正是孙武所说的不是自由进退之军啊！我（沈括。文出自沈括《补笔谈》）再三加以详细考定，所谓九军阵法，应当是各自为阵，虽然分列在前后左右，却各占地利，从驻地向外，自然环绕，纵越沟涧林木各种障碍，不妨各自成营。当战鼓擂响，部队便可以或卷或舒，或合或散，虽然浑沦纷纭，却始终不乱。九军合为一个大阵，中分四岔，就像“井田”法一样。九军都背背相承接，面面相对，四头八尾，敌军所接触的任何一处，都可以作为兵阵之首来迎战。皇上以为我说得对，亲自举起手说：“比如这五个手指，如果把它们包裹在一张皮肤内，那将如何用呢？”于是便颁布命令，以九阵法为准。

赵遹借猴烧敌寨

政和[①]中，晏州夷酋卜漏反[②]。漏据轮囤，其山崛起数百仞，林箐深密；垒石为城，外树木栅，当道穿坑井，仆巨枿[③]，布渠答[④]，夹以守障。官军不能进。时赵遹[⑤]为招讨使，环按其旁，有崖壁峭绝处，贼恃险不设备。又山多生猱[⑥]；乃遣壮丁捕猱数千头，束麻作炬，灌以膏蜡，缚之猱背。于是身率正兵攻其前，旦夕战，羁縻之。而阴遣奇兵，从险绝处负梯衔枚，引猱上。既及贼栅，出火燃炬，猱热狂跳，贼庐舍皆茅竹，猱窜其上，辄发火。贼号呼奔扑，猱益惊，火益炽。官军鼓噪破栅。遹望见火，直前迫之，前后夹攻，贼赴火堕崖，死者无算。卜漏突围走，追获之。

【梦龙评】邓艾自阴平袭蜀，行无人之地七百余里，凿山通道，造作桥阁[7]，山高谷深，至为艰险。艾以毡自裹，推转而下。将士皆攀木缘崖，鱼贯而进。其功甚奇，而其事甚险。夫计程七百，非一日之行也；凿山构阁，非一日之功也。即平日不知儆备[8]，而临时岂无风闻？岂皓[9]等蒙蔽，庸禅怡堂，如所谓置羽书[10]于堂下者乎？不然，艾必无幸矣。赵遹之用猱，出于创奇，亦由贼不设备而然。故曰："凭险者固，恃险者亡。"

李光弼军令严肃，虽寇所不至，警逻不少懈，贼不能入。如是则必无阴平、轮囤之失矣。

《元史》：金人恃居庸[11]之塞，冶铁锢关门，布铁蒺藜百余里，守以精锐。元祖进师，距关百里，不能前，召扎八儿问计，对曰："从此而北，黑树林中有间道，骑行可一人。臣向尝过之。若勒兵衔枚以出，终夕可至。"元祖[12]乃令扎八儿[13]轻骑前导。日暮入谷，黎明诸军已在平地。疾趋南口，金鼓之声，若自天下。金人犹睡未知也，比惊起，已莫能支。关门既破，中都大震，金人遂迁汴。夫以极险之地，迫于至近而金不知备，此又非阴平之可比矣！

注释

①政和：北宋徽宗的年号，指1111—1117年。②晏州：在今四川省兴文县西。夷：通"彝"，彝族。卜漏：宋晏州少数民族首领。③枿（niè）：树枝。④渠答：一种古代的军用障碍物，"铁蒺藜"，俗称"铁菱角"。⑤赵遹（yù）：宋开封人，政和五年，在梓州路转运使任内，值泸南安抚使贾宗谅科敛竹本，卜漏被迫起兵，他劾罢宗谅，受命为泸南招讨使，率军三万，生俘卜漏，平定泸南，拜兵部尚书。⑥猱（náo）：一种善于攀缘的猿猴。⑦阁：阁道，栈道。⑧儆（jǐng）备：警备，戒备。⑨皓：黄皓，蜀汉后主时宦官，为后主所宠信，景耀元年（258年），开始专权国政。⑩羽书：古时征调军队的文书，因插鸟羽表示紧急而得名。⑪居庸：居庸关，在北京市昌平区西北部，长城要口之一，形势险要，向为北方的交通要冲。⑫元祖：元太祖成吉思汗，古代蒙古族的首领，军事家和政治家。⑬扎八儿：扎八儿者，元初赛夷（西域部之族长）人，因以为氏，火者，其官称也。元太祖曾使扎八儿使金，金不为礼而归。

译文

北宋徽宗政和年间，晏州彝族首领卜漏起事造反。卜漏占据轮囤，那里山高数百仞，竹林深密，垒石为城。卜漏将外围树上木栅栏，当道布上巨大的树枝，设置上守城御敌用的渠答，两旁以守障，官军不得进入。当时，赵遹是招讨使，在轮囤山周围巡视，发现有一处悬崖绝壁，卜漏以为这里是天险没有设备。又发现这山上的猿猴很多，就派壮丁捕获猿猴几千头，然后把麻扎成一束束作为火炬，再灌上膏蜡，绑在猿猴的背上。这一切安排妥当后，赵遹便亲自率领一部分兵士正面对卜漏发起进攻，从清晨攻到黄昏，紧紧牵制着卜漏的队伍。同时赵遹暗中派遣一支奇兵，从险绝的悬崖处利用梯子衔枚而上，同时将两千多头缚火炬的猿猴也带上。已经到了卜漏军所设的木栅栏处，点燃火炬，猿猴被烧得狂跳不止，卜漏军居住的房屋都是茅竹盖的，猿猴窜到屋顶上，立刻使屋舍着火；卜漏的士卒呼号着奔跑救火，猿猴更加惊恐得乱跳，火势就愈猛烈。这时，赵遹的兵士鼓噪着冲破栅栏，赵遹望见后山的火光，立即率领兵士向前追击，这样前后夹攻，卜漏的兵卒被火烧伤。坠崖而死伤无数。卜漏突围逃跑，被赵遹军追上擒获。

【梦龙评】三国时，邓艾由阴平出发偷袭蜀国，通过七百多里无人居的地方，一路开山辟路，遇河架桥，高山深谷，备受艰辛。邓艾自己身裹毛毡，向山下滑行；将士们攀附树木山石，鱼贯而进。迫使汉主投降，他的功绩甚大，但也经历了艰险。七百里路不是一天就能走完的，辟路造桥也不是一天就能完成的。即使蜀国平日不知戒备，也不至于对邓艾的行军没有一点耳闻吧？难道是宦官黄皓蒙蔽后主刘禅，听了恶人谗言，只图吃喝淫乐，把紧急的书信压在堂下，贻误军机吗？否则，邓艾一定没有那么幸运。赵遹用猿猴出奇制胜，也是由于敌人不设防备，才使赵遹有机可乘。所以说：以险为凭可以固守阵地，但是恃险而不加防备必定会败亡。

李光弼带兵号令严明，即使敌寇不来侵犯，军中的巡逻警戒也丝毫不懈怠，使敌人根本无机可乘。如果是这样，就不会有阴平、轮囤那样的失败了。

《元史》记载：金人凭恃居庸关的险要地势，用钢铁铸成关口大门，又铺撒上百里铁蒺藜，并派精锐部队把守。元太祖率兵攻打居关，离关百里外就无法前进，于是召来手下扎八儿征询意见，扎八儿说：“从这里朝北走，黑树林中有一条小道，只能容一人骑马走，臣以前曹经走过这条路。若是命令士兵口含竹片，悄悄从这条路走，晚上就可到达关口。”太祖于是令扎八儿骑马引路，黄昏时入谷，天亮时大军已出谷到了平地。然后直奔南口，金鼓之声好像从天而降。金兵个个还在沉睡中，不知元兵入关，等到被鼓声惊醒，已无力抵御。于是元兵占领居庸关，金都闻此大为恐慌，只好迁都汴京。元兵通过最危险的地势，兵临居庸关而金兵竟不知道防备，这又不是阴平之战所比得上的了。

安万铨登山攻囤

嘉靖十六年，阿向与土官王仲武争田构杀[①]。仲武出奔，阿向遂据凯口囤[②]为乱。囤围十余里，高四十丈，四壁斗绝[③]，独一径尺许，曲折而登。山有天池，虽旱不竭，积粮可支五年。变闻，都御史陈克宅、都督佥事杨仁调水西兵剿之[④]。宣慰使[⑤]安万铨，素骄抗不法，邀重赏乃行。提兵万余，屯囤下，相持三月，仰视绝壁，无可为计者。独东北隅有巨树，斜科偃蹇[⑥]半壁间，然去地二十丈许。万铨令军中曰：“能为猿猱上绝壁者，与千金！”边批：重赏之下，无不应者。有两壮士出应命。乃锻铁钩傅手足为指爪，人腰四徽[⑦]一剑，约至木憩足[⑧]，即垂徽下引人，人带铳炮长徽而起。候雨霁[⑨]，夜昏黑不辨咫尺时，爬缘而上。微闻剌剌声，俄而崩石，则一人坠地，骸骨泥烂矣。俄而长徽下垂，始知一人已据树。乃遣兵四人，缘徽蹲树间。壮士应命者复由木间爬缘而上，至囤顶。适为贼巡檄者鸣锣而至，壮士伏草间，俟其近，挥剑斩之，鸣锣代为巡檄者。贼恬然不觉也。垂徽下引树间人，树间人复引下人，累累而起。至囤者可二三十人，便举火发铳炮，大呼曰：“天兵上囤矣！”贼众惊起，昏黑中自相格杀，死者数千人。夺径而下，失足坠崖死者又千人。黎明，水西军蚁附上囤，克宅令军中曰：“贼非斗格而擅杀，及黎明后殿者，功俱不录！”边批：非严也，刻也，所以表功。自是一军解体，相与卖路走贼，阿向始与其党二百人免。囤营一空，焚其积聚，乃班师。留三百官兵戍囤。

【梦龙评】凯口之功奇矣，顾都御史幕下岂乏二壮士，而必令出自水西乎？宜土官之恃功骄恣，乱相寻而不止也。至于阿向之局未结，而遽尔班师，使薄戍孤悬，全无犄角。善后万全之策果如是乎？其后月余，阿向复纠党袭囤，尽杀戍卒。向以中敌，今还自中。复忽按察佥事田汝成[10]之戒，轻兵往剿，自取挫衄。昔日奇功，付之煨烬[11]。吁！书生之不足与谈兵也久矣，岂独一克宅哉！田汝成上克宅书，谈利害中窾，今略附于左。

汝成闻克宅复勒兵剿囤，献书曰："窃料今日贼势，与昔殊科，攻伐之策，亦当异应。往往一二枭獍[12]，负其窟穴，草窃为奸者，皆内储糇精[13]，外翼党与，包藏十有余年，乃敢陆梁[14]，以延岁月。今者诸贼以亡命之余，忧在沟壑，冒万死一生之计，欢呼而起，非有旁寨渠酋，通牖结纳，拥群丑以张应援也。守弹丸之地，踡伏其中，无异瓮缶。裰[15]升斗之粮，蹑尺五之道，束腓而登，无异哺鷇[16]；非素有红粟朽贯积之仓庾，广畜大豕肥牛以资击剥也。失此二者，为必败之形，而欲摄枵腹[17]，张空拳，睅目[18]而前，以膺[19]貔虎[20]，是曰'刀锯之魂'，不足虑也。然窃闻之，首祸一招，而合者三四百人，课其十日之粮，亦不下三四十石，费亦厚矣。而逾旬不馁者，无乃有间道捷径偷输潜輓[21]以给其中者乎？不然何所恃以为生也？夫蛮陬[22]夷落之地，事异中原。譬之御寇于洞房委巷之中，搏击无所为力。故征蛮之略，皆广列伏候、扼险四塞以困之。是以诸贼虽微，亦未可以蔫食屠剪。唯在据其要害，断其刍粟之途，重营密栅，勤其间觇，严壁而居，勿与角利，使彼进无所乘，退无所逸，远不过一月，而羸疲之尸藁磔麾下矣。若夫我军既固，彼势益孤，食竭道穷，必至奔突，则溃围之战，不可不鏖也。相持既久，观望无端，我怠而衰，彼穷而锐，或晨昏惰卧，刁斗失鸣，则劫营之虞不可不备也。防御既周，奸谋益窘，必甘辞纳款，以丐残息，目前虽可安帖，他日必复萌生，则招抚之说不可从也。肤见宵人[23]，狃于诡道，欲出不意以徼一获；彼既鉴于前车，我复袭其故辙，不唯徒费，抑恐损威，则偷囤之策不可不拒也。至于事平之后，经画犹烦"云云。

注释

①嘉靖十六年……争田构杀：据《明史·贵州土司传》中曰："嘉靖十五年（1536年），平浪叛苗王聪攻夺凯口囤，执参将李佑等。初，王阿向先世为土官，为王仲武先人所夺，至阿向，与仲武争印煽乱。总兵杨仁，巡抚陈克宅平之，斩阿向等，尽捉拿其党，以地属都匀府，改名灭苗镇。"②凯口囤：山名，凯阳山，在今贵州省都匀市西南。③斗绝：陡绝。④陈克宅：字即卿，明余姚县（今属浙江省）人，

智囊 · 兵智部

正德进士，授知县，擢御史，累升都察院右副都御史，巡抚贵州，累获军功，寻改应天，被论回籍听勘，未几卒。水西：地名，旧址在今贵州省黔西县。⑤宣慰使：也称“宣抚使”，为朝廷任命西南少数民族地区的世袭武职士官。⑥偃蹇（jiǎn）：很高耸的样子。⑦徽：绳索。⑧憩（qì）足：休息。⑨霁（jì）：雨后天晴。⑩田汝成：字叔禾，明浙江钱塘（今杭州）人，嘉靖进士，官至广西布政司右参议，著有《炎徼纪闻》等书。⑪煨（wēi）烬：灰烬。⑫枭（xiāo）獍：也作“枭镜”，相传是食父母的鸟兽，比喻忘恩负义的恶人。⑬糇糒（hóu jiǎng）：粮食。⑭陆梁：嚣张，跋扈。⑮襁（qiǎng）：本为包裹，此处用作动词。⑯鷇（kòu）：刚出生的小鸟。⑰枵（xiāo）腹：空腹，饥饿。⑱睅（hàn）目：眼睛突出的样子。⑲膺（yīng）：抵挡，抗拒。⑳貔（pí）虎：凶猛的老虎。貔，传说中凶猛的野兽。㉑輓（wǎn）：通“挽”，牵引，拉车。㉒陬（zōu）：角落。㉓宵人：小人。

译文

明嘉靖十六年，阿向与土官王仲武为争田地而起矛盾。王仲武怕遭阿向杀害而逃走，从此阿向占据凯口囤，聚众作乱。

凯口囤占地方圆十余里，高四十丈，四面是陡峭的山崖，只有一条一尺多宽的小径，可以蜿蜒而上。山顶有座天然的大水池，终年池水不干，有干旱的时候也不用担心缺水，而囤内所积存的粮食，足足可以吃上五年。

阿向作乱的消息传出，都御史陈克宅、都佥事杨仁征调水西兵前往剿灭。宣慰使安万铨平常骄傲抗法，行事不法，在重赏下，才率领一万多名士兵驻守凯口囤的山下，与阿向等人隔山对峙达三个多月。

安万铨不时抬头仰望高山绝壁，却始终想不出一个登山攻囤的计划。

一天，安万铨见山崖的东北角有一棵巨大老树，离地有二十多丈，斜生于半山间。安万铨下令说：“有人能像猴子般沿着崖壁爬上山的，我赏一千金。”边批：重赏之下，无不应者。

立刻两名勇士愿意一试。

于是这两人带着铁钩、腰间挂着四根长绳及一把利剑，约定爬到大树休息时，就垂下绳索接应山下的人。这时正好雨季，天色昏暗，视线不好，所以两名勇士刚开始往上攀爬时只听见微微的啦啦声，不一会儿土石崩塌，一名勇士失手坠地，只见满身泥血，当场死亡。

再过一会儿，有长绳垂下，这才知道另一勇士已攀上大树。安万铨立刻命四名士兵，顺着垂下的长绳，带着火炮，攀爬上树。等这四名士兵全部安然上树后，剩下勇士再继续攀爬上囤。

来到囤顶，正赶上贼兵敲着锣巡逻。勇士们埋伏在草丛中，等巡逻兵一靠近，就一刀杀了贼兵，然后拿着锣冒充贼兵。因此整个贼营丝毫没有惊觉官军已经潜入囤内。勇士再垂下绳索，接高山下的士兵，这样再三往复，已有二三十名士兵登上山顶。

这时安万铨便下令引发火炮，同时大叫道："天兵降临！"

贼人在惊慌中应战，由于天色昏暗、视线不明而相互误杀的，竟有好几千人；其余贼人纷纷由捷径逃跑，因此而失足坠下悬崖的又有好几千人。

第二天天亮后，水西军像蚂蚁般沿着小径上山，陈克宅下令说："不可擅自斩杀贼兵。明天一早，有谁落后，就不能记他的军功。"边批：非严也，刻也，所以表功。

因此士兵全无杀贼之心，阿向和其他贼人，这才侥幸逃过一死，整个囤营不见任何贼兵。官军烧毁贼人的积粮后，只留下三百名士兵驻守，其余士兵各自回原驻地。

【梦龙评】凯口囤一战的成功算是奇特了，只是御史陈克宅手下难道找不到一两名勇士，非要借助水西兵不可。也难怪当地土官会恃功骄横，不断生事作乱而无法制止。至于阿向的事件还没有彻底解决，陈克宅就草率班师，只留下三百名官兵戍守，孤立无援，善后布置和守备措施就是如此这样吗？一个多月后，阿向又纠集余党袭击凯口囤，所有戍守的官兵都被阿向杀光。阿向曾因此而败于官军，现在用同样的办法又夺回胜利。而陈克宅又不把按察佥事田汝成的忠告放在心上，只率少数官兵前去剿贼，终于自取败辱。往日战功，毁于一旦。唉！不能和书生谈论兵事的说法已很久了，这样的书生又何止是陈克宅一个人！田汝成曾上书陈克宅，论剿灭叛贼的利害关系，现将其大致内容摘录如下。

田汝成听说陈克宅又要出兵去围剿凯口囤时，献策说："我料想今天贼人的形势已和往日大不相同，所以攻贼的策略也应该有所不同。往往一两名大逆不道之人占领山寨聚众为寇，除了储备粮草、网罗党羽外，还要隐姓埋名十多年，才敢据寨称王，公开发展自己的势力，以苟延岁月。然而今天的贼人都只是一群亡命之徒，他们怕自己死于沟壑之中，因此敢冒万死一生的侥幸心理呼啸而起，并没有其他山寨的匪首与之结为死党，也不是因为能聚众徒壮大声势。他们据守着弹丸之地，蜷伏在其中，简直成了瓮中之鳖。他们用布包上几升几斗粮食，踩着一尺多宽的小路，在腿上裹着绑腿往上爬，就像等食的小鸟。他们没有足够的粮草，也没有肥硕的牛羊，这就造成了他们必定失败的形势。如果饿着肚子，空着两手，干瞪着双眼去打老虎，注定是刀下亡魂，的确不值得顾虑。然而，我却听说阿向举臂一招，就有三四百人背着粮食前去归附他，每人征收十天的粮食，也不下有三四十石米粮，这说明他们的耗费还是很多的。再说阿向能几个月都不缺粮，该不会是有人暗中从密道偷偷给他们运送粮食吧？不然他们如何得以生存呢？在偏僻的荒山上，和在中原地区不同，就好像在房舍小巷中打斗，无法施展身手。所以征讨蛮人的策略，应该是将军队埋伏在山下等候，派兵据守四面通往山上的要塞，把敌人困在山上。即使贼人人单力薄，也不能掉以轻心。重要的是对所有要道严加防守，阻断贼兵的粮道。设立重重栅栏，严密监视贼人动向，不可与贼人交战，让贼人进攻时没有机会，退却时又无路可逃，过不了一个月，贼兵一定又累又饿地死在我军刀下。我军愈是严密固守，贼兵的势力也会愈加孤弱，当贼兵眼看粮食将尽，粮道又被封锁，一定会想突围，贼兵突围，我军必将其彻底消灭。再者两军相持已久，彼此观望，我军会因时日的拖延而放松警惕，贼兵或许会因此而激发锐气，这就要防备我军怠忽，只知早睡晚起，无人巡逻站岗，无人打更报时，要防备贼兵发动劫营的攻击。还有，面对我军的严密防守，贼兵在无计可施的情况下，或许会说尽好话，奉上珍宝，以求得喘息之机。眼前虽然有一时的安宁，但不久等敌人喘息过来后，必然萌发反叛之心，所以归降的提议，不能接受。小人诡计多，还会趁我军指挥错误，出其不意地偷袭我军。既然贼兵上次败于我军的偷袭，我军若再用同样的手法袭击，不仅白费工夫，恐怕会损及朝廷威名，所以用偷袭战略一定无法取胜。至于平定叛乱之后，需要治理筹划的事情还很多。”等等。

楚之筑栅退柔然

司马楚之[①]别将督军粮，柔然欲击之。俄军中有告失驴耳者，楚之曰："此必贼遣奸人入营觇伺，割以为信耳。贼至不久，宜急为备！"乃伐柳为城，以水灌之，城立而柔然至。冰坚滑不可攻，乃散走。

注释

①司马楚之：晋宗室。刘裕受禅后，楚之欲图报复，聚众于长社。后降北魏，太武帝时封琅邪王，拜朔州刺史。在边二十余年，以清俭著闻。

译文

司马楚之别将督送军粮，柔然要袭击他。这时军中有人报告说有只驴的耳朵不见了。司马楚之说："这肯定是敌人派遣间谍入营来侦探，割下驴耳作为信物，回去复命去了。敌人很快就要来袭击我们了，应该紧急采取防备措施。"于是砍伐柳树做城，用水浇灌，结冻为一座冰城。冰城刚冻好，柔然便率军到来，可是冰城坚硬溜滑无法攻取，只好撤兵回去了。

魏公凿冰挡金兵

绍兴中，虏趋京，所过城邑，欲立取之，会天大寒，城池皆冻。虏籍冰梯城，不攻而入。张魏公在大名，闻之，先弛[①]濠[②]鱼之禁，人争出取鱼，冰不得合。虏至城下，睥睨久之，叹息而去。

注释

①弛：放松。②濠：护城河。

译文

南宋绍兴年间，金兵向京城进犯，所经过的城邑，要立即攻取。时值天气严寒，护城河都结了冰，借冰攻城，不攻而入。魏国公张浚在大名听说这一情况后，先废除了禁止在护城河中捕鱼的禁令，人们争相去河中取鱼，水便不能再结冰。敌寇攻到城下，窥视了好久，叹息着离开了。

闺智部

贤哲卷二十五

本卷收集了古代贤惠女子的故事。贤哲，即贤惠，明达事理。明太祖高皇后救秀才之命，战国时的赵威后懂得尊贤之道，南北朝时的刘娥以国家大政为重救敢谏的廷尉陈元达，皆能见大。唐朝崔敬的小女儿为解父亲危难自愿嫁给长史吉懋之子，李络秀为了家族的兴旺嫁给周浚为妾，皆能为家庭长远利益着想。如此种种，皆可见女子之贤哲。

匪贤则愚，唯哲斯肖。嗟彼迷阳①，假途闺教②。集《贤哲》。

注释

①迷阳：此处指头脑糊涂的男人。②闺教：此处指闺房中的妻子对丈夫的指教。

译文

不是贤惠便是愚昧，唯有聪明才能模仿；可叹世上糊涂男儿，从巾帼中可得指教。所以，辑有《贤哲》一卷。

明太祖发行纸币

高皇帝初造宝钞，屡不成，梦人告曰：“欲钞成，须取秀才心肝为之。”觉而思曰：“岂欲我杀士耶？”马皇后①启曰：“以妾观之，秀才们所

作文章，即心肝也。”上悦，即上本监取进呈文字用之，钞遂成。

注释

①马皇后：元末宿州人，马公女。母早亡，马公素善郭子兴，以后托之。马公卒，子兴育如己女。子兴奇太祖，以女归焉。

译文

高皇帝朱元璋在首次制造宝钞时，多次失败。一天晚上他梦见有人告诉他说：“要想造成宝钞，必须挖取秀才心肝。”睡醒以后他暗自说道：“难道这是让我要诛杀士人吗？”马皇后听到后便规劝他说：“依我看来，秀才们所做的文章，就是他们的心肝。”高皇帝听后大悦，立即派人在国子监取来很多文章，经过选用，宝钞果然做成。

赵威后诘问齐使

齐王使使者问赵威后[①]，书未发[②]，威后问使者曰：“岁亦无恙耶？民亦无恙耶？王亦无恙耶？”使者不悦，曰：“臣奉使使威后，今不问王而先问岁问民，岂先贱而后尊贵者乎？”威后曰：“不然。苟无岁，何有民？苟无民，何有君？有舍本而问末者耶？”乃进而问之曰：“齐有处士钟离子，无恙耶？是其为人也，有粮者亦食[③]，无粮者亦食；有衣者亦衣，无衣者亦衣，是助王养其民者也，何以至今不业也？叶阳子无恙乎？是其为人，哀鳏寡，恤[④]孤独，振困穷，补不足，是助王息其民者也，何以至今不业也？北宫之女婴儿子无恙耶？撤其环瑱[⑤]，至老不嫁，以养父母，是皆率民而出于孝情者也，胡为至今不朝也？此二士不业、一女不朝，何以王齐国、子[⑥]万民乎？于陵子仲[⑦]尚存乎？是其为人也，上不臣于王，下不治其家，中不索交诸侯，此率民而出于无用者，何为至今不杀乎？”

注释

①赵威后：即触龙说赵太后之赵太后，惠文王之后。②书未发：未发其封识。

③食：给予食物。下之“衣”字亦同此例。④恤（xù）：通“恤”，救济，抚养。⑤瑱（zhèn）：古人冠冕上垂在两侧用以塞耳的玉。⑥子：爱，爱民如子。⑦于陵子仲：于陵为齐邑名，治所今山东省长山县西南；子仲，齐国的隐士。

译文

齐王派遣使者去看望赵威后，信还未拆封，威后就向齐国的使者问道：“贵国的收成好吗？人民还好吧？齐王也好吧？”使者听后很不满意，说：“我奉齐王之命专程来看望您，现在您不先问齐王，而先问年景如何百姓如何，这不是先卑贱而后尊贵，把尊卑搞颠倒了吗？”威后说：“不对，如果国家颗粒不收，百姓怎么会存在？如果没有老百姓，哪里还有国君呢？怎么能认为我是舍去根本而问细枝末节呢？”威后又进而问使者：“齐国有个叫钟离子的隐士，他好吗？这个人为人行事，对有粮吃的给予食物，对于没有粮吃的他也给予食物；对有衣服穿的他送给穿的，对没有衣服穿的他也送给穿的，这是在帮助齐王抚养他的百姓，为什么到现在他还不在官位？叶阳子也很好吧？这个人为人行事，哀怜那些丧妻丧夫的人，抚恤那些失去父母或没有子女的人，他救济贫困穷苦的百姓，补助他们衣食的不足，这是帮助齐王的百姓休养生息，为什么这个人也至今不在官位呢？北宫氏的女儿婴儿子也好吧？她摘掉自己的首饰，到老不嫁，来奉养父母，这样做是引导百姓一心向孝，为什么至今不召她入朝为命妇呢？这样的两个贤士没有任职，一个孝女没有受封，齐王如何能统治齐国，做万民的父母呢？于陵子仲还在吗？这个人，对上不尊王称臣，对下不治理其家，对中不结交诸侯，这是个引导百姓无所作为的人，为什么至今还不杀掉他呢？”

刘皇后劝谏刘聪

刘聪[①]妻刘氏，名娥，甚有宠于聪。既册后，诏起鹄仪殿以居娥。廷尉[②]陈元达切谏，聪大怒，将斩之。娥私敕左右停刑，手疏上，略曰：“廷尉之言，关国大政，忠臣岂为身哉！陛下不唯不纳，而又欲诛之。陛下此怒，由妾而起；廷尉之祸，由妾而招。人怨国怨，咎皆归妾；拒谏戮忠，唯妾之故。自古败亡之辙，未有不因于妇人者也。妾每览古事，忿忿忘食，何意今日妾自为之，后人视妾，亦犹妾之视前人也，复何面目仰侍巾栉？

请归死此堂，以塞陛下色荒之过。”聪览毕，谓群下曰：“朕愧元达矣！”因手娥表示元达曰：“外辅如公，内辅如娥，朕复何忧！”

【梦龙评】姜后、樊姬、徐惠妃一流。

注释

①刘聪：十六国时期汉国国君，又名载，字玄明，匈奴族，刘渊第四子，精通经史，尤好兵法，谥昭武皇帝，庙号烈宗。②廷尉：官名，秦朝开始设置，九卿之一，掌刑狱。

译文

刘聪的妻子姓刘，名娥，很得刘聪的宠爱。刘娥被册立为皇后以后，皇上下诏建造鹍仪殿让刘娥居住。廷尉陈元达恳切劝谏皇上不要这样做，刘聪大怒，要将陈元达斩首。刘娥私自命令左右的人停止对陈元达用刑，又亲自上疏，其中大意是说：“廷尉陈元达的话，关系到国家大政，忠臣为国怎会吝惜生命呢？陛下不仅不采纳他的意见，反而要杀他。陛下这怒气，是因我而起的；廷尉的杀身之祸，是我给招来的。人怨国怨，错误全归我人；拒绝忠谏，妄杀忠臣，只是因为我的缘故。自古以来国家衰败灭亡的历史教训，没有不是因为女人的。每当我看古书时读到这类事，常愤愤然而忘掉吃饭。可怎么也不会想到，我今天自己也要做这种事情！后世的人将来看我，也如同我看前朝的坏妇人一样，我还有什么面目侍奉皇上做您的妻子呢？请允许我在此堂上死去，以免陛下被指责为好女色而荒于政事的过错。”刘聪看罢刘娥所书，对群臣们说：“我对不起元达啊！”又手指着刘娥之书展示给元达说：“国家大事，外有像您这样的忠臣辅佐，内有刘娥这样的贤女子协助，我还有什么可忧虑的呢？”

【梦龙评】周宣王的妻子姜后、楚庄王的夫人樊姬、唐太宗的妃子徐惠，都是和刘娥一样的贤德之人。

崔敬次女嫁豪门　络秀嫁周为父母

唐冀州长史吉懋欲为男顼取南宫①县丞崔敬女，敬不许。因有故，胁以求亲，敬惧而许之。择日下函，并花车卒然至门。敬妻郑氏初不知，抱女大哭曰："我家门户低，不曾有吉郎！"女坚卧不起。其小女白其母曰："父有急难，杀身救解，设令为婢，尚不合辞，姓望之门，何足为耻？姊若不可，儿自当之！"遂登车而去，顼后贵至拜相。

周颉[②]母李氏，字络秀，少在室，颉父浚时为安东将军，因出猎遇雨，止秀家。会秀父兄出，乃独与一婢为具数十人馔[③]，甚精腆，寂不闻人声。浚怪觇之，见秀甚美，因求为妾，父兄不许。秀曰："门户单寒，何惜一女，焉知非福？"已归浚，生颉及嵩、谟，已三子并贵显。秀谓曰："我屈节为汝门妾，计门户耳。汝不与吾家为亲亲者，吾亦何惜余年！"颉等敬诺，自是李氏遂振。

【梦龙评】绝无一毫巾帼气。"生男勿喜女勿悲"，此诗正堪为二女咏耳。

注释

①南宫：在今河南省南部。②周颉（yǐ）：字伯仁，晋汝南安城人，少有名望，官至尚书左仆射，王敦叛乱时被杀。③馔（zhuàn）：安排食物。

译文

唐冀州刺史吉懋想为他的儿子吉顼娶南宫县丞崔敬之女为妻，但崔敬不许。吉懋便依官恃势，强求结亲，崔敬恐怕得罪上司，勉强答应。于是择日定亲，不久便花轿突然到门，迎娶新娘。崔敬之妻郑氏原不知此事，便和女儿抱头痛哭说："我家门户低，配不上和吉家结亲。"说完后此女便坚卧不起。这时崔敬的小女儿便对其母说："我父身有急难，女儿应杀身救解，即使为奴做婢，也绝不推辞！况且还是望族高门，何足为耻。姐姐如不答应，我情愿前往。"于是便登车而去，吉顼后来官至宰相。

周凯的母亲姓李，字络秀，从小在家中长大。周凯的父亲周浚当时任安将军之职。有一天周浚出外打猎，突然大雨倾盆，他便来到络秀家避雨。正好络秀的父母和兄弟都出门在外，络秀便和一婢女准备了十几个人的膳，都很精美，却寂无人声。周浚感到奇怪，便偷偷巡视，看见络秀长得很美丽，后来便求人提亲，想将络秀纳以为妾。络秀的父兄不许，但络秀却说："门户孤单贫寒，为何还要可惜一女，哪知就不是福呢？"不久，她便被周浚娶过门去，并接连生了周凯及周嵩、周谟，后来这三个儿子都相继成为显贵。络秀并对儿子们说："我屈节成为你家之妾，只是看到你家门户而已。你们如不与我家成为亲戚，我也不必怜惜我的余年了。"周凯等都唯命是从，从此李家便日益兴盛。

【梦龙评】"绝无一点女人气，生男勿喜女勿悲。"这首诗正好为这两位女子吟咏。

乐羊子妻义气节

乐羊子尝于行路拾遗金一饼，还以语妻。妻曰："志士不饮盗泉，廉士不食嗟来，况拾遗金乎？"羊子大惭，即捐之野。

乐羊子游学，一年而归。妻问故，羊子曰："久客怀思耳。"妻乃引刀趋机而言曰："此织自一丝而累寸，寸而累丈，丈而累匹。今若断斯机①，则前功尽捐矣。学废半途，何以异是！"羊子感其言，还卒业，七年不返。

乐羊子游学，其妻勤作以养姑②。尝有他舍鸡谬③入园，姑杀而烹之。妻对鸡不餐而泣。姑怪问故，对曰："自伤居贫，不能备物，使食有他肉耳。"姑遂弃去不食。

【梦龙评】返遗金，则妻为益友；卒业，则妻为严师；谕姑于道，成夫之德，则妻又为大贤孝妇。

注释

①机：织机。②姑：指婆婆。③谬：误。

译文

乐羊子曾在路边捡到一锭金子，回家后把这件事告诉了妻子。妻子说："有志节的人不喝盗泉的水，廉洁的人不吃带有侮辱性的施舍食物，更何况是捡人遗失的金子呢？"乐羊子听了大为惭愧，立即把金子扔了。

乐羊子离家求学，一年后回到家，妻子问他为何回家，乐羊子说："久居乡心中想家，所以就回来了。"妻子拿着刀走到织布机旁，对乐羊子说："这匹绢是由一丝一线累成一寸，一寸一寸积累成丈、成匹，现在若是剪断它，那么就前功尽弃了。现在你求学半途而废，和这有什么区别？”乐羊子对妻子这番话深有感触，于是回去完成学业，其间七年不曾回家。

乐羊子离家求学期间，妻子辛勤持家，照顾婆婆。有一次，邻家所养的鸡误入乐羊子的园中，婆婆便抓来煮了吃。到吃饭时，乐羊子妻不吃饭却一个劲地哭。婆婆感到奇怪，问她原因，乐羊子妻说：“我是难过家里太穷，各种所需不能齐备，以至于食物中有别家的肉。”婆婆听了大感惭愧，就把鸡丢弃不吃了。

【梦龙评】劝丈夫返还别人遗失的金子，乐羊子妻可说是益友；督促丈夫坚持完成学业，乐羊子妻可说是严师；用道理晓喻婆婆，成全丈夫的名声，乐羊子妻更是大贤的孝妇了。

雄略卷二十六

本篇收集了古代富雄才大略之奇女子的故事。雄略，即雄才大略。如君王后椎碎玉环、齐姜氏设法将重耳载回晋国；司马懿之妻杀死有可能泄露秘密、破坏其夫大事的婢女；宋太祖之姊以杖赶宋太祖，皆能识善断，行事之果决甚至超过一般男子。

士或巾帼，女或弁冕[①]。行不逾阈[②]，谟[③]能致远。睹彼英英，惭余谫谫[④]。集《雄略》。

注释

①弁（biàn）冕：成年男子加冠，代指男子。②阈（yù）：门槛。③谟（mó）：通“无”。④谫谫（jiǎn jiǎn）：浅薄的样子。

译文

男子也有妇人样的，女子也有男人样的；虽说从来不出门，智谋所及却很远。

看看那些出色女子的才情，实在惭愧我的浅陋。这一卷都是关于那些堪比男性的智慧女性的故事，名为《雄略》。

襄王知解智慧环

秦王使人献玉连环于君王后[1]，齐襄王之后，太史氏。曰："齐人多智，能解此环乎？"君王后取椎击碎之，谢使者曰："已解之矣。"

【梦龙评】君王后识法章于佣奴之中，可谓具眼。其椎[2]碎连环，不受秦人戏侮，分明女中蔺相如矣。汉惠时，匈奴为书以谑吕后，耻莫大焉，而乃过自贬损，为好语以答之。平、勃皆在，无一君王后之智也，何哉？

注释

①秦王：秦昭王，公元前306—前250年在位。君王后：指齐襄王（前283—前265年在位）的王后，姓太史。②椎（chuí）：击打工具。

译文

秦王派人向齐襄王的王后进献玉连环，说："齐国人大多都很智慧，能解开这个玉连环吗？"齐襄王后拿锤子把玉连环击碎，告诉使者说："已经解开了。"

【梦龙评】君王后当年能在受雇用的奴仆之中，发现改了名字的齐湣王的儿子法章，最终嫁给他，可说是独具慧眼了。她用锤子打碎玉连环，不受秦国人的戏弄，分明是女子中的蔺相如。

汉惠帝时，匈奴王曾写信戏谑吕后，这简直是莫大的耻辱，但是汉室竟然过分地自我贬损，用好言好语来答复匈奴。当时陈平、周勃等名臣都在，却没有一位有君王后那样的智慧，这是为什么呢？

姜氏抬夫归晋国

晋公子重耳出亡至齐，齐桓妻以宗女，有马二十乘。公子安之，留齐五岁，无去心。赵衰、咎犯[①]辈乃于桑下谋行。蚕妾在桑上闻之，以告姜氏。姜氏杀之，劝公子趣[②]行。公子曰："人生安乐，孰知其他？"姜氏曰："子一国公子，穷而来此，数子者以子为命，子不疾反国，报劳臣，而怀女德，窃为子羞之！且不求，何时得功？"乃与赵衰等谋醉重耳，载以行。

【梦龙评】五伯桓、文为盛，即一女一妻，已足千古。

张氏，司马懿后也，有智略。懿初辞魏武命，托病风痹[③]不起。一日晒书，忽暴雨至，懿不觉自起收之。家唯一婢见，后即手杀婢以灭口，而亲自执爨[④]。

注释

①赵衰、咎犯：当时都是跟随重耳出走的臣子。②趣：行动，作为。③痹：麻木。④爨（cuàn）：灶。

译文

晋国公子重耳逃亡到齐国，齐桓公把同宗之女嫁给他，并给他二十乘马。公子重耳觉得很安适。留在齐国五年，还没有离开的心思。赵衰，咎犯等在桑树下计划离开齐国。养蚕女在桑树上听到了，把这事报告给姜氏，姜氏把养蚕女杀掉灭口，劝公子重耳动身离开齐国；公子说："人生只要安乐，谁还想得到其他？"姜氏说："您是一国的公子，走投无路才来到这里，您的几位随行大臣都把您舍弃自己的性命，您不赶快返回晋国，报答这些有功之臣，反而贪恋女色和安乐，我私下都为您感到羞耻！况且您如果不去努力追求。何时能够建立呢？”于是，姜夫人和赵衰等人设计把公子灌醉，车载着公子返回晋国。

【梦龙评】春秋五霸中，以齐桓公、晋文公最负盛名，他们有这样的女儿、女子，已足以名传千古了。

张氏，是司马懿之妻，很有智谋。司马懿当初推辞魏武帝的任命，借口有病，说因受风而身体麻痹，不能起床。一天，家中晒书时，忽然下起暴雨，他无意识中自己起来去收书，家里只有一个婢女看了，张氏就立即亲手杀了婢女以灭口，而亲自烧火做饭。

太祖姊杖弟为帝

宋太祖将北征[①]，京师喧言“军中欲立点检为天子”。太祖告家人曰：“外间讻讻如此，将若之何？”太祖姊方在厨，引面杖击太祖，逐之曰：“丈夫临大事，可否当自决于怀，乃来家间恐怖妇女何为耶？”太祖嘿而出。

【梦龙评】分明劝驾。

注释

①北征：后周恭帝显德七年（960年），镇、定二州奏北汉兵南下，朝廷命殿前都点检赵匡胤出兵抵御。

译文

宋太祖在后周时任殿前都点检，受命将要征伐北汉，京城中哄传“军中要立点检为天子”。太祖把这件事告诉家里人说：“外面吵嚷哄传成这样，该怎么办呢？”太祖的姐姐正好在厨房里，她拿了擀面杖来打太祖，边追边责问：“大丈夫遇到大事，该怎么办应当自己心里拿主意，你却来家里恐吓妇女，你想做什么？”太祖默不作声地出了屋。

【梦龙评】太祖姐姐这番话，分明是在劝他做皇帝。

刘太妃智谋勇略

太妃刘氏，晋王克用妻也。克用追黄巢[①]，还军过梁，朱温阳为欢宴，阴伏兵，夜半攻之。克用逃归，即议击温。刘谏曰："公本为国讨贼，今梁事未暴[②]，而遽[③]反兵相攻，天下闻之，莫分曲直。不若敛军还镇，自诉于朝，然后可声罪也。"克用悟，从之，天下于是不直温。

【梦龙评】按：克用困上源驿[④]，左右先脱归者，以汴人为变告刘。刘神色不动，立斩之，阴召大将约束，谋保军以还。此其智勇，岂克用所可及哉！假令克用不幸而死，必能为张茂[⑤]之妻；设犹幸未死，必能为邵续[⑥]之女。虽然，为张茂之妻、邵续之女易，为刘太妃难，何也？其勇可及，其智不可及也。

张茂为吴郡守，被江充所害。妻陆氏率茂部曲为先登讨充。充败，遂为陆所杀。邵续女嫁刘遐，遐为石季龙所困，女将数骑拔围，出遐于万人之中。

太原被围，克用屡败，忧窘不知所为。时大将李存信劝且亡入北边，以图后举。克用以语刘，刘骂曰："存信代北牧羊奴，何足与计成败！公尝笑王行瑜弃邠州走，卒为人擒[⑦]，今乃躬蹈之耶？昔公亡走鞑靼[⑧]，几不能自脱，赖天下多故，乃得南归。今屡败之兵，人无固志，一失守，谁复从公者？北边其可至乎？"克用悟，乃止。

注释

①黄巢：唐末农民起义军的领袖。曹州冤句人，曾经攻入长安称帝，建立大齐政权。②暴（pù）：暴露。③遽（jù）：马上。④上源驿：古地名，旧址在今河南开封市南。⑤张茂：字伟康，晋会稽山阴人。⑥邵续：字嗣祖，晋安阳人，朴素有志烈，博览经史，妙解天文，除沁水令。时天下大乱，续去县还家，纠合亡命得数百人，王浚假绥集将军、乐陵太守，屯厌次。以孤危无援，权附石勒，后遇害。⑦王行瑜弃邠（bīn）州走，卒为人擒：王行瑜为唐末邠州（在今陕西彬县）人，初事朱玫，玫反，以行瑜为将，兵败惧诛。⑧鞑靼（dá dán）：这里指中国北方的诸民族。

译文

太妃刘氏，是晋王克用的妻子。克用追击黄巢，回兵时路过梁王领地。朱温表面布设宴款待作乐，暗地里却埋伏军兵，半夜时袭克用。克用逃回来，马上商议回击朱温。刘氏劝谏说："您原本是为国讨伐贼人，现在梁王的事还没有暴露于天下，您却立刻回兵攻打他，如果全国的人听说了，都会分不清曲直错对。您不如收兵回镇，自己先向朝廷投诉，然后就可以宣布朱温的罪状了。"克用醒悟，听从刘氏的话，全国人从此不再认为朱温有理。

【梦龙评】当李克用被朱温围困在上源驿时，李克用的亲信先脱逃回来的，报告汴人发动军变。刘氏不动声色，立刻把他杀了。暗中召集将领，部署士兵，谋划保全军队返回。这样的智勇，岂是李克用比得上的？如果李克用不幸身亡，那么刘氏一定会像张茂的妻子一样；如果李克用不死而被围，刘氏也一定会像邵续的女儿一样。尽管如此，做到张茂的妻子或邵续的女儿那样容易，做到刘太妃那样难。为什么呢？她的勇气可以企及，她的智慧却难望项背。东晋的张茂做吴郡守时，被沈充所害。张茂的妻子陆氏率张茂部下为先锋征讨沈充。沈充兵败，终为陆氏所杀。邵续的女儿嫁给刘遐为妻。刘遐被石虎围困，邵氏率数名骑兵突围，从万人丛中救出了刘遐。

太原被围攻的时候，克用屡屡战败，忧愁窘迫，不知该怎么办。当时，大将李存信劝他暂且逃到北方，以便谋划日后的行动。李克用把这话告诉刘氏，刘氏骂道："李存信是北方人牧羊的奴才，怎么与他商议成败的事？您曾经讥笑王行瑜丢弃邪州逃跑而后却被抓住的事情，现在您自己要重蹈他的旧辙吗？从前您逃亡至鞑靼的时候，几乎不能脱身，幸亏天下局势多变，您才得以返回南方。现屡次战败的军兵没有稳定的思想，一旦失守，谁还会跟从您呢？北边怎么能到得了呢？"克用醒悟，这才没有逃走。

红颜成就孙太学

嘉靖间，娄东有孙太学者，与妓某善，誓相嫁娶，为之倾赀[①]。无何[②]孙丧妇，家益贫落，亲友因唆使讼妓。妓闻之，以计致孙饮食之，与申前约，以身委焉。孙故不善治产，妓所携簪珥，不久复费尽。妓日夜勤辟纑以奉之，饘[3]粥而已。如是十余年，孙益老成悔过，选期已及，自伤无赀，中夜泣。妓审其诚，于日坐辟绩处，使孙穴[4]地得千金，皆妓所阴埋也。孙以此其选县尉，迁按察司经历[5]。宦橐[6]稍润，妓遂劝孙乞休归，享小康终其身。

【梦龙评】既成就孙，而身亦得所归，可谓两利；所难者，十余年坚忍耳。

注释

①赀（zī）："资"的异体字，指财物、费用。②无何：不料，没想到。③饘（zhān）：很浓的粥。④穴：挖。⑤经历：官职，职掌为出纳文书。⑥橐（tuó）：袋子，当官赚的钱。

译文

明朝嘉靖年间，娄江地方有个叫孙太学的人，他与一个妓女是老相好，两人立下非卿不娶、非君不嫁的誓言，孙太学为了她用尽所有的财产。

不久，孙太学的原配去世，孙家的家道更加衰落，生活十分困难。亲友们于是教唆孙太学具状控告妓女。妓女听说这件事后，就派人照料孙太学的起居，并提醒他两人曾有的盟约，愿意嫁他为妻。

孙太学本是个不善理财的人，不久便把妓女陪嫁过来的玉簪、珠宝都散尽花完。妓女日夜辛勤地纺织，操持家务，也仅够糊口而已。

这样一晃便是十多年，孙太学年龄大了，开始后悔年轻时的荒唐浪荡，眼看又到大比之年，想到没有盘缠赴京应考，不禁伤心落泪。

妓女发觉孙太学是真心想上进求功名，就让孙太学在她平日织布的地方向下挖，结果挖出一千多两黄金。这都是妓女悄悄积攒的。

孙太学终于如愿上京赶考，放榜后被任命为县尉，后来调升为按察司经历，生活比以前改善许多。于是妓女劝孙太学辞官回家，安享余年。

【梦龙评】妓女既成就孙太学，也为自己觅得一个好归宿，可说是相互得利。所难的是，她竟能熬得住这十多年！